AF288006

SABINE KLEWE
Blutsonne

DIE SPUR DES HENKERS Düsseldorf. Eine Nebelnacht im Februar. Ein Mann dringt in das Haus von Elisabeth und Bertram Kassnitz ein, überwältigt das Ehepaar und entführt es. Am nächsten Morgen entdeckt ein Rheinschiffer die beiden: Aufgeknüpft an einem Baum.

Der spektakuläre Doppelmord schlägt hohe Wellen. Schon bald wird ein mutmaßlicher Täter verhaftet. Doch dann geschehen weitere Morde nach dem gleichen Muster. Scheinbar willkürlich werden Menschen überfallen und brutal hingerichtet. Jeder könnte der nächste sein. Die rasch gebildete »MK Henker« unter Leitung von Kriminalhauptkommissar Klaus Halverstett kennt nur ein Ziel: Der wahnsinnige Mörder muss gestoppt werden, bevor er wieder zuschlägt.

Auch Amateurdetektivin Katrin Sandmann interessiert sich für den Fall. Sie glaubt nicht, dass die Opfer wahllos ausgesucht wurden, denn sie hat herausgefunden, dass alle Morde an ehemaligen Richtplätzen geschahen. Doch bevor sie das Geheimnis lüften kann, kommt sie dem Killer zu nahe …

Sabine Klewe, Jahrgang 1966, lebt als freie Schriftstellerin in Düsseldorf. Sie studierte in London und an der Heinrich-Heine-Universität in Düsseldorf, wo sie viele Jahre als Lehrbeauftragte tätig war. Im August 2004 erschien mit »Schattenriss« der erste Band ihrer Krimireihe mit der charismatischen Amateurdetektivin Katrin Sandmann.

Bisherige Veröffentlichungen im Gmeiner-Verlag:
Wintermärchen (2006)
Kinderspiel (2005)
Schattenriss (2004)

SABINE KLEWE

Blutsonne

Der vierte Fall für Katrin Sandmann

GMEINER *Original*

Personen und Handlung sind frei erfunden.
Ähnlichkeiten mit lebenden oder toten Personen
sind rein zufällig und nicht beabsichtigt.

Besuchen Sie uns im Internet:
www.gmeiner-verlag.de

© 2008 – Gmeiner-Verlag GmbH
Im Ehnried 5, 88605 Meßkirch
Telefon 07575/2095-0
info@gmeiner-verlag.de
Alle Rechte vorbehalten
4. Auflage 2013

Lektorat: Claudia Senghaas, Kirchardt
Umschlaggestaltung: U.O.R.G. Lutz Eberle, Stuttgart
unter Verwendung eines Fotos von Pixelio.de
Druck: GGP Media GmbH, Pößneck
Printed in Germany
ISBN 978-3-89977-764-2

»A red sun rises, blood has been spilled this night.«
The Lord of the Rings – The Two Towers (2002)

1

Der Nebel ist der Komplize des Mörders. Er deckt ihn, schirmt seine blutigen Taten gegen die Blicke unerwünschter Zeugen ab und verhilft ihm zur Flucht.

Es war Sonntagabend, kurz nach elf, und der Nebel war so dicht, dass man selbst in der einspurigen Wohnstraße nicht mehr bis zum gegenüberliegenden Bürgersteig sehen konnte. Ein dunkler Geländewagen glitt fast lautlos über den Asphalt. Behutsam tastete sich das schwere Fahrzeug an den parkenden Autos vorbei. Vor der Einfahrt von Haus Nummer siebzehn kam es kurz zum Stehen. Der Fahrer starrte durch die Windschutzscheibe, fixierte die weiße, wabernde Masse, die an dem kalten Glas leckte. Dann nickte er zufrieden, gab Gas und rollte vor den kleinen Bungalow. Nachdem er den Motor abgestellt hatte, blieb er sekundenlang abwartend sitzen. Durch die Nebelwand war schemenhaft ein gelblicher Lichtfleck zu erkennen. Ein erleuchtetes Fenster.

Jetzt stieß der Mann die Wagentür auf und stieg aus. Noch einmal blickte er sich um. Doch es gab nichts zu sehen. Der Nebel hatte die Nachbarhäuser mit den gepflegten Vorgärten und die parkenden Autos vollkommen verschluckt. Unsichtbar lauerten sie hinter dem Schleier aus bleichem Dunst. Der Mann zog den Reißverschluss seiner Jacke zu und klopfte auf die Taschen, um sich zu vergewissern, dass er alles dabeihatte. Dann streifte er ein Paar Gummihandschuhe über.

Lautlos schlich er zur Haustür und drückte auf die Klingel. Es dauerte nicht lange, bis geöffnet wurde. Eine junge Frau spähte neugierig nach draußen. Sie hieß Elisabeth Kassnitz, trug eine schwarze Bluse und einen kurzen grauen Rock. Ihr glattes blondes Haar hatte sie zu einem Knoten hochgesteckt.

»Sie?«

»Guten Abend, Frau Kassnitz. Entschuldigen Sie die Störung. Kann ich kurz reinkommen?«

Die junge Frau zögerte. »Es ist schon spät. Wir sind gerade erst nach Hause gekommen. Was wollen Sie denn?«

»Bitte.« Er sah sie eindringlich an.

Elisabeth Kassnitz biss sich nervös auf die Unterlippe. Schließlich zuckte sie mit den Schultern. »Also gut. Kommen Sie.« Sie ließ ihn eintreten. Behutsam schloss sie hinter ihm die Tür. Er folgte ihr durch einen schmalen Korridor ins Wohnzimmer. Eine riesige Fensterfront nahm fast eine komplette Wand des Raums ein. Dahinter waberte der Nebel. Rechts häufte sich kalte graue Asche in einem Kamin aus roten Ziegeln. Davor breitete sich eine Sitzgruppe aus schwarzem Leder aus. Auf dem Sofa saß ein Mann in Jeans, Hemd und Jackett, die Arme hinter dem Kopf verschränkt, und beobachtete die Fische, die in einem überdimensionalen Aquarium an der gegenüberliegenden Wand herumschwammen. Es war Bertram Kassnitz. »Und? War es die Schulte?«, fragte er, ohne sich umzudrehen.

»Nein. Wir haben Besuch. Es –« Elisabeth Kassnitz brach abrupt ab, als der Mann eine Pistole aus der Jackentasche zog und auf ihren Kopf richtete.

»Besuch?« Bertram Kassnitz fuhr herum, sah die Waffe und wurde bleich. »Was soll das? Was wollen Sie?«

Statt einer Antwort fischte der Mann ein Paar Handschellen aus der Tasche und drückte sie Elisabeth Kassnitz in die Hand. »Hier! Legen Sie die Ihrem Mann an! Und die Hände auf den Rücken!« Er gab ihr einen Schubs.

Elisabeth Kassnitz ging langsam auf ihren Mann zu. Die Handschellen in ihrer rechten Hand zitterten, das metallische Klimpern und das Knallen ihrer Absätze auf dem polierten Parkett erfüllten den Raum mit einem gespenstischen Rhythmus. Der Lauf der Pistole folgte ihren Schritten. Bertram Kassnitz erhob sich von der Couch und trat zur Seite. Unauffällig gab er seiner Frau ein Zeichen. Sein Blick wanderte zu dem Schürhaken, der neben dem Kamin hing. Sie nickte kaum merklich, trat hinter ihn und gab vor, an den Handschellen herumzunesteln. Vorsichtig bewegten sie sich ein Stück auf den Kamin zu. Gerade als Kassnitz die Hand nach dem Schürhaken ausstrecken wollte, traf ihn etwas an der Schläfe. Ein stechender Schmerz fuhr durch seinen Schädel. Benommen taumelte er, wankte, suchte nach Halt.

»Das ist kein Spiel, Schwachkopf! Versuch nicht noch einmal, mich zu verarschen!« Der Mann richtete die Waffe auf Kassnitz' Hinterkopf.

Der rang nach Luft. Krallte seine Hand in das Kaminsims. Ein Rinnsal Blut floss über sein schweißnas-

9

ses Gesicht und tropfte auf den Kragen seines Hemdes. Jetzt schlug der Mann Elisabeth mit der Pistole gegen die Schulter. »Die Handschellen. Mach schon!«

Sie fuhr zusammen und verzog das Gesicht vor Schmerz.

»Los!« Er schlug noch einmal zu.

Elisabeth zuckte kurz. Wieder biss sie sich auf die Lippen. Sie gehorchte stumm, griff nach Bertrams Handgelenken. Ihre Finger zitterten so sehr, dass es ihr nur mit Mühe gelang, die stählernen Ringe zusammenzuschieben. Bertram war immer noch benommen, vor seinen Augen schwirrten winzige Punkte aus Licht, willenlos ließ er sich fesseln.

Der Mann packte Elisabeth am Nacken und zerrte sie zur Seite. »Jetzt das hier!« Er drückte ihr einen schwarzen Schal in die Hand. »Mund zubinden!«

Sie knebelte ihren Mann. Tränen liefen ihr über die Wangen. Ihre Lippen waren blutig gebissen. Immer wieder setzte sie an zu sprechen, sie musste doch etwas sagen, den Mann irgendwie von seinem Vorhaben abbringen! Aber sie brachte kein einziges Wort hervor. Als sie fertig war, legte der Eindringling auch ihr Handschellen an und band ihr einen Schal vor den Mund.

»Und jetzt marsch vor die Tür!«, befahl er schließlich und stieß die beiden vor sich her in den Korridor. Hilflos ließen sie sich aus dem Haus schieben. Draußen öffnete der Mann die Heckklappe seines Geländewagens und schubste das Ehepaar in den Kofferraum. Mit einer Wäscheleine band er ihnen die Beine zusammen. Zum Schluss warf er eine Decke über sie. Ein letztes

10

Mal blickte er sich um. Nichts zu sehen. Nur der Nebel wogte sacht.

Er stieg ein, startete den Motor und rollte langsam aus der Einfahrt.

*

»Schön, dass Sie sich so spät noch Zeit für mich genommen haben!« Marc Simons streckte lächelnd die Hand aus und strich sich mit der anderen eine blonde Haarsträhne aus dem Gesicht.

Katrin Sandmann erwiderte sein Lächeln. »Kein Problem. Ich wohne direkt um die Ecke. Außerdem haben Sie mich neugierig gemacht.«

Simons warf seinen Mantel über die Stuhllehne, dann nahm er breitbeinig Katrin gegenüber Platz. Der Bedienung, die gerade mit einem Tablett vorbeieilte, rief er zu: »Bringen Sie mir auch so einen!« Dabei deutete er mit dem Finger auf Katrins Weinglas. »Ich vertraue auf Ihren Geschmack.« Er grinste.

»Das dürfen Sie getrost tun«, versicherte Katrin. »Die haben einen wirklich feinen Hauswein hier.« Sie beugte sich über ihre Tasche und kramte einen Ordner hervor. »Ich habe ein paar Arbeitsproben von mir mitgebracht. Falls Sie mal reinsehen wollen?«

Marc Simons winkte ab. »Lassen Sie nur. Ich habe diesen Bildband gesehen. Wales. Stimmt's? Hat mir sehr gut gefallen. Die Stimmung. Das Licht. Dieser Blick für das Besondere im Alltäglichen. Genau das, was ich brauche. Natürlich treffe ich letztendlich die Auswahl. Was die Motive angeht, meine ich. Ist ja mein Projekt. Doch ich bin voller Zuversicht, dass Sie auch ein paar hübsche Ideen beisteuern werden.« Katrin schluckte. Simons ließ sich nicht beirren. »Düsseldorf, wie es keiner kennt. Ungewöhnliche Geschichten und spannende Fakten, dazu ein paar knackige Bilder. Natürlich aufgenommen von einer Fotografin aus Düsseldorf. Das Konzept gefällt mir immer besser. Ich habe auch bereits eine Menge interessante Informationen zusammengetragen. Wussten Sie zum Beispiel, dass bei der Schlacht bei Worringen Kölner und Düsseldorfer Seite an Seite gekämpft haben? Gegen den Erzbischof von Köln?«

Katrin nickte. »Ja, das haben wir in der Schule mal durchgenommen. Ich erinnere mich. Allerdings waren vermutlich nur eine Handvoll Düsseldorfer dabei. Wenn überhaupt. Besonders viele Einwohner hatte die Stadt damals nämlich noch nicht.«

Marc Simons zuckte mit den Schultern. »Macht nichts. Die Geschichte ist trotzdem klasse. Immerhin haben wir Düsseldorfer den Kölnern geholfen, sich von ihrem ungeliebten Stadtherrn zu befreien. So betrachtet, sind die uns was schuldig.« Er zwinkerte vergnügt. »Ich maile Ihnen in den nächsten Tagen alle Texte, die ich bisher fertig habe. Dann können Sie ja auch schon mal überlegen, was für Motive dazu passen würden. Oder besser noch: Sie kommen zu mir, und wir gehen alles gemeinsam durch. Haben Sie morgen Nachmittag vielleicht Zeit?« Er lehnte sich zurück und sah sie auffordernd an.

Die Kellnerin brachte Simons' Wein. Katrin nutzte die Unterbrechung. »Wenn Sie mich kurz entschuldigen wollen.« Sie stand auf und lief durch den Schankraum auf die Damentoilette zu. In ihr brodelte es. Das Projekt hatte sich wirklich interessant angehört. Düsseldorf einmal anders. Nicht die üblichen Attraktionen, sondern die Stadt mit neuen Augen gesehen. Aus ungewöhnlichen Perspektiven. Doch dieser Simons war ein eitler Pfau. Sie konnte sich beim besten Willen nicht vorstellen, wie sie wochenlang mit diesem Mann zusammenarbeiten sollte. Noch dazu, wo er offensichtlich vorhatte, sich auch in *ihre* Arbeit reinzuhängen. *Sie* war die Fotografin. Die Fachfrau. Es war ihr Beruf. Sie wusste schon, was sie tat.

Katrin zog die Tür zur Damentoilette auf, und im gleichen Augenblick blieb sie wie versteinert stehen. Ihr Herz hämmerte los wie eine Horde durchgegangene Pferde. Verdammt! Die Toilette lag im Kellergeschoss. Eine schmale, gerade Treppe führte hinunter. Krachend fiel die Tür hinter ihr ins Schloss. Katrin krallte sich an das Geländer. Hektisch schnappte sie nach Luft. Schweiß klebte an ihrem Körper, in ihren Schläfen pochte das Blut. Die Treppe fing an, sich zu drehen. Raus! Ich muss hier raus! Sie keuchte, tastete nach der Tür, doch sie bekam die Klinke nicht zu fassen. Schneller und schneller drehte sich die Treppe, wand sich wie ein alles verschlingender Wirbelsturm auf Katrin zu. Gleich würden die wirbelnden Stufen sie einsaugen und ersticken. Verzweifelt fuhr Katrin mit den Fingern über das Holz in ihrem Rücken. Sie wagte nicht, sich umzudrehen. Endlich, die Klinke! Sie stieß die Tür auf und schlüpfte zurück in den sicheren Schankraum.

Schwer atmend blieb sie stehen. Sie fasste an ihre Stirn, sie war kalt und nass. Mit zitternden Fingern kramte Katrin ein Taschentuch aus der Hosentasche und wischte sich über das Gesicht.

Die Kellnerin trat zu ihr. »Alles in Ordnung? Brauchen Sie einen Arzt?«

»Danke. Mir geht es gut. Mir war nur kurz schwindelig.« Mit unsicheren Schritten wankte Katrin zu ihrem Platz zurück. Glücklicherweise war der Schankraum L-förmig. Marc Simons saß um die Ecke. Er hatte von ihrer Panikattacke nichts mitbekommen. Sie hätte keine Lust gehabt, ihm zu erklären, warum sie höllische Angst vor Kellern hatte. Es ging ihn auch überhaupt nichts an. Obwohl er es vermutlich ungeheuer spannend gefunden hätte.

Ohne ein Wort glitt sie zurück auf ihren Stuhl.

Simons starrte sie fassungslos an. »Ist Ihnen auf dem Klo ein Geist erschienen? Sie sind schneeweiß.«

»Nur ein leichter Schwindel. Ist gleich vorbei.« Am liebsten wäre sie sofort gegangen. Der Stuhl unter ihr stach wie ein heißes Nadelkissen. Die Wände der Kneipe, die ihr eigentlich so vertraut waren, ihr sonst Sicherheit und Geborgenheit boten, bewegten sich drohend auf sie zu, bereit, sie zu zerquetschen. Sie wollte nach Hause. Allein sein. Sicher. Simons hielt sie jetzt vermutlich für ein zimperliches Mimöschen. Schwindelanfall. Wie in einem Jane-Austen-Roman. Fehlte nur noch, dass sie ein Fläschchen Riechsalz aus ihrer Handtasche kramte. Den Auftrag konnte sie bestimmt knicken. Dabei reizte er sie. Trotz der Aussicht, mit diesem arroganten Affen zusammenarbeiten zu müssen.

*

14

Kriminalhauptkommissar Klaus Halverstett gähnte. Dann lenkte er den Wagen in die Cecilienallee. Der Tag hätte nicht mieser beginnen können. Erst gestern hatte er wieder mit seiner Frau Veronika gestritten, weil sie der Ansicht war, er lebe nur für seinen Beruf. »Wann sind wir eigentlich das letzte Mal zusammen ausgegangen?«, hatte sie gefragt, und er war ihr die Antwort schuldig geblieben. Dann hatte die Kriminalwache um kurz nach sechs angerufen. Leichenfund im Rheinpark. Na wunderbar. Veronika hatte irgendetwas gemurmelt, von dem Halverstett nur die Wörter ›siehst du‹ und ›Scheißjob‹ verstanden hatte, doch das war genug gewesen, ihm den Morgen vollends zu verderben.

Vor ihm blinkte es blau. Hier musste es irgendwo sein. Halverstett glitt in eine der Parklücken und gähnte erneut. Dann stieß er die Wagentür auf und wuchtete seinen umfangreichen Körper aus dem Opel. Mist. Dieser Bauch machte ihm mehr und mehr zu schaffen. Schon wieder passten die Hosen kaum noch, und bei der kleinsten Anstrengung fiel ihm das Atmen schwer. Auch das war gestern ein Streitpunkt zwischen ihm und Veronika gewesen. »Du denkst nur noch an deine blöden Mörder! Und ans Essen natürlich! Das ist ja kaum zu übersehen!« Er hatte das Haus verlassen und die Tür hinter sich zugeknallt. Aufgewühlt war er durch den Nebel gestapft, hatte Gedanken im Kopf hin und her gewälzt, die ihn zutiefst erschreckt hatten. Es musste doch einmal Dinge gegeben haben, die ihn und Veronika verbunden hatten, irgendetwas mussten sie gemeinsam gehabt haben, irgendwelche Ideen, Träume, Ziele. Aber

15

es war ihm nichts eingefallen. Als er sie vor fast dreißig Jahren kennengelernt hatte, hatte er nicht näher darüber nachgedacht. Veronika war schön gewesen, nicht einfach hübsch. Wunderschön. Und so lebendig. Überall, wo sie hinkamen, war sie sofort der Mittelpunkt, lachte, scherzte und wurde bewundert. Seine Freunde hatten ihn beneidet. Und er selbst war vor Stolz beinahe geplatzt. Sehr bald schon hatten sie allerdings gemerkt, wie verschieden sie waren, wie wenig sie sich zu sagen hatten, über den Alltag hinaus. Doch sie hatten sich arrangiert. Schließlich trugen sie gemeinsam Verantwortung für die Kinder. Und irgendwie hatte es funktioniert. Es ging ihnen gut. Erst jetzt, wo ihre zwei Söhne aus dem Haus waren, wurde die klaffende Lücke zwischen ihnen wieder sichtbar, der Abgrund, der sich zwischen Veronikas Leben und seinem auftat wie eine offene Wunde. Er hatte weggesehen, sich in die Arbeit gestürzt, um nicht hinschauen zu müssen. Doch Veronika gab sich damit offenbar nicht mehr zufrieden. Sie wollte es wissen. Und sie zwang ihn, sich ebenfalls damit auseinanderzusetzen. Er wagte nicht darüber nachzudenken, wohin das führen könnte. Zu ungeheuerlich schien ihm der Gedanke. Viel erschreckender als all die Leichen, als die Kaltblütigkeit und Brutalität, denen er im Laufe seines Berufslebens begegnet war.

Müde trabte Halverstett durch den Park auf das Rheinufer zu. Schon von Weitem sah er, dass die Kollegen gerade damit beschäftigt waren, einen Teil des Geländes unmittelbar an der Mauer oberhalb des Flusses mit rotweißem Band abzusperren. Zwei Streifenwagen standen auf einem der Spazierwege. Sonst war noch nicht viel zu sehen. Es wurde sehr langsam hell. Beinahe widerwillig. So als hätte der Tag heute ebenso wenig Lust, seinen Dienst anzutreten wie der Kommissar. Wenigstens hatte der Nebel sich verzogen. Beinahe jedenfalls. Ein paar letzte feuchte Schleier hingen noch in den Kronen der Bäume, so als hätten sie sich in dem kahlen Geäst verfangen.

Halverstett erreichte die Absperrung. Ein Uniformierter, den er nicht kannte, sprach ihn an. Er hielt eine Taschenlampe in der Hand. »Hier können Sie nicht durch. Polizeiabsperrung.«

Halverstett kramte seinen Ausweis hervor. »Sehr vorbildlich, Herr Kollege. Guten Morgen. Spusi schon da?«

Der Streifenbeamte schüttelte den Kopf. »Bisher ist niemand aufgekreuzt. Wir warten auch noch auf den Arzt.«

»Was?! Der Notarzt war noch nicht hier? Wo ist denn der Tote?« Halverstett blickte sich irritiert um, doch er konnte im Dämmerlicht außer drei geschäftig umhereilenden Polizisten nichts erkennen. »Wer hat denn dann den Tod festgestellt?«

Der Uniformierte räusperte sich verlegen. »Ich. Ähm, also wir. Wir haben sofort gesehen, dass da nichts mehr zu machen ist. Da haben wir gleich die Gerichtsmedizin angefordert.«

»Na wunderbar. Und jetzt rufen Sie trotzdem ganz schnell den Notarzt. Oder wollen Sie den Totenschein ausstellen?«

17

»Ähm. Nein, natürlich nicht. Wird sofort erledigt.« Er zückte sein Funkgerät, aber Halverstett war noch nicht fertig mit ihm. »Wer hat denn den Toten gefunden?«

»*Die* Toten, Herr Hauptkommissar. Es sind zwei.«

Halverstett seufzte. »Also, wer hat die Toten gefunden?«

»Ein Rheinschiffer.«

»Ein Rheinschiffer? Vom Schiff aus?«

Der Beamte nickte. »Ja. Genau. Hat es direkt per Funk gemeldet.«

»Wo ist der Mann jetzt?«

»Keine Ahnung. Vermutlich schon in Duisburg.«

Halverstett stöhnte. »Ihr habt den weiterfahren lassen? Verdammt! Ich brauche seine Aussage. Und zwar so schnell es geht! Verstanden?«

»Jawohl.« Der Streifenbeamte blickte verlegen zu Boden.

Halverstetts Blick streifte erneut suchend durch den Park. »Wo sind sie denn jetzt?«

»Wer?«

»Die Toten.«

»Ach so.« Ein schwaches Grinsen. »Sie suchen zu tief, Herr Kollege. Da oben.« Er schaltete die Taschenlampe an und schwenkte den Lichtkegel in die mächtige Krone eines Baumes, der direkt an der Mauer stand. Halverstett blickte hinauf, und seine Müdigkeit war wie weggeblasen.

»Ach du Scheiße.«

2

Katrin spürte, wie Manfred langsam wach wurde. Der Körper unter ihrer Hand regte sich, die Muskeln spannten sich an. Behutsam fuhr sie mit den Fingerspitzen über seinen Rücken, malte verschlungene Muster auf die nackte Haut. Manfred grunzte zufrieden. »Nicht aufhören«, murmelte er schlaftrunken, als Katrin kurz innehielt. Grinsend ließ sie ihre Hand weiterwandern, bis er sich umdrehte und sie in die Arme nahm.

Von irgendwoher erscholl gedämpft der Radetzkymarsch. Manfreds Handy. Katrin stöhnte und rollte sich zur Seite. Manfred tastete im Bett herum. Er fand das Telefon unter dem Kopfkissen. Schlaftrunken meldete er sich. Er lauschte kurz. Dann saß er plötzlich senkrecht im Bett. Sekunden später legte er das Handy weg.

»Ich muss los.« Nackt lief er durch Katrins Schlafzimmer und suchte seine Klamotten zusammen. »Die haben zwei Leichen gefunden.«

Katrin hatte bereits ihre Hose an. »Ich komme mit.«

»Quatsch. Was willst du da?«

»Wissen, was passiert ist. Was dachtest du denn?«

Manfred drehte sich zu ihr und hielt sie fest. »Ich halte das für keine gute Idee. Ich denke nicht, dass du schon so weit bist. Den Anblick von Leichen solltest du im Augenblick besser meiden, findest du nicht?«

Katrin schüttelte ihn ab. Klar, dass er jetzt wieder damit kommen würde. Aber sie hatte nicht vor, sich bevormunden zu lassen. »Ich weiß selbst, was für mich gut ist. Und Probleme mit dem Anblick von Leichen habe ich nicht. Ich habe schließlich einige gesehen in letzter Zeit.«

»Das meine ich ja.« Manfred stopfte Handy und Diktiergerät in seine alte Ledertasche. »Es waren vielleicht ein paar zu viel. Denk an deine Panikattacken!«

»Danke, dass du mich dran erinnerst!«, erwiderte Katrin wütend. »Hätte ich doch fast vergessen. Aber wenn du schon so genau Bescheid weißt, dann hast du vielleicht noch im Kopf, dass es Keller sind, vor denen ich Angst habe. Und zwar aus gutem Grund. Schließlich war ich tagelang in einem eingesperrt und wäre beinahe erfroren!«

Sie ging in die Diele und schlüpfte in ihre Turnschuhe. »Wenn du mich nicht mitnimmst, nehme ich mir ein Taxi. Ich lasse mich nicht wie ein kleines Kind behandeln.« Sie drehte sich zu ihm um. Sein besorgter Gesichtsausdruck stimmte sie milder. Er wollte sie schonen, sie beschützen. Aber sie wollte nicht geschont werden, nicht ständig daran erinnert werden, wie sehr ihr Leben aus den Fugen geraten war. Ein bisschen Normalität, das war alles, was sie sich wünschte. Sie nahm Manfreds Hände, zog ihn zu sich. »Wo haben sie denn die Leichen gefunden?«

Er seufzte. Dann grinste er. »Das ist es, was ich an dir liebe. Immer mit dem Kopf durch die Wand.« Er drückte ihr einen Kuss auf die Stirn. »Irgendwo am Rhein«, beantwortete er dann ihre Frage. »Direkt am Ufer. Ein Schiffer hat sie entdeckt.«

20

»Ein Schiffer?« Katrin runzelte die Stirn.

Manfred sah sie an. »Wenn ich Kalle am Telefon richtig verstanden habe, sind sie vom Wasser aus gut zu sehen. Jemand hat sie an einem Baum aufgeknüpft.«

»Oh, mein Gott.«

*

Benedikt Simons starrte aus dem Fenster. Er beobachtete einen alten Mann in einer ausgebeulten Cordhose, der sein Fahrrad aus dem Keller heraufgetragen hatte und jetzt im Begriff war, das Vorderrad abzumontieren. Vermutlich wollte er den Reifen flicken. Er hatte eine kleine Kiste mit Werkzeug neben sich stehen und eine Thermoskanne Kaffee. Jetzt schraubte er den Deckel auf, goss etwas in einen Becher und nahm einen Schluck. Aus der Kanne dampfte es einladend. Der Mann rieb sich die Hände, dann beugte er sich wieder über das Rad. Benedikt beneidete ihn. Wie gern würde er mit ihm tauschen. Es war eiskalt da draußen, und das Fahrrad sah alt und klapprig aus, doch der Mann wirkte zufrieden. Niemand hatte sein Leben zerstört, von heute auf morgen bis auf die Grundmauern eingerissen, und seine einzige Sorge war vermutlich dieses kaputte Fahrrad, das mit einem Flicken in einer halben Stunde wieder in Ordnung sein würde. Benedikt ballte die rechte Hand zur Faust. Das Leben war so verdammt ungerecht.

Sein Bruder trat hinter ihn und reichte ihm einen Pott Kaffee. »Wieder schlecht geschlafen?«

Benedikt nahm einen Schluck. »Gar nicht.«

21

»Nicht den Kopf hängen lassen.« Marc Simons klopfte ihm auf die Schulter. »Das wird schon wieder. Irgendwie. Wart's nur ab. Denen zeigen wir es.«

Benedikt zuckte mit den Schultern. Er hatte keine Lust, mit Marc darüber zu reden. Das hatte er bereits unzählige Male getan, ohne dass es ihm nachher besser gegangen wäre. Also wechselte er das Thema. »Wie war es denn bei dir gestern Abend? Wie ist diese Fotografin?«

Marc grinste. »Sehr nett und sehr hübsch.« Er setzte sich zu Benedikt an den Küchentisch und zwinkerte ihm zu. »Ziemlich jung noch. Keine dreißig. Ein bisschen spitzzüngig, aber das gefällt mir. Besser als so ein braves Mäuschen. Ich glaube, wir werden prima zurechtkommen.«

»Du nimmst sie also?«

»Klar. Die anderen, mit denen ich gesprochen habe, machen zwar auch geile Fotos, aber die haben nicht so einen süßen Hintern.«

»Vor allem der alte Mann nicht.« Benedikt lächelte schwach. »Du bist unmöglich, Marc.« Dann stellte er den Kaffee ab und ging auf die Tür zu. Er war nicht in der Stimmung, über hübsche Frauen zu sprechen. Falsches Thema. Er hätte nicht davon anfangen sollen. »Ich geh mal duschen. Vielleicht fühle ich mich danach ein bisschen besser. Und dann stürze ich mich in meine tägliche Lieblingsbeschäftigung.« Er grinste sarkastisch und deutete auf die Tageszeitung, die auf dem Tisch lag. »Stellenangebote durchpflügen.«

*

22

Schon von Weitem war die hell erleuchtete Stelle im Rheinpark gut zu erkennen. Manfred stellte den Wagen am Straßenrand ab.

»Darf man hier parken?« Katrin sah ihn stirnrunzelnd an.

»Nee.« Er schob die Tür auf und stieg aus. Achselzuckend folgte Katrin seinem Beispiel. War ja nicht ihr Knöllchen. Manfred hatte nicht auf sie gewartet, sondern war mit langen Schritten quer durch den Park auf die Polizeiabsperrung zugestiefelt. Jetzt diskutierte er mit dem Streifenbeamten, der dort stand und die Neugierigen im Zaum hielt.

»Sagen Sie Halverstett nur, dass ich hier bin. Er kennt mich. Das ist doch wohl nicht zu viel verlangt.«

Der Polizist blieb eisern. »Es gibt sicherlich nachher eine Pressekonferenz. Da werden Sie alles erfahren.«

Manfred schnaubte wütend und wandte sich ab. Katrin grinste. »Und nun?«

Ihr Freund machte eine vage Kopfbewegung. »Hier entlang.« Gemeinsam trotteten sie an dem rotweißen Band entlang Richtung Rhein. Hier standen weniger Schaulustige. Die Beamten waren alle beschäftigt. Keiner beachtete sie, als Manfred einen langen Schritt über das Band machte und Katrin ihm zögernd folgte.

Sie sahen den Baum bereits aus einigen Metern Entfernung. Er stand unmittelbar an der Mauer. Dahinter, ein wenig tiefer, lag dunkel schimmernd der Rhein. Einer der unteren Äste stand fast waagerecht vom Stamm ab. Kraftvoll streckte er sich nach Süden aus, so als wolle er den Weg in die Altstadt weisen. An dem Ast baumelten zwei Seile, deren untere Enden eine Schlinge zierte.

Unter dem Baum stand Kriminalhauptkommissar Klaus Halverstett und beobachtete missmutig, wie eine junge Frau sich an zwei reglos am Boden liegenden Gestalten zu schaffen machte. Links von Halverstett parkte ein Einsatzfahrzeug der Feuerwehr. Eine Frau mit kurzen roten Haaren und leuchtend heller Steppjacke stand neben Halverstett und unterhielt sich mit der Ärztin. Es war seine Partnerin Rita Schmitt.

Jetzt blickte Halverstett auf und entdeckte Katrin und Manfred. »Kabritzky!« Er marschierte auf sie zu. »Bist du wahnsinnig geworden? Du hast keine Sonderrechte! Hier trampeln schon genug Leute rum und zerstören Spuren. Du kriegst echt Ärger, wenn du nicht sofort verschwindest!«

Manfred zuckte zusammen. »Schon gut, Kollege«, sagte er und trat einen Schritt zurück.

»Wir sind keine Kollegen«, fauchte Halverstett. »So weit käme es noch! Und jetzt weg hier. Alle beide. Pressekonferenz heute Mittag.«

Katrin und Manfred wandten sich hastig ab.

»Der ist aber geladen heute.« Katrin warf einen Blick über die Schulter. Halverstett stand reglos an der gleichen Stelle und blickte ihnen hinterher. Seine Hände steckten tief in den ausgebeulten Taschen seines Mantels. Sein Gesicht war starr. »Hast du eine Ahnung, was mit ihm los ist?«

Manfred stieg über die Absperrung. »Nee. Weiß ich auch nicht. Steht vermutlich ganz schön unter Druck.

24

Zwei Gehängte im Rheinpark. Sieht mächtig nach Lynchjustiz aus. Findest du nicht?«

Katrin nickte nachdenklich. Ihr Blick wanderte zurück zu den zwei verwaisten Schlingen an dem nackten Ast, danach weiter über den Rhein. Von der Oberkasseler Brücke her näherte sich ein schwer beladener Frachtkahn. »Da ist noch etwas«, sagte sie bedächtig. »Aber ich kann es nicht greifen.«

Manfred half ihr über die Absperrung. »Weibliche Intuition?«

»Nein. Eher eine Erinnerung. Irgendwas, das ich im Kopf abgespeichert habe. Aber ich finde die Schublade nicht.«

»Na, dann mach dich mal auf die Suche.«

»Werde mir Mühe geben.«

*

Manfred setzte Katrin zu Hause ab und fuhr dann in die Redaktion des Morgenkuriers. Der Bericht über den Doppelmord würde der Aufmacher des kommenden Tages sein, und es gab noch jede Menge zu recherchieren.

Katrin stieg nachdenklich die Treppe hoch. Was war das nur, das ihr nicht einfallen wollte? Als sie den Schlüssel ins Schloss steckte, öffnete sich gegenüber die Wohnungstür.

»Frau Sandmann?«

Katrin drehte sich um. Vor ihr stand Agathe Wiese, ihre Nachbarin. Die Zweiundsiebzigjährige war noch sehr rüstig und hatte ein ausgesprochen lebhaftes Temperament. Katrin mochte sie, doch nicht immer fühlte sie sich ihrem Redefluss gewachsen.

»Guten Morgen, Frau Wiese.«

»Sie waren aber heute schon früh unterwegs.« Agathe Wiese blinzelte verschwörerisch. »Wieder auf Mörderjagd?«

Katrin riss erstaunt den Mund auf. Sie hatte nie mit ihrer Nachbarin über die Kriminalfälle gesprochen, in die sie in letzter Zeit, manchmal zufällig, manchmal jedoch auch ganz gezielt, verwickelt gewesen war. Doch schließlich hatte das eine oder andere ja auch in der Zeitung gestanden. »Ich, also …«, stotterte sie.

Ihre Nachbarin winkte ab. »Geht mich ja nichts an. Aber wenn Sie ein paar Minuten Zeit hätten. Ich hab auch frischen Kaffee aufgebrüht.«

Katrin zögerte. Eigentlich hatte sie sich im Auto ausgemalt, dass sie sich noch einmal ins Bett legen und richtig ausschlafen würde. Doch dann gab sie sich einen Ruck. Frau Wiese war bestimmt die meiste Zeit des Tages allein. Da konnte sie ihr ruhig mal eine halbe Stunde opfern.

»Gern«, antwortete sie, »Kaffee klingt gut.«

Sie folgte Frau Wiese in die Wohnung. Der verstorbene Herr Wiese hatte als Beamter bei der Stadt gearbeitet und war in seiner Freizeit als leidenschaftlicher Jäger durch die Wälder der Nordeifel gestreift. Agathe war sehr religiös. Die Wohnung stellte beide Passionen des Ehepaars Wiese zur Schau. Neben der Garderobe in der Diele hing ein gewaltiger Dreiender, darum gruppierten sich einige kleinere Trophäen. Rechts davon prangte ein Kruzifix, um das ein Rosenkranz drapiert war. Auf dem Schuhschränkchen hielt eine Madonna aus Olivenholz ihr Neugeborenes in den Armen. Auch im Wohnzimmer dominierte die Kombination aus Religion und Jagd. An der Wand hinter der grünen Sitzgruppe hing ein kitschig-buntes Madonnenbildnis, eingerahmt von Geweihen. Auf der gegenüberliegenden Seite, oberhalb des Fernsehtischchens, schmückten einige verblichene Drucke die geblümte Tapete. Allesamt Jagdszenen. Katrin war bereits einige Male kurz in der Wohnung gewesen, und jedes Mal löste der Wandschmuck ein sanftes Schaudern in ihr aus. Und den beinahe unbezwingbaren Drang, ihre Kamera zu holen.

Zu ihrer Überraschung saß ein zweiter Gast im Wohnzimmer. Eine Frau, etwa im gleichen Alter wie Agathe, doch drahtiger. Sie trug eine Jeans, ihr fast weißes Haar war extrem kurz geschnitten, und ihre wasserblauen Augen blickten Katrin wachsam an. Agathe stellte die beiden vor. »Frau Sandmann, das ist Elfriede Thürnissen, Elli, das ist Frau Sandmann, die Detektivin, du weißt schon.«

Katrin kannte Frau Thürnissen flüchtig. Sie wohnte im Nachbarhaus und joggte jeden Morgen in aller Frühe die Düssel entlang bis zum alten Volksgarten und wieder zurück. Katrin bewunderte sie dafür, vor allem, da sie selbst sich einfach nicht dazu aufraffen konnte, regelmäßig morgens ein wenig Sport zu treiben, auch wenn sie es sich noch so fest vornahm. Verwirrt gab sie Frau Thürnissen die Hand. Mehr und mehr hatte sie das

Gefühl, Teil eines Plans zu sein, den sie nicht so recht durchschaute. Agathe verschwand in der Küche.

Elfriede musterte Katrin kritisch von oben bis unten. »Bei Ihrem letzten Fall haben Sie ja ordentlich was abgekriegt, meine Liebe.«

Katrin schluckte.

»Ist Ihnen da nicht der Spaß am Detektivspielen vergangen?« Elfriede Thürnissens Blick schien sie zu durchbohren. Warum kam es ihr so vor, als werde sie einem Test unterzogen? Was hatten die beiden alten Frauen mit ihr vor? Das Ganze war vollkommen verrückt. »Ich bin keine Privatdetektivin«, korrigierte sie nun Frau Thürnissen. »Ich bin da nur zufällig in etwas reingeraten.«

»Zufällig. So, so.«

Agathe Wiese kam mit einem Tablett herein und stellte Tassen, Untertassen, eine Kaffeekanne und einen Teller mit diversen Teilchen auf dem Tisch ab. Katrin merkte, wie hungrig sie war. Agathe goss Kaffee ein. »Hast du Frau Sandmann schon von dem Fall erzählt, Elli?«

»Nein«, antwortete Elfriede, »ich hatte ja noch keine Gelegenheit.« Sie schüttete Milch in ihren Kaffee und rührte energisch in ihrer Tasse herum. »Für mich keinen Kuchen«, sagte sie, als Agathe ihr eine Nussecke auf den Teller legen wollte.

»Aber Sie sehen ganz ausgehungert aus, Frau Sandmann.« Agathe hielt Katrin den Kuchenteller hin. »Was möchten Sie haben? Bienenstich, Hefeschnecke oder vielleicht eine Nussecke?«

»Bienenstich wäre schön.« Katrin hielt ihr den Teller hin und versuchte, nicht zu gierig auszusehen. Während

28

sie mit der Gabel ein Stück ablöste, fragte sie: »Was ist das für ein Fall, von dem Sie da geredet haben?«

Agathe lächelte sie an. »Ein Auftrag für Sie, mein Kind. Natürlich nur, wenn Sie wollen.«

»Klar will sie«, mischte Elfriede sich ein. Sie ließ den Kaffeelöffel klirrend auf die Untertasse fallen. »Junge Frauen sind von Natur aus neugierig. Außerdem kann sie meine arme Schwester nicht im Stich lassen. Wo ihr doch sonst keiner helfen will. Diese arroganten Schnösel. Aber die brauchen wir nicht mehr. Jetzt, wo Frau Sandmann uns hilft.«

3

»Beide haben sich offensichtlich gewehrt.« Maren Lahnstein, Leiterin des gerichtmedizinischen Instituts der Heinrich-Heine-Universität, sah kurz zu Halverstett, dann beugte sie sich wieder über die tote Frau. »Hier, sehen Sie: ein Hämatom an der Schulter. Die Verletzung wurde ihr zugefügt, als sie noch lebte. Allerdings nicht lange vor ihrem Tod. Auch hier.« Sie deutete auf die Beine. »Abschürfungen. Ihre Strumpfhose war an mehreren Stellen aufgerissen. Sie wurde ein Stück über den Boden geschleift. Und bei ihm ...« Maren Lahnstein hatte sich umgedreht und beugte sich jetzt über den Mann. »Bei ihm haben wir eine ähnliche Situation. Eine Verletzung an der Schläfe. Ein Schlag mit einem schweren, kantigen Gegenstand.«

Halverstett beugte sich über die Wunde. »Könnte jemand mit einer Schusswaffe zugeschlagen haben?«

Maren Lahnstein nickte. »Durchaus möglich. Und hier an den Beinen. Ganz ähnliche Schleifspuren wie bei der Frau. Nur nicht so ausgeprägt. Er trug ja auch eine Hose.«

Jemand räusperte sich im Hintergrund. Staatsanwalt Fischer versuchte eine gute Figur zum blassen Gesicht zu machen und deutete fachmännisch auf die braunrote Strangmarke, die auf dem Hals des Mannes schräg nach oben bis hinter die Ohren wanderte, wo sie sich deutlich von der bleichen Haut des Opfers absetzte. »Ich nehme an, das ist die Todesursache?« Er sah die Ärztin an.

Maren Lahnstein nickte. »Typischer Erhängungstod. Kommt nur noch sehr selten vor. Bei Selbstmördern und Unfallopfern haben wir es meistens mit atypischen Fällen zu tun.«

»Suizid kann vollständig ausgeschlossen werden?« Fischer blickte konzentriert auf die Ärztin. Seine Hand fuhr nervös über seine Jacketttasche, wo das Päckchen Zigaretten auf ihn wartete.

Maren Lahnstein sah kurz zu Halverstett. Er meinte, ein schwaches Grinsen zu erkennen. Doch dann war ihr Blick wieder ernst. »Der Ast war mehr als drei Meter vom Boden entfernt. Weit und breit war keine Leiter zu sehen, wenn ich mich recht erinnere, oder sonst irgendein Hilfsmittel, um auf den Baum zu steigen. Dann noch die Verletzungen, die eindeutig darauf hinweisen, dass es vorher eine Art Kampf gab. Ja, ich denke, Suizid können wir ausschließen.« Sie blickte erneut zu Halverstett, der zerstreut nickte.

Staatsanwalt Fischer hielt es nicht mehr aus. »Ich muss jetzt. Ein dringender Termin. Er warf einen Blick auf seine Armbanduhr. Ist ja auch alles geklärt.« Er schenkte der Gerichtsmedizinerin das charmanteste Lächeln, zu dem er unter den gegebenen Umständen fähig war, und rauschte aus dem Raum.

Maren Lahnstein lächelte. Ihre Augen blitzten schelmisch. »Nicht sehr belastbar, der Herr Staatsanwalt.«

»Immer schon so gewesen. Aber davon sollten Sie sich nicht täuschen lassen. Ansonsten ist er knallhart, was seine Arbeit angeht. Und sehr kompetent. Das hier ist halt nicht jedermanns Sache. Meine auch nicht unbedingt, wenn Sie mich fragen.«

»Aber Sie stehen es mit sehr viel Würde durch.« Marens Lächeln wurde eine Spur wärmer. Ihr rotbrauner Pferdeschwanz wippte, als sie den Kopf zur Seite neigte.

»Es sind schließlich Menschen«, antwortete Halverstett. »Menschen, denen Schreckliches angetan wurde. Und ich will denjenigen finden, der dafür verantwortlich ist.«

»Das werden Sie bestimmt.«

Halverstett wandte sich ebenfalls zum Gehen. »Ich bin dann auch weg. Wann kann ich mit Ihrem Bericht rechnen?«

»Morgen früh.« Maren Lahnstein strich sich über den Kittel. »Ach, noch etwas, Herr Hauptkommissar. Ich habe heute Abend ein paar Gäste. Gute Freunde. Es gibt etwas zu feiern. Ich würde mich freuen, wenn Sie ebenfalls kämen. Pionierstraße zehn. So gegen acht?«

Halverstett, der bereits im Begriff war, die Tür aufzuschieben, hielt überrascht inne. »Ich?«

Maren Lahnstein lächelte immer noch. Ihr ebenmäßiges Gesicht leuchtete. »Ja. Sie. Sie sind ein sehr angenehmer Mensch. Ich unterhalte mich gern mit Ihnen. Und ich hätte Lust, einmal ein anderes Thema anzuschneiden. Nicht immer nur Gewalt und Tod. Also, darf ich mit Ihnen rechnen?«

Ehe er richtig wusste, was er tat, nickte Halverstett. »Gut. Wenn Sie darauf bestehen.« Ungelenk schloss er die Tür hinter sich und schlenderte den Gang entlang.

32

Seine Schritte waren mit einem Mal federleicht. Selbst der Gedanke daran, dass Veronika sicherlich wieder sauer sein würde, weil er jetzt auch seine wenige Freizeit mit Menschen verbrachte, mit denen er beruflich zu tun hatte, konnte seiner guten Laune nichts anhaben. Auf dem Weg zum Wagen erwischte er sich dabei, dass er gar nicht mehr an die beiden Toten in dem Obduktionssaal dachte, sondern nur noch darüber nachgrübelte, welche Blumen er Frau Doktor Lahnstein am besten mitbringen sollte.

*

»Na dann, auf gute Zusammenarbeit!« Marc Simons hob sein Sektglas. Seine Augen funkelten, und eine blonde Strähne hing ihm schon wieder tief in die Stirn.

Katrin nippte. Dann blickte sie sich neugierig um. Marc Simons' Wohnung sah ganz anders aus, als sie erwartet hatte. Die Wände des Wohnzimmers bestanden fast nur aus Bücherregalen, in denen sich Bildbände, Zeitschriften und Ordner eng aneinanderquetschten. Selbst auf dem Esstisch aus dunklem Holz, der unter dem Fenster stand, stapelten sich Bücher. Es waren fast alles Bände über Düsseldorfer Stadtgeschichte, soweit sie erkennen konnte. Die meisten stammten aus der Bücherei. Daneben lagen verschiedene Zeitungen, in denen manche Stellen mit Textmarker angestrichen waren. Marc Simons war ihrem Blick gefolgt. »Mein Bruder. Er hat die Zeitungen auf dem Gewissen.« Er grinste und nahm einen Schluck Sekt. »Er ist gerade auf Jobsuche.«

»Ach, Ihr Bruder wohnt auch hier?«

»Nur vorübergehend. Und bitte, Katrin, sag Marc zu mir. Von heute an werden wir eng zusammenarbeiten, da möchte ich nicht, dass so ein hässliches ›Sie‹ zwischen uns steht.«

Katrin sah ihn an. Als er sie wegen des Buchprojekts kontaktiert hatte, hatte sie sich ein wenig über ihn informiert. Offenbar hatte er bereits eine Menge interessante Dinge auf die Beine gestellt, auch wenn das meiste davon kurzlebig gewesen war. In den achtziger Jahren hatte er mit knapp siebzehn als Sänger einer Band mit dem absurden Namen ›Die aufgescheuchten Gockel‹ einen Hit gelandet. Danach war er in Südamerika herumgereist, hatte einen Roman geschrieben und bei verschiedenen Zeitungen gejobbt. Seine Lebensgeschichte hatte Katrin neugierig gemacht. Die Begegnung mit dem realen Marc Simons war jedoch ziemlich ernüchternd gewesen. Sie war sich nicht sicher, woran sie bei ihm war, doch im Augenblick war es ihr egal. Möglicherweise bildete er sich ein, er könne mit seiner Charmenummer bei ihr landen. Sollte er ruhig. Hauptsache, sie hatte den Job.

»Okay, Marc. Ganz, wie du meinst. Dann lass uns mal anfangen. Du sagtest, du hättest ein paar Ideen.«

Marc deutete zum Tisch. »Ganz wir Ihr befehlt, Madame. An die Arbeit. Setzen wir uns. Ich habe ein paar Sachen aus der Stadtgeschichte rausgesucht, die ich ziemlich bemerkenswert finde.«

Sie setzten sich. Marc schob die Zeitungen zusammen und deponierte sie auf einem leeren Stuhl. Unter einer Ausgabe des Morgenkuriers tauchte ein Schlüsselbund auf, an dessen Ring ein kleines Gummischwein baumelte. Katrin grinste. »Sehr geschmackvoll.«

Marc drückte den Schweinekörper zusammen, und das Tier gab einen jämmerlichen Quietschton von sich. »Hübsch, nicht?«

Katrin verzog das Gesicht.

»Also, wenn es dir nicht gefällt, kann ich dich beruhigen: Das ist nicht mein Schlüssel.«

»Von deinem Bruder?« Katrin zog die Augenbrauen hoch. »Schon praktisch, wenn man mit jemandem zusammenlebt, dem man alle Peinlichkeiten in die Schuhe schieben kann.«

Marc lachte laut auf. »Da hast du recht. In diesem Fall habe ich aber einen anderen Schuldigen. Genauer gesagt zwei. Nämlich meine Nachbarn. Gisela und Karl-Heinz Schubert. Die sind im Augenblick bei Verwandten in München. Wenn sie verreisen, lassen sie mir immer die Schlüssel da, falls jemand dringend in die Wohnung muss. Warum der hier auf dem Tisch rumliegt, weiß ich allerdings auch nicht. Normalerweise hängt er neben der Wohnungstür.«

»Also doch der böse Bruder.«

»Klar.«

»Nicht ganz fair, ihn zu beschuldigen, wo er doch gar nicht da ist, um sich zu wehren. Wo steckt er denn? Lerne ich ihn auch mal kennen?«

»Schon möglich«, antwortete Marc ausweichend. Er ließ sich auf einen Stuhl fallen. »Er ist im Augenblick etwas menschenscheu. Hat ziemlich viel durchgemacht.«

Katrin horchte neugierig auf. Doch Marc ging nicht weiter ins Detail. Er drehte sein Sektglas zwischen Daumen und Zeigefinger. »Sollen wir loslegen?«

»Klar, an die Arbeit.« Katrin schnappte sich einen der Bildbände über Düsseldorf und fing an zu blättern, während Marc ihr seine Ideen erläuterte. Dabei schenkte er eifrig Sekt nach, von dem er allerdings selbst das meiste trank. Einmal reichte Marc ihr ein Buch, und als ihre Finger sich berührten, hatte sie das Gefühl, Marc zögere den Augenblick hinaus, lasse seine Fingerspitzen für den Bruchteil einer Sekunde länger auf den ihren liegen, als nötig gewesen wäre. Doch sie war sich nicht sicher. Sie beschloss, so zu tun, als habe sie nichts bemerkt. Vermutlich war ihre Wahrnehmung verzerrt, weil sie diesen Mann nicht durchschaute, weil sie nicht sicher war, was er eigentlich von ihr wollte. Der Sekt tat ein Übriges, ihr die Sinne zu vernebeln. Um diese Tageszeit stieg ihr der Alkohol sofort in den Kopf. Schließlich war es erst vier Uhr nachmittags. Außerdem war sie mit den Gedanken nicht ganz bei der Sache. Immer, wenn sie glaubte, ganz konzentriert bei der Arbeit zu sein, schoss ihr ein Bild ins Bewusstsein, das sie einfach nicht abschütteln konnte: die zwei Schlingen an dem Ast im Rheinpark, der kahle Baum und dahinter der stille Fluss als einziger Zeuge eines grausigen Verbrechens. Sie hatte überlegt, ob sie Marc davon erzählen sollte, den Gedanken aber sofort verworfen. Irgendetwas hielt sie davon ab, zu viel Vertrautheit zwischen ihnen herzustellen. Vielleicht war es nur ihre bittere Erfahrung mit jenem anderen Mann, dem, der sie entführt hatte, vielleicht aber auch ihr Instinkt, der ihr sagte, dass sie diesem Menschen nicht ohne Weiteres vertrauen durfte.

Sie schnappte sich einen Band über Düsseldorfer Stadtgeschichte und blätterte planlos darin herum. Plötz-

36

lich stockte sie. Auf einer Seite war ihr ein Name ins Auge gesprungen. Hastig blätterte sie zurück. Es dauerte eine Weile, bis sie den Absatz wiedergefunden hatte. Golzheimer Insel. Das war es. Verdammt. Warum war ihr das nicht schon heute Morgen eingefallen? Sie musste unbedingt Halverstett anrufen.

*

Hauptkommissar Halverstett vergewisserte sich mit einem Blick auf das Namensschild, dass sie vor der richtigen Wohnungstür standen. Er zog die Dienstwaffe und bedeutete den beiden Kollegen, auf der Treppe zu warten, dann nickte er Rita Schmitt zu. Sie drückte auf die Klingel. Der schrille Ton war im ganzen Treppenhaus zu hören. Sie warteten. Nichts rührte sich.

Rita klingelte noch einmal. Wieder nichts.

Plötzlich rief jemand von drinnen: »Komm rein. Ist offen. Du weißt doch, dass das Schloss kaputt ist.«

Vorsichtig drückte Halverstett die Tür auf. Ein langer, dunkler Korridor lag vor ihnen. Lautlos schlüpften sie hinein. Von hinten ertönten Stimmen. Sekundenlang zögerte Halverstett und horchte konzentriert, dann grinste er erleichtert. Ein Fernseher. Sie schlichen weiter, bis sie die Schwelle der Wohnzimmertür erreichten. Es roch nach abgestandener Luft und Schweiß. Auf dem Sofa saß ein stark übergewichtiger Mann und starrte auf einen Bildschirm in der Ecke des Zimmers. Er trug eine gestreifte Schlafanzughose, ein weißes Unterhemd und Pantoffeln.

Rita Schmitt machte einen Schritt ins Zimmer. »Polizei. Stehen Sie mit erhobenen Händen auf!« Sie richtete die Pistole auf den Mann. Der fuhr herum und starrte die beiden Polizisten mit offenem Mund an. Die Fernbedienung glitt ihm aus der Hand und polterte auf den Boden. Der Dicke drehte seinen Kopf hin und her, sah kurz zum Fernseher, wo eine amerikanische Krimiserie lief, dann zurück zu dem Mann und der Frau, dann wieder zum Fernseher. Er öffnete den Mund. Schloss ihn wieder.

»Nun machen Sie schon«, rief Rita Schmitt ungeduldig. »Stehen Sie auf.«

Der Mann nickte mechanisch und hievte seinen übergewichtigen Leib aus dem Sofa. Er schnaufte kurzatmig. Als er die Arme hob, konnte man sehen, dass sich kleine feuchte Ringe unter seinen Achseln gebildet hatten.

Rita Schmitt trat zu ihm. »Herr Hofleitner, Sie sind vorläufig festgenommen. Sie stehen unter dem Verdacht, Ihre Exfreundin und deren Ehemann ermordet zu haben.«

Hofleitners Kinnlade klappte herunter. Noch einmal sah er zurück auf den Fernseher, so, als bestünde Hoffnung, das Ganze könnte sich doch noch als Täuschung erweisen und wenn er zurückblickte, wäre der Spuk vorbei. Dann senkte er ergeben den Kopf. Willenlos ließ er sich die Handschellen anlegen und trottete an Rita Schmitts Arm aus der Tür.

4

»Hey, Tommy, jetzt lass die Mama mal los. Du siehst doch, dass ich telefoniere!«

Katrin hörte schmunzelnd zu, wie ihre Freundin Roberta versuchte, ihren Jüngsten in seine Schranken zu verweisen. Der Sekt, den sie bei Marc Simons getrunken hatte, hatte sie schläfrig gemacht, und sie gähnte herzhaft, während sie den gedämpften Stimmen am anderen Ende der Leitung lauschte. Endlich meldete Roberta sich keuchend zurück. »Er darf die Wäsche aufhängen. Mal sehen, was dabei rauskommt.«

Katrin bewunderte Roberta für ihre Geduld mit ihren drei Kindern. Sie selbst war schon mit den Nerven am Ende, wenn sie einen Nachmittag lang auf sie aufgepasst hatte. »Wenn du ihn gut anlernst, kann er das hier bei mir auch übernehmen.«

Roberta lachte. »Ich glaube nicht, dass du das wirklich willst.«

»Es käme auf einen Versuch an. Aber jetzt zu dem, was du mir erzählen wolltest. Irgendwas aus dem Kindergarten, hast du gesagt?«

»Nicht direkt.« Roberta zögerte. »Ich weiß ja gar nicht, ob ich dich damit belasten soll, aber –«

»Was heißt belasten? Du machst mich neugierig.«

»Ist keine so schöne Geschichte.« Roberta klang immer noch unsicher. »Vielleicht hätte ich gar nicht anrufen sollen. Eigentlich musst du dich ja schonen.«

»Was?!« Katrin stand auf und begann, in der Wohnung hin und her zu laufen. »Jetzt hört mal auf, mich wie ein Baby zu behandeln! Manfred will mich auch ständig schonen. Was ist denn los mit euch? Ich bin Opfer eines Verbrechens geworden, ich bin entführt worden. Aber deshalb habe ich nicht meinen Verstand verloren! Ihr braucht nicht für mich zu denken! Und ich will auch nicht in Watte gepackt werden.«

»Schon gut, Katrin. Bitte reg dich nicht auf. Ich meine es doch nicht böse. Was ich dir erzählen wollte, ist einfach nicht sehr schön.«

»Also?«

»Johannas ehemalige Erzieherin ist ermordet worden.«

»Was?!«

»Ja. Unfassbar, nicht? Sie war so nett. Hanna hing sehr an ihr. Hat sie noch manchmal besucht, als sie schon zur Schule ging. Seit wir hier in Neuss wohnen, natürlich nicht mehr.«

»Wie ist es passiert? Weißt du etwas darüber?«

»Eine Bekannte hat mich angerufen. Angeblich war es ihr Exfreund. War ein komischer Typ. Ich habe ihn ein paar Mal gesehen, wenn eine Feier im Kindergarten war. Der passte gar nicht zu ihr. Hat immer nur mit der Bierflasche in der Ecke gestanden. Die Jungen waren allerdings schwer beeindruckt von ihm, weil er Kranführer war oder so was. Letztes Jahr hat sie wohl einen

40

anderen kennengelernt und Hals über Kopf geheiratet. Der ist auch umgebracht worden.«

»Der Mann auch? Bist du sicher? Das müssen die beiden aus dem Rheinpark sein.«

»Du hast schon davon gehört?« Roberta schien überrascht. Dann besann sie sich. »Na klar. Du hast einen Freund, der Journalist ist. Da sitzt du ja an der Quelle. Vermutlich weißt du mehr über die Sache als ich.«

»Ich war sogar am Tatort. Mit Manfred. Halverstett war allerdings ziemlich übellaunig und hat uns sofort wieder weggescheucht.«

»Das war sehr vernünftig von ihm. Das musst du dir wirklich nicht antun.«

»Roberta!«

»Schon okay. Ich habe nichts gesagt.«

»Wie heißt denn diese ehemalige Erzieherin?«

»Früher hieß sie Weber«, erklärte Roberta. »Aber sie hat ja geheiratet. Deshalb weiß ich nicht, wie sie jetzt heißt. Oder besser gesagt: hieß. Hast du am Tatort etwas gesehen? Stimmt es, dass man die beiden aufgeknüpft hat?«

Katrin dachte an den Ast mit den beiden Schlingen. Und sie dachte an das, was sie über die Golzheimer Insel wusste. Wenn der eifersüchtige Exfreund der Täter war, könnte das vielleicht passen. »Ja, das stimmt. Jemand hat sie aufgeknüpft. An einem Baum. Direkt an der Mauer oberhalb des Rheinufers. Erinnert dich das an etwas?«

»Sollte es?« Roberta klang bestürzt.

»Das Projekt in Geschichte. Wir haben in der Schule ein Referat darüber gehalten. Das Gelände, das heute

Rheinpark heißt, war früher eine Insel. Die Golzheimer Insel. Und was stand dort im Mittelalter? Auf einer kleinen Anhöhe, sodass es die Rheinschiffer vom Wasser aus gut sehen konnten?«

»Oh, Scheiße. Der Galgen.«

*

Klaus Halverstett stand vor der Haustür und fragte sich, was er eigentlich hier wollte. Er hatte einen langen Arbeitstag hinter sich, zu Hause wartete seine Frau, und dort oben in der Wohnung feierten Leute eine Party, von denen er niemanden kannte bis auf die Gastgeberin. Und auch die nur als Medizinerin im weißen Kittel. Er warf einen Blick auf den Strauß in seiner Hand. Bunte Frühlingsblumen. Dazu hatte die Verkäuferin ihm geraten. Obwohl er keinerlei Absichten in dieser Richtung hegte, kam er sich vor, als stünde ein Rendezvous mit seiner heimlichen Geliebten bevor. Wie albern. Jetzt ging ihm wirklich die Phantasie durch. Entschlossen klingelte er.

Maren Lahnstein erwartete ihn im Türrahmen. Sie trug ein enges schwarzes Kleid, und ihr langes rotbraunes Haar fiel offen auf ihre Schultern. Halverstett wurde zum ersten Mal bewusst, wie groß der Kontrast zu Rita Schmitt war, der Kollegin, mit der er täglich zusammenarbeitete. Auch sie hatte rote Haare, doch die waren kurz geschnitten und standen meistens in alle Himmelsrichtungen vom Kopf ab. Außerdem wirkte Rita immer etwas plump und unbeholfen, obwohl sie weder übergewichtig noch dumm war. Im Gegenteil, sie war eine kluge, erfahrene Kollegin, auf deren Urteil er viel gab. Doch sie hätte genauso gut ein Mann sein können. Er nahm sie gar nicht als Frau wahr. Ganz anders als Maren Lahnstein. Die hatte ihn gleich bei ihrer ersten Begegnung in der Gerichtsmedizin aus dem Gleichgewicht gebracht, und genau das machte ihm jetzt zu schaffen.

Verlegen überreichte Halverstett die Blumen und versuchte, die Ärztin nicht anzustarren. Sie bat ihn herein und führte ihn ins Wohnzimmer. Es war ein heller, spärlich, doch geschmackvoll möblierter Raum. Ein weißes Klavier stand an der linken Wand. Ein ebenso weißes Bücherregal rechts neben der Tür. Die lederne Sitzgruppe war ebenfalls weiß.

Ansonsten war der Raum leer. Ganz leer. Keine Gäste. Keine Party. Halverstett blieb überrascht im Türrahmen stehen.

»Wo sind die anderen?«, fragte er. Die Frage klang dämlich. Als Jugendlicher war er einmal auf einer Karnevalsparty gewesen. Er hatte sich verkleidet. Als Indianer. Er war der einzige Indianer auf der Party gewesen. Und nicht nur der einzige Indianer. Es gab auch keine Cowboys, Vampire oder Prinzessinnen. Alle anderen hatten sich gar nicht verkleidet. Er hatte irgendwas in der Einladung missverstanden. Den ganzen Abend lang hatte er sich unwohl gefühlt mit seiner grellbunten Kriegsbemalung und dem albernen Federschmuck auf dem Kopf, fehl am Platz, ein Fremdkörper. An diese Party musste er denken, als er auf der Schwelle zu Maren Lahnsteins leerem Wohnzimmer stand. Hatte er wieder etwas falsch verstanden? Falscher Tag? Falsche Zeit?

43

Maren Lahnstein lächelte. »Ich hatte Christoph und Anette noch eingeladen, ein befreundetes Ehepaar. Doch sie hatten irgendwelche Schwierigkeiten mit dem Babysitter. Sie müssen also mit mir allein vorliebnehmen.« Sie schien Halverstetts irritiertes Gesicht zu bemerken und fügte hinzu. »Ich wohne ja noch nicht so lange in Düsseldorf, gerade mal ein halbes Jahr. Ich kenne kaum jemanden hier.«

Halverstett stieß ein Geräusch aus, das wie eine Mischung aus ›Aha‹ und ›Oh‹ klang, und machte ein paar zaghafte Schritte in den Raum hinein. Er hätte gern noch gefragt, was es denn nun heute zu feiern gab, doch er kam sich blöd dabei vor. So, als könne er den Bullen nicht ablegen, der alles genau wissen muss.

»Trinken Sie auch ein Glas Wein?« Maren Lahnstein deutete auf die weiße Sitzgruppe. »Setzen Sie sich doch.«

»Ja, gern«, brummte Halverstett und ließ sich auf die Couch fallen. Ein Scotch wäre ihm lieber gewesen. Seine Nerven spielten verrückt. Heute hatte er einen Mann verhaftet, der vermutlich zwei Menschen eiskalt aufgeknüpft hatte. Als er mit seinen Kollegen in die Wohnung eingedrungen war, war er wie immer angespannt gewesen. Hoch konzentriert. Man wusste nie, was einen erwartete. Doch im Vergleich dazu, wie er sich im Augenblick fühlte, war das ein Sonntagsspaziergang am Rhein gewesen.

Maren Lahnstein kam mit zwei Gläsern Weißwein zurück und reichte ihm eins. »Also dann, Prost. Ich habe

44

heute Geburtstag, und ich wollte den Abend nicht allein verbringen.«

Halverstett spürte, wie er rot wurde. »Oh, herzlichen Glückwunsch«, stammelte er.

Maren Lahnstein setzte sich in den Sessel links von ihm. »Was macht der Fall?«, fragte sie. »Ach nein, ich wollte ja über etwas anderes mit Ihnen reden, nicht immer nur über die Arbeit. Erzählen Sie mir was über Düsseldorf.«

»Ich bin eigentlich kein Düsseldorfer«, erklärte Halverstett und stellte das Glas auf dem Tisch ab. Seine Verunsicherung war mit einem Mal wie weggeblasen. Da hätte er die ganze Situation doch beinahe völlig missverstanden. Dabei wollte die Frau ganz einfach an ihrem Geburtstag nicht allein in einer fremden Stadt sein. Noch im Nachhinein brach ihm der Schweiß aus, wenn er daran dachte, was für alberne Ideen ihm durch den Kopf geschossen waren. »Ich bin aus Gruiten. Das ist ein kleines Dorf oberhalb des Neandertals. Dort bin ich aufgewachsen, und dort lebe ich immer noch. Nicht besonders aufregend, ich weiß. Aber ich fühle mich wohl auf meinem Berg.«

Maren Lahnstein lächelte. »Mich hat das Schicksal leider schon ziemlich häufig in der Gegend herumgescheucht. Geboren in einem Dorf in Schleswig-Holstein, studiert in Tübingen, verschiedene Jobs an Unis in ganz Deutschland und jetzt hier in Düsseldorf. Die Stadt gefällt mir. Allerdings habe ich bisher kaum etwas gesehen. Zu viel Arbeit.«

»Apropos«, fiel Halverstett ihr ins Wort. »Sie wollten doch wissen, was der Fall macht. Wir haben einen Mann verhaftet. Einen Peter Hofleitner. Er ist der Exfreund der ermordeten Frau. Als sie sich wegen Bertram Kassnitz von ihm trennte, ist er ziemlich ausgerastet. Hat seine Stammkneipe auseinandergenommen und gedroht, die beiden umzubringen.«

»Hat er gestanden?«

»Nein, im Augenblick sagt er gar nichts. Wir lassen seinen Wagen auf Spuren untersuchen. Irgendwie muss er die beiden ja zum Tatort transportiert haben. Er hat sie nämlich aus ihrem Haus entführt, und das liegt in Benrath. Ein ganz schönes Stück weg von der Stelle, wo er sie aufgeknüpft hat. Mit dem Auto mindestens zwanzig Minuten. Leider hat offenbar keiner von den Nachbarn irgendwas gesehen. Jedenfalls hat die Befragung bisher nichts ergeben. Aber es war ja auch so nebelig, dass man nicht einmal seine eigenen Schuhspitzen erkennen konnte.«

»Warum hat er sie nicht an Ort und Stelle umgebracht? Das war doch ziemlich riskant, sie erst noch durch die halbe Stadt zu kutschieren.«

»Keine Ahnung. Vielleicht hat der Rheinpark eine besondere Bedeutung für ihn. Womöglich hat er die Frau dort kennengelernt. Oder mit dem anderen erwischt. Das kriegen wir schon noch raus. Ich denke, er redet bald. Nur eine Frage der Zeit.«

»Sie sind sicher, dass er es war?«

Halverstett nippte an dem Wein. »Sicher sind wir erst, wenn wir das Geständnis haben. Oder einen eindeu-

46

tigen Beweis. Aber es spricht viel dafür. Ein Alibi hat er jedenfalls nicht. Angeblich war er zu Hause und hat nichts mit der Sache zu tun. Das ist das Einzige, was wir aus ihm rausgekriegt haben, seither ist er stumm wie ein Fisch.« Er war jetzt in seinem Element. Ein Gespräch unter Kollegen. Das war es und sonst nichts. Was war er nur für ein Trottel. Was hätte eine Frau wie Maren Lahnstein auch anderes von ihm wollen können, einem spießigen, übergewichtigen Beamten, der mindestens zehn Jahre älter war als sie?

»Sind Elisabeth und Bertram Kassnitz nicht schon länger verheiratet gewesen?«, fragte Maren Lahnstein und schob sich die Haare hinter die Ohren.

Halverstett nickte. »Etwas über ein Jahr. Ich weiß, was Sie sagen wollen. Wenn er es war, hat er verdammt lang gewartet mit seiner Rache.«

*

Katrin kaute an ihrer Pizza und betrachtete die Fotos, die Elfriede Thürnissen ihr gegeben hatte. Eigentlich war Manfred heute mit Kochen dran. Aber bei ihm kam es häufiger vor, dass er viel länger in der Redaktion saß, als seine Arbeitszeit es vorsah. Wenn ihn eine Geschichte interessierte, vergaß er alles andere. Dafür hatte er auch keine Skrupel, gar nicht zur Arbeit zu erscheinen, wenn nichts Interessantes anstand. Am Anfang wäre er wegen dieser eigensinnigen Arbeitshaltung ein paar Mal beinahe geflogen, doch inzwischen genoss er gewisse Sonder-

47

rechte. Er hatte einfach einen zu guten Riecher. Auf den wollte der Chefredakteur auf keinen Fall verzichten.

Als Manfred um halb acht noch nicht zu Hause war, hatte Katrin sich resigniert eine Tiefkühlpizza in den Ofen geschoben. Dann musste er halt morgen ran. Aufgeschoben war nicht aufgehoben.

Manfred wohnte erst seit Dezember bei Katrin. Die meiste Zeit jedenfalls. Er besaß noch seine Wohnung in der Höhenstraße, doch die nutzte er fast nur noch als Lager für Wäsche und Bücher, die er gerade nicht brauchte. Gelegentlich brachte er auch Besuch dort unter. Katrin war zunächst skeptisch gewesen, als Manfred nach ihrer Entführung einfach mit zwei Koffern Klamotten und fünf Kisten Kram bei ihr aufgetaucht war und gesagt hatte, dass er erst mal hierbleibe, bis es ihr besser gehe. Doch er hatte sich gar nicht erst auf eine Diskussion eingelassen, und sie war viel zu erschöpft gewesen, um ernsthaft zu protestieren.

Aus diesem ›erst mal‹ waren inzwischen zwei Monate geworden, und Katrin hatte sich daran gewöhnt, dass Manfred neben ihr lag, wenn sie morgens aufwachte. Der Anblick seiner Zahnbürste in ihrem Bad hatte etwas Vertrautes, das sie nicht mehr missen wollte, ebenso wie seine Sammlung exotischer Gewürze, mit der er ihren eher mager ausgestatteten Küchenschrank aufgefüllt hatte. Manfred war bereits so sehr Teil ihres Lebens, dass sein Einzug in ihre Wohnung nur der letzte Schritt gewesen war, ein relativ kleiner Schritt gemessen an dem, was bereits hinter ihnen lag. Sogar das befürchtete Chaos war ausgeblieben.

48

Das Telefon klingelte. Es war Manfred. »Ich habe hier noch zu tun. Es gab eine Verhaftung. Dauert noch mindestens 'ne Stunde.«

»Ja, das habe ich mir schon gedacht. Hat er denn gestanden?«

»Wer?«

»Dieser Exfreund der Kindergärtnerin.«

»Woher weißt du das denn schon wieder?!«

»Ich habe auch so meine Verbindungen.« Katrin grinste. Sie stellte sich vor, wie Manfred am anderen Ende der Leitung die Augen verdrehte.

»Dann brauche ich dir ja gar nichts mehr zu erzählen, wenn ich nachher komme«, sagte er jetzt.

»Das könnte dir so passen! Ich bleibe auf, egal wie lang es dauert. Und ich will jedes Detail wissen. Bis dahin habe ich reichlich zu tun. Ich habe nämlich jetzt einen eigenen Fall.«

»Was?! Was für einen Fall?« Manfred klang entsetzt.

»Ich suche einen Vermissten.« Katrin genoss es, ihm die Einzelheiten in kleinen Bröckchen hinzuwerfen. Sie konnte seine Neugier geradezu knistern hören.

»Ich verstehe nicht.«

»Du kennst doch die Frau aus dem Nachbarhaus, Thürnissen heißt die. Ältere Dame, sehr kurze Haare. Sportlicher Typ. Joggt jeden Morgen die Düssel entlang.«

»Ja, ich glaube, ich weiß, wen du meinst.«

»Sie will, dass ich jemanden für ihre Schwester suche.«

»Aha. Und warum geht sie nicht zur Polizei?«

49

»Da war sie schon. Und bei drei Detekteien. Doch niemand will ihr helfen.«

»Und warum nicht?« Manfred klang irritiert.

»Weil der Vermisste ein Hund ist.«

*

Der Nebel war zurückgekehrt. Er war nicht ganz so dicht wie am Abend zuvor, doch er verhängte die Stadt gut genug, um dem Mörder ausreichend Deckung zu bieten.

Karl Binder stieg aus seinem Wagen. Fast zehn Minuten hatte er gebraucht, um in dem Einbahnstraßengewirr um den Schillerplatz einen Parkplatz zu finden, der halbwegs in der Nähe seiner Wohnung in der Humboldtstraße lag. Er hatte einen nervenaufreibenden Tag auf dem Präsidium hinter sich. Zeugenbefragungen zu einer angeblichen Vergewaltigung am Arbeitsplatz. Keine schöne Angelegenheit. Der Arbeitsplatz war ein Supermarkt in Derendorf, das Opfer ein junges Mädchen, eine Schülerin, die dort jobbte, und der Beschuldigte der Metzger, der hinter der Fleischtheke seinen Dienst tat. Angeblich hatte er sich im Kühlhaus an ihr vergangen, irgendwo zwischen Schweinehälften und Hähnchenschenkeln.

Binder schlug die Wagentür zu und schlenderte die Achenbachstraße entlang. Eigentlich war es ganz angenehm, dass er noch ein paar Schritte laufen musste, bevor er zu Hause ankam. Vielleicht ließen sich die unangenehmen Gedanken an seinen Job im Nebel abschütteln. In letzter Zeit fiel es ihm nicht mehr so leicht, seine Arbeit nach Dienstschluss aus dem Kopf zu löschen. Sie verfolgte ihn, fraß sich in sein Privatleben.

Eine Frau mit Pudel tauchte unvermittelt vor ihm aus dem Nichts auf, huschte vorbei und war Sekunden später wieder in der weißen Suppe verschwunden. Verrücktes Wetter. Binder konnte sich nicht erinnern, in Düsseldorf jemals einen solchen Nebel erlebt zu haben. Aber in letzter Zeit spielte das Wetter ja überall auf der Welt verrückt.

Er schlug den Kragen seines Mantels hoch und drückte seine Aktentasche enger an sich. Er war kein ängstlicher Typ, sonst wäre er nicht Polizist geworden, doch aus unerfindlichen Gründen machte ihn der Nebel nervös. Es war, als wäre man blind. Und gegen eine Gefahr, die man nicht sah, konnte man sich nicht wappnen. Endlich erreichte er die vertraute Hecke seines Vorgartens. Als er gerade den Schlüssel aus der Aktentasche fischen wollte, hörte er Schritte hinter sich.

»Nicht bewegen!«

Binder spürte etwas an seinem Hinterkopf. Den Lauf einer Waffe. Verdammt. Als hätte er es geahnt. Vermutlich hatte der Typ es auf sein Geld abgesehen. Das konnte er haben, Binder hatte nicht vor, den Helden zu spielen.

»Aktentasche fallen lassen!«

Hatte er es doch gewusst. Da war seine Dienstwaffe drin. Doch an die käme er jetzt sowieso nicht ran. Er ließ die Tasche langsam aus der Hand gleiten. Sie plumpste fast lautlos auf die Steinplatten. Der Fremde stieß sie mit dem Fuß weg. Dunkler Turnschuh. Nike. Vielleicht konnte er sich das Modell merken.

»Hände auf den Rücken!«

Binder, der gerade im Begriff war, die Arme zu heben, stutzte. Etwas stimmte nicht. Das war kein normaler Überfall. Jetzt hätte der Typ ihm eigentlich die Brieftasche aus der Hose ziehen müssen. Aber daran schien er gar nicht interessiert zu sein. Bevor Binder weiter darüber nachdenken konnte, klickten Handschellen um seine Handgelenke.

Verdammt! Was sollte das? Was wollte der Kerl von ihm?

Plötzlich fiel ihm der Fall ein, an dem die Kollegen vom KK 11 gerade arbeiteten. Er hatte sich im Paternoster kurz mit Klaus Halverstett unterhalten. Hatte der Mörder dem Ehepaar nicht auch Handschellen angelegt, bevor er es am nächsten Baum aufknüpfte? Und er hatte Halverstett noch erzählen wollen, dass er die Opfer kannte. Von einem anderen Fall. Womöglich gab es da einen Zusammenhang.

Scheiße! Binder wurde es heiß. Scheiße!

Er fuhr herum, bereit, um sein Leben zu kämpfen, doch in dem Augenblick traf ihn ein Schlag auf den Schädel. Seine Knie sackten weg, und alles versank in Dunkelheit.

5

Katrin räkelte sich im Schaukelstuhl. Rupert sprang auf ihre Oberschenkel, machte es sich bequem und schnurrte behaglich. Manfred saß an Katrins Schreibtisch und tippte einen Artikel in seinen Laptop. Katrin starrte hinaus in den Nebel. Plötzlich fiel ihr etwas ein.

»Kann ich morgen früh dein Auto haben?«

Manfred drehte sich um und sah Katrin erstaunt an. »Du willst was?«

Seit Katrin vor zwei Monaten mit ihrem eigenen Auto entführt worden war, war sie nicht mehr allein gefahren. Ihren alten Golf Cabrio, den sie besaß, seit sie den Führerschein gemacht hatte, hatte die Polizei zwar wiedergefunden, doch Katrin wollte den Wagen nicht mehr haben.

»Dein Auto. Du brauchst es doch morgen früh nicht, oder? Du hast gesagt, dass du erst nachmittags in die Redaktion musst.« Katrin kraulte Rupert am Hals.

»Klar kannst du. Verrätst du mir auch, was du vorhast?« Manfred stand auf und hockte sich vor Katrin auf den Boden. Rupert beäugte ihn misstrauisch, so, als fürchtete er, der Mann könne ihm seinen Platz auf Katrins Schoß streitig machen.

Katrin lächelte. Sie fuhr Manfred durch das zerzauste blonde Haar. »Keine Sorge. Ich habe nicht vor, auf Mörderjagd zu gehen. Wenn ihr recht habt, ist der Täter ja auch schon gefasst und hinter Schloss und Riegel.«

»Wenn ihr recht habt? Wie meinst du das?« Manfred fixierte Katrin misstrauisch.

»Roberta kennt diesen Hofleitner flüchtig. So, wie sie ihn mir beschrieben hat, ist er ein einfach gestrickter Zeitgenosse, der am liebsten mit einer Flasche Bier in der Hand vor dem Fernseher sitzt. Nicht gerade der Typ Mann, der einen Mord perfide bis ins Detail plant und seine Opfer zur Betonung seines Anliegens an einem historischen Richtplatz umbringt.«

»Was für ein historischer Richtplatz?« Manfred umfasste Katrins Unterschenkel. Der Schaukelstuhl schwang nach vorn, Rupert sprang erschrocken auf und hüpfte auf den Boden. Beleidigt verzog er sich auf die Fensterbank.

»Hey, musst du eine solche Unruhe verbreiten!«, rief Katrin und lachte. Dann rutschte sie zu Manfred auf den Boden.

»Hat doch wunderbar funktioniert«, gab Manfred zurück. »Rivale in die Flucht geschlagen, Prinzessin im Arm.«

»Von wegen Prinzessin.« Katrin kniff ihn in den Bauch.

»Autsch. Okay, Prinzessin mit Dornen. Jetzt hast du mir aber immer noch nicht verraten, was du mit dem historischen Richtplatz meinst.«

»Dort, wo die beiden gestern Nacht aufgeknüpft wurden, stand einmal der Galgen von Düsseldorf.«

Manfred riss die Augen auf. »Wirklich? Woher weißt du das?«

54

»In der Schule haben Roberta und ich mal ein Referat zu diesem Thema gehalten.«

»Ich wusste gar nicht, dass ihr beide schon als Teenager so morbide drauf wart.«

»Es gibt eine Menge Dinge, die du nicht über mich weißt.« Katrin sah ihn provozierend an.

Manfred grinste. »Aber ich werde sie herausfinden, wart's nur ab. Und jetzt zu dem Galgen. Stand er tatsächlich genau dort?«

»So ungefähr. Genau lässt sich das nicht mehr sagen. Dieses Gelände war im Mittelalter eine Insel, die außerhalb des Stadtgebiets lag. Der Galgen stand weithin sichtbar auf einem Hügel. Zur Abschreckung. Heute gibt es weder die Insel noch den Hügel, auf den Meter genau kann man also nicht sagen, wo der Galgen stand. Aber so ungefähr kommt es hin.«

»Das kann kein Zufall sein«, murmelte Manfred nachdenklich. »Und du hast recht. Wenn der Mörder diesen Ort bewusst ausgewählt hat, dann ist es eher unwahrscheinlich, dass es dieser Hofleitner war. Das passt nicht zu ihm.« Er sah Katrin in die Augen. »Und für so was hast du dich schon als kleines Mädchen interessiert?«

Katrin lachte. »Wir waren sechzehn oder siebzehn, als wir das Referat gehalten haben. Keine kleinen Mädchen mehr. Außerdem sind wir, ehrlich gesagt, eher gegen unseren Willen zu diesem Thema verdonnert worden. Es war das letzte, was übrig war. Düsseldorfer Rechtsgeschichte. Klang furchtbar trocken. Wollte keiner machen. Nachher haben uns dann alle beneidet, als wir von Galgenprivileg, Blutgerichtsstein und Hexenverbrennung erzählt haben.«

»Ich wusste doch, dass da etwas sehr Dunkles in dir schlummert.« Manfred rückte näher an Katrin heran. »Und was hast du nun morgen mit meinem Auto vor?«

Katrin deutete zum Fenster. »Siehst du das?«

Manfred drehte den Kopf. »Ich sehe, ehrlich gesagt, überhaupt nichts.«

»Genau das meine ich«, erläuterte Katrin. »Wenn es morgen früh noch so nebelig ist, gibt das ein paar wunderbare Motive. Ich will ein bisschen rumfahren und Fotos machen. Mit etwas Glück gibt es einen tollen Wintersonnenaufgang. Blutrote Sonne im grauen Dunst. Sieht wunderschön aus.«

»Blutrote Sonne. Klingt gefährlich. Gestern Abend, als das Ehepaar umgebracht wurde, war auch solcher Nebel. Eine ideale Nacht für einen Mord.«

Katrin grinste. »Dann sollte ich morgen als Allererstes überprüfen, ob Halverstett den wahren Täter eingesperrt hat.«

»Und wie?«

»Ganz einfach, ich fahre alle alten Richtplätze ab. Ich glaube, die meisten kriege ich noch zusammen.«

»Alle Richtplätze? Gibt es noch mehr?«

»Klar, jede Menge. Der Galgen ist in Düsseldorf im Laufe der Jahrhunderte umhergewandert wie ein Betrunkener, der den Heimweg nicht findet. Weil die Stadt immer weiter wuchs und der Richtplatz möglichst außerhalb des besiedelten Gebiets liegen sollte. Dieses Ding

56

wollte schließlich niemand vor seiner Haustür stehen haben.«

»Ach nee, warum denn nicht? Ich dachte, im Mittelalter wären Hinrichtungen so 'ne Art Fußballweltmeisterschaft gewesen. Sind nicht alle dahin geeilt, um sich das anzusehen? Wenn man da in der Nähe des Galgens gewohnt hätte, hätte man doch seinen Fensterplatz in der ersten Reihe vermutlich noch teuer vermieten können.«

Katrin grinste. »Da hast du recht. Später bei der Guillotine war das tatsächlich so. Die stand in der Altstadt im Gefängnishof und war von den Dächern der gegenüberliegenden Straßenseite aus gut sichtbar. Den berühmten Serienmörder Peter Kürten hat man übrigens aus diesem Grund im Kölner Klingelpütz hingerichtet, wo der Richtplatz nicht einsehbar war. Man wollte einen Massenauflauf vermeiden.«

»Der Vampir von Düsseldorf wurde in Köln hingerichtet? Na so was.«

»Eigentlich war das sogar sehr sinnvoll«, erklärte Katrin. »Kürten war nämlich gebürtiger Kölner.«

Manfred runzelte die Stirn. »Du bist ein wandelndes Henkerslexikon. Ich bin schwer beeindruckt. Allerdings weiß ich jetzt immer noch nicht, warum niemand in der Nähe des Galgens leben wollte. Wenn ich bedenke, was du gerade erzählt hast, ergibt das doch keinen Sinn.«

»Du musst dir mal vorstellen, wie das im Mittelalter war: Wer zum Tod durch den Strang verurteilt war, der wurde an den Galgen gehängt, und das war's. Da blieb er dann hängen, bis er vollkommen weggefault war. Selbst

Verbrecher, die auf andere Art hingerichtet worden waren, wurden manchmal danach noch an den Galgen gehängt. Ihr Tod sollte schließlich andere Menschen abschrecken. Da hingen oft zehn oder zwanzig Leute gleichzeitig in unterschiedlichen Stadien der Verwesung. Dem Anblick möchte wohl niemand tagtäglich ausgeliefert sein, egal wie sehr er Hinrichtungen als solches schätzen mag. Von dem bestialischen Gestank ganz zu schweigen.«

»Pfui.« Manfred schüttelte sich. »Die waren echt ziemlich abartig drauf, unsere Vorfahren.«

»Na, dafür brauchst du nicht ins Mittelalter zurückblicken. Das trifft auf unsere Zeitgenossen leider immer noch zu. Guck dich doch mal in der Welt um.«

»Okay. Da hast du recht. Glücklicherweise sind zumindest in unseren Breiten die Strafen für Verbrechen deutlich humaner geworden.«

Katrin zuckte die Schultern. »Kommt drauf an. Aus unserer Sicht natürlich schon. Aber damals waren die Leute davon überzeugt, den Verurteilten damit einen Gefallen zu tun. Sie wollten ihnen durch drakonische Strafen die Zeit im Fegefeuer verkürzen. Je mehr sie noch vor dem Tod litten, desto weniger hatten sie im Jenseits abzubüßen. So was in der Art.«

»Wie pervers!« Manfred schnitt eine angewiderte Grimasse. »Ist das auch der Grund für die Folter gewesen? Leute quälen, um ihr Seelenheil zu retten?«

»Nein.« Katrin schüttelte den Kopf. »Das lag am Rechtssystem. Damals gab es keine Prozesse mit Indizien und Beweisen, so wie wir das heute kennen. Relevant für die Verurteilung war einzig und allein das Geständnis.

Also musste man den Verdächtigen auf Teufel komm raus dazu bringen, seine Tat zu gestehen.«

»Wie absurd.« Manfred stand auf und trat zum Fenster. Katrin folgte ihm. Schweigend blickten sie in den gespenstischen Nebel.

»Wie viele von diesen ehemaligen Richtplätzen gibt es denn in Düsseldorf?«, fragte Manfred schließlich.

»Das weiß wohl niemand so genau«, antwortete Katrin. »Aber es kommen einige zusammen. Schließlich waren viele Stadtteile in früheren Zeiten eigene Städte, die teilweise auch eine eigene Gerichtsbarkeit hatten.«

»Da ist was dran. Und jetzt meinst du, wenn hier ein Serientäter am Werk ist, der ein Faible für alte Richtplätze hat, dann arbeitet der all diese Orte ab?«

»Ja, so ungefähr. Ich hoffe natürlich, dass ich unrecht habe.«

»Das hoffe ich auch.«

»Dann drück mir mal die Daumen, dass ich nicht fündig werde. Sonst muss Halverstett mit seiner Mörderjagd wieder von vorn beginnen.«

*

Marc Simons wurde von der Müllabfuhr aus dem Schlaf gerissen. Jeden Donnerstag hielt sie um Punkt sieben genau unter seinem Schlafzimmerfenster und leerte die großen Container des gesamten Häuserblocks. Sie war nie zu spät. Zuverlässiger als sein Wecker.

Genervt schwang er sich aus dem Bett und trat zum Fenster. Es war dunkel, und der Nebel hatte sich noch nicht gelichtet. Das gelbe Rundumlicht des Müllwagens zerschnitt die weiße Suppe unter ihm.

Nackt schlurfte Simons in die Küche. Sein Schädel brummte, und er brauchte dringend einen Kaffee. Benedikt saß bereits am Tisch. Er hielt einen dampfenden Pott zwischen seinen Händen und starrte ins Leere.

»Schon wach?« Benedikt drehte den Kopf und sah seinen Bruder überrascht an.

»Die Müllabfuhr. Donnerstag ist mein Frühaufstehtag.« Er langte nach der Kaffeekanne, doch sie war leer.

»Hast du nur eine Tasse gemacht, oder bist du schon seit Stunden wach?«

»Beides.« Benedikt stand auf. »Geh dich anziehen. Ich mach neuen.«

Marc trottete aus der Küche, schlüpfte in seine Klamotten und kehrte zurück. »Wo warst du eigentlich gestern Abend? Als ich ins Bett bin, warst du immer noch nicht da.«

»Du bist aber auch den ganzen Abend weg gewesen, wenn ich mich nicht täusche. Wo warst *du* denn?« Benedikt holte einen zweiten Kaffeepott aus dem Schrank.

»War unterwegs. Motive suchen. Für das Buch.«

»Im Nebel?«

Marc zuckte mit den Schultern. »Und du?«

»Musste raus. Ich habe gestern Abend bei Natalie angerufen. Wollte die Kleine sprechen. Aber Jule wollte nicht mit mir reden. Das ist alles so beschissen!« Er schlug mit der Faust gegen den Küchenschrank. Geschirr klirrte.

60

»Jule wollte nicht mit dir reden? Bist du sicher? Vielleicht hat Natalie das nur behauptet.« Marc setzte sich an den Tisch. Benedikt blieb stehen und wartete darauf, dass die Kaffeemaschine ihre Arbeit beendete.

»Ich habe gehört, wie sie Jule gefragt hat.«

»Scheiße.«

Benedikt goss Kaffee ein und stellte die Kanne zurück. »Das alles macht mich wahnsinnig. Nach dem Telefongespräch musste ich erst mal raus. Hier drinnen wäre ich durchgedreht. Ich bin wie bescheuert in der Gegend rumgelaufen. Am liebsten wäre ich rübergefahren in die schicke Villa meiner Noch-Schwiegereltern und hätte mir Jule geschnappt. Ich möchte nicht wissen, was sie der Armen alles über mich erzählen. Was die da mit ihr machen, ist doch Gehirnwäsche. Klar, dass die mich nicht sehen will.« Benedikt lief unruhig im Zimmer hin und her. »Und das Schlimmste ist, dass sie nicht zur Rechenschaft gezogen werden. Dass sie die gemeinsten Lügen über jemanden verbreiten dürfen, sein Leben zerstören dürfen, ohne dass es irgendwelche Konsequenzen hat.«

*

Als der Wecker klingelte, hatte Katrin das Gefühl, es sei noch mitten in der Nacht. Es war stockdunkel draußen, kein Geräusch war zu hören, nur das Rauschen einer Wasserleitung irgendwo im Haus. Schlaftrunken rollte sie sich aus dem Bett. Manfred stöhnte leise und drehte sich geräuschvoll auf die andere Seite.

Katrin lief zum Fenster. Beinahe hoffte sie, der Nebel möge sich verzogen haben. Dann könnte sie ruhigen Gewissens zurück ins Bett schlüpfen. Doch ihre Hoffnung wurde enttäuscht. Die kompakte weiße Masse füllte den Hof hinter ihrem Haus wie ein riesiger Bausch Zuckerwatte. Sie gähnte und wandte sich ab. Ohne das Licht anzumachen, tastete sie im Schrank nach frischer Kleidung. Sie fischte eine warme Hose heraus, einen dicken Pullover und die langen, karierten Kniestrümpfe, die sie so liebte und die Manfred so hässlich fand. Unter der Dusche wurde sie langsam wach.

Als sie sich in der Küche Tee kochte und ein Brot schmierte, stieg langsam die Vorfreude in ihr auf. Wann hatte sie das zum letzten Mal gemacht? Im Morgengrauen aufstehen und an einem besonderen Ort den Sonnenaufgang festhalten? Früher war das eine ihrer Leidenschaften gewesen. Einer der Gründe, warum sie ihren Beruf so liebte. Die Welt entdecken, während sie gerade aufwachte, wenn der Tag noch jung war und blinzelnd die Augen öffnete.

Katrin goss den Tee in eine kleine Thermoskanne und packte das Brot in Alufolie. Jetzt hatte sie noch keinen Hunger, doch in einer Stunde würde sie darüber herfallen. Sie schlüpfte in ihre Turnschuhe, nahm die Jacke vom Haken, schnappte sich ihre Kameratasche und das Stativ und verließ die Wohnung. Fünf Minuten später fuhr sie in Manfreds grünem Landrover den Hennekamp entlang. Hier war schon einiges los auf der Straße, die erste Welle des Berufsverkehrs hatte eingesetzt. Katrin schwamm ziellos mit den anderen Wagen

Richtung Nordosten. Sie hatte sich vorher gar nicht überlegt, wo sie fotografieren wollte. Also ließ sie sich einfach treiben.

Als sie sich der Grafenberger Allee näherte, fiel ihr das Gespräch vom Abend zuvor wieder ein. Die Richtplätze. Einer spontanen Eingebung folgend bog sie links ab und dann an der übernächsten Querstraße wieder rechts in die Humboldtstraße. Vielleicht war ein ehemaliger Richtplatz im Morgennebel ja ein schönes Motiv für Simons' Buch.

Katrin ließ den Wagen langsam durch die enge Straße rollen. Hier schien noch fast alles zu schlafen. Die eleganten, mehrstöckigen Wohnhäuser lagen still und dunkel hinter dem Nebelschleier, der sich zögernd lichtete. Nur gelegentlich war durch den weißen Dunst das gelbliche Licht eines erleuchteten Fensters zu erahnen.

Katrin fand kurz vor dem Schillerplatz eine Parklücke. Ohne Kamera stieg sie aus und schlenderte auf den Platz zu. Erst einmal musste sie die Gegend erkunden, die beste Perspektive ausmachen, das schönste Motiv finden. Im Augenblick war es sowieso noch zu dunkel, um zu fotografieren.

Der Schillerplatz war ein mit großen, alten Bäumen bestandenes, rechteckiges Gelände, auf dem sich mehrere Rasenstücke und ein Kinderspielplatz befanden. Die Spielgeräte waren über den ganzen Platz verstreut. Katrin blieb in einiger Entfernung stehen und betrachtete die Bäume, die ihre nackten Arme aus dem Nebel heraus in den grauen Morgenhimmel streckten, und musste an den Erlkönig denken. Schaudernd trat sie näher. Bei dem Wetter war es nicht schwer, sich vorzustellen, dass an diesem Ort einmal ein Galgen gestanden hatte.

Katrin schlenderte entlang der Schienen der Straßenbahnlinie 708, die hier von der Uhlandstraße in die Humboldtstraße mündeten. Ein einsames hölzernes Schaukelgerüst reckte wie ein Ertrinkender seine Balken aus der milchigen Suppe. Irgendjemand hatte die rechte Schaukel so oft um den oberen Querbalken gewickelt, dass sie für ein kleines Kind nicht mehr zu erreichen war. Die linke Schaukel war nicht zu sehen, Nebelschwaden hüllten sie ein. Plötzlich kam Bewegung in die weiße Wand, so als zöge jemand an einem Vorhang. Das ganze Gerüst kam zum Vorschein. Zwei X-förmige Stützen, ein Querbalken, zwei Schaukeln. Der Querbalken stand an beiden Seiten ein wenig über. Katrin hielt die Luft an. Auf der linken Seite baumelte etwas in der Morgenbrise, das auf den ersten Blick aussah wie eine dritte Schaukel.

Zögernd ging sie näher heran. Ihr Herz hämmerte, und ihre Beine waren bleischwer. Wieder glitt ein Nebelschleier vor das Gerüst, das hängende Etwas verschwand. Katrin stand jetzt unter einer Platane, nur wenige Meter von der Schaukel entfernt. Sie legte ihre Hand auf den feuchten Baumstamm und starrte konzentriert geradeaus. Langsam lichtete sich der Nebel wieder, gab zwei Beine frei, dann einen Oberkörper und zum Schluss einen Kopf. Am Querbalken des Schaukelgerüsts hing ein Mann, aufgeknüpft mit einem dicken Seil, die Hände auf dem Rücken und die Fußgelenke mit einer dünnen Schnur aneinandergefesselt. Es war klar, dass der Mann nicht mehr zu retten war. Sein Gesicht war weißer als der

64

Nebel, die Zungenspitze hing starr im rechten Mundwinkel, und die Augen quollen aus den Höhlen und blickten ausdruckslos ins Nichts.

Katrin starrte ihn an, unfähig, sich zu rühren. Sie zitterte am ganzen Körper, ihre linke Hand krallte sich hilflos in den Baumstamm. Wie in Zeitlupe öffnete sie den Mund, doch ihr Schrei war stumm. Ihr Magen protestierte. Er wölbte und wand sich und drückte Säure in die Speiseröhre. Katrin keuchte, wandte sich ab und taumelte zurück zur Straße. Würgend blieb sie am Bordstein stehen. Bis auf ein wenig Schleim kam jedoch nichts. Ein Wagen rollte vorbei. Wenn der Fahrer bemerkt hatte, was mit ihr los war, so schien es ihn nicht zu interessieren, denn er verschwand in der Uhlandstraße, ohne anzuhalten.

Eine Reihe niedriger Holzpflöcke markierte den Zugang zum Schillerplatz. Vorsichtig ließ Katrin sich auf einem von ihnen nieder. Mit steifen, kraftlosen Fingern tastete sie in ihrer Jacke nach ihrem Handy. Nichts. Auch das noch! Sicherlich lag es in ihrer Handtasche, die sie heute Morgen absichtlich zu Hause gelassen hatte, um nicht so viele Einzelteile zum Auto schleppen zu müssen. Ratlos sah sie sich um. Sollte sie einfach irgendwo klingeln? Auf die nächste Straßenbahn warten und den Fahrer alarmieren? Am anderen Ende des Schillerplatzes lag die Herderstraße. Da war ein wenig mehr los, einzelne Autos glitten vorbei. Entschlossen stand Katrin auf und marschierte auf die Straße zu, den Blick starr auf den Boden gerichtet, um nicht erneut auf das Schaukelgerüst blicken zu müssen.

Der erste Wagen umrundete sie mit quietschenden Reifen und lautem Gehupe, als sie auf die Straße sprang und wild mit den Armen wedelte. Auch der zweite fuhr vorbei. Der Fahrer machte sich sogar noch die Mühe, das Fenster herunterzulassen und Katrin einen Vogel zu zeigen. Schließlich hielt ein rostiger, dunkelblauer Passat. Ein älterer Mann stieg aus und fragte in gebrochenem Deutsch, ob er helfen könne. Katrin musste dreimal ansetzen, bis sie ein verständliches Wort über die Lippen brachte.

6

Es dauerte sieben Minuten, bis der erste Streifenwagen vor Ort war. Danach trafen nach und nach immer mehr Fahrzeuge ein. Der Schillerplatz wurde gesperrt, die Feuerwehr leuchtete mit großen Scheinwerfern das Gelände aus, damit die Spurensicherung im Dämmerlicht nichts übersah. Der Notarzt konnte für den Mann, der an dem Schaukelgerüst hing, nichts mehr tun, doch er kümmerte sich um Katrin, wickelte sie in eine Decke und gab ihr etwas zur Beruhigung. Apathisch saß sie in einem Streifenwagen und beobachtete das Durcheinander um sie herum. Inzwischen hatte sich der Nebel so weit gelichtet, dass sie den gesamten vorderen Teil des Platzes gut überblicken konnte.

Nach etwa zwanzig Minuten traf die Gerichtsmedizinerin am Tatort ein, und noch mal zehn Minuten später sah Katrin Hauptkommissar Halverstett auf den Schillerplatz zugehen. Er sah sich den Toten an und sprach lange mit der Ärztin. Katrin beobachtete die beiden. Etwas an ihrer Haltung, an der Art, wie sie sich ansahen, war seltsam. Unpassend. Wären die Umstände nicht eindeutig gewesen, hätte Katrin nie vermutet, dass sich hier zwei Kollegen über die Todesart und den Todeszeitpunkt eines Mordopfers austauschten. Ihre Körper sprachen eine ganz andere Sprache. So, als teilten die beiden ein Geheimnis. Ein sehr privates Geheimnis.

Mit einem Mal fiel Katrin ein, dass Manfred gar nicht Bescheid wusste. Sie war als Erste am Fundort einer Leiche, und er lag friedlich im Bett und schlief. Instinktiv langte sie nach ihrer Handtasche, aber dann fiel ihr ein, dass die ja zu Hause lag. Und in ihr das Mobiltelefon. Sie würde darauf hoffen müssen, dass einer der Kollegen von der Zeitung Manfred Bescheid sagte.

Neugierig sah sie zu, wie zwei Männer von der Feuerwehr eine Leiter an das Schaukelgerüst stellten und den Toten herunterhievten. Am Rand der Polizeiabsperrung standen die ersten verschlafenen Schaulustigen. Ein Mann filmte die Arbeit der Polizei heimlich mit seinem Handy, ohne dass einer der Beamten etwas bemerkte. Wenig später kam Halverstett auf den Wagen zu. Er öffnete die Fahrertür und setzte sich neben sie.

»Guten Morgen, Katrin. Ich höre.«

»Guten Morgen.« Katrin wusste nicht so recht, wo sie anfangen sollte. »Ich wollte Fotos machen. Da habe ich ihn gefunden.«

Halverstett sah sie an. »Ist das alles?«

Sie schüttelte den Kopf. »Die Morde vorgestern. Ich weiß, Sie haben jemanden verhaftet ...« Sie hielt inne, als Halverstett unwillig schnaufte.

»Entschuldigen Sie, Katrin, ich wollte Sie nicht unterbrechen. Erzählen Sie weiter.«

»Also, mir fiel gleich auf, dass das nicht irgendein Tatort war. Im Rheinpark. Und dann auch noch, um

68

jemanden aufzuknüpfen.« Sie merkte, dass sie wirres Zeug redete, und riss sich zusammen. »Also, das Gelände, das jetzt Rheinpark heißt, hieß früher Golzheimer Insel.«

»Und dort stand der Galgen, ich weiß.«

»Oh.«

»Irgendjemand von der Geschichtswerkstatt Düsseldorf oder so hat im Präsidium angerufen.«

»Dann wissen Sie sicher, dass der Schillerplatz auch –«

»Wie bitte?« Halverstett fixierte sie ungläubig. »Stand hier etwa auch mal ein Galgen?«

Katrin nickte.

»Und deshalb waren Sie hier?«

Katrin nickte wieder. »Aber nicht wegen der Morde. Ich wollte Fotos machen, für ein Buch über Düsseldorf.«

Halverstett stöhnte leise. »Sie bringen mich noch um den Verstand, Katrin. Wie machen Sie das nur immer?«

In dem Augenblick sahen sie, wie an der Ecke zur Herderstraße ein kleiner Tumult entstand. Ein Mann diskutierte wild gestikulierend mit zwei leicht genervten Streifenbeamten. Es war Manfred.

»Na, der hat natürlich noch gefehlt.« Halverstett stieß die Wagentür auf und ging auf die Gruppe zu. »Ist schon okay. Er gehört zu der Zeugin.« Halverstett deutete auf den Streifenwagen. »Sie sitzt da drin. Am besten bringen Sie sie nach Hause. Steht ziemlich unter Schock. Und das nächste Mal passen Sie ein bisschen besser auf sie auf, ja?« Er blickte Manfred durchdringend an, doch

69

um seine Lippen zuckte es. Manfred grinste und stürmte auf den Streifenwagen zu.

*

»Hört sich nach einem Irren an.« Roberta hatte die Kinder bei einer Nachbarin gelassen und war in die Karolingerstraße gekommen. Katrin lag mit geschlossenen Augen auf der Couch, in eine Decke gehüllt. Manfred hockte auf dem Boden vor ihr, und Roberta saß im Schaukelstuhl. Rupert lag auf der Fensterbank und schlief. Auf dem Teppich in der Nähe der Couch stand eine Teekanne. Eine leere Packung Kekse lag daneben. Es war Viertel nach drei. Der Nebel hatte sich vollständig gelichtet und einem fahlen Februartag Platz gemacht. Leichter Nieselregen fiel.

»Ganz so irre kann der aber nicht sein«, warf Manfred ein. »Ist schließlich gut durchdacht, was er da tut.«

»Wenn man mal davon absieht, dass es von vornherein irre ist, einen Menschen einfach umzubringen. Für mich ist das ein durchgeknallter Serienkiller. Gut durchdacht hin oder her.« Roberta stieß sich vom Boden ab, und der Schaukelstuhl geriet in Bewegung.

Katrin richtete sich auf. »Quatsch. Das ist kein Serienkiller.«

»Ach nee.« Manfred drehte sich zu ihr um. »Ich dachte, du schläfst.«

Katrin ignorierte seinen Kommentar und sprach weiter. »Ein Serienkiller sucht seine Opfer willkürlich aus. Er steht in keiner persönlichen Beziehung zu ihnen.«

»Und du glaubst, das ist hier anders?« Roberta hörte auf zu schaukeln und sah Katrin zweifelnd an.

Katrin setzte sich gerade auf das Sofa und wickelte sich die Decke um die Schultern. »Die Tatorte sind Richtplätze. Das heißt, die Opfer wurden gerichtet. Hingerichtet. Weil sie irgendwas verbrochen haben. Zumindest in den Augen des Täters. Also muss er sie gekannt haben. Von ihren Taten gewusst haben. Vielleicht hat er irgendwelche schrecklichen Dinge über sie herausgefunden. Oder sie haben ihm persönlich etwas angetan.«

»Eine Kindergärtnerin, ein Bankangestellter und ein Polizist?« Roberta schüttelte den Kopf.

»Warum nicht?«, gab Katrin zurück. »Warum sollten die keinen Dreck am Stecken haben? Nur weil sie so normal sind?«

»Dann hätte er sie aber auch ganz einfach anzeigen können, oder?«

Katrin ließ sich nicht aus dem Konzept bringen. »Vielleicht hat man ihm nicht geglaubt. Oder die Strafe, die das Gesetz in solchen Fällen vorsieht, war ihm nicht hart genug. Kann doch sein, dass es etwas war, das sie ihm angetan haben und das für ihn ganz furchtbar war, aber für den Rest der Welt nicht, und jetzt hat er sich gerächt.«

»Und das findest du nicht irre?«

»Doch!« Katrin stöhnte. »Aber es steckt System dahinter. Eine persönliche Beziehung zwischen dem Täter und den Opfern. Und das bedeutet, dass es auch eine Beziehung zwischen den drei Opfern gibt, irgendetwas müssen sie gemeinsam haben.«

Manfred setzte sich zu Katrin auf die Couch und nahm sie in den Arm. »Ich glaube, Katrin hat recht. Da befindet sich jemand auf einem persönlichen Rachefeldzug. Möglich, dass die drei gemeinsam etwas verbrochen haben. Und jetzt müssen sie dafür bezahlen.«

»Kann natürlich auch alles ganz anders sein«, meinte Katrin jetzt. »Wäre schließlich auch möglich, dass wir es mit zwei verschiedenen Tätern zu tun haben.« Sie beugte sich nach vorn und lugte in die Teekanne, die auf dem Fußboden stand. »Leer«, stellte sie fest.

Roberta stand auf. »Ich mach neuen.« Sie hob die Kanne vom Boden auf. »Wie meinst du das mit zwei Tätern?«, fragte sie dabei.

»Ganz einfach: Dieser Hofleitner ist *doch* schuldig. Und irgendein irrer Trittbrettfahrer hat sich an ihn drangehängt.«

»Oder jemand«, fiel Manfred ein, »der schon länger jemanden loswerden wollte und jetzt die einmalige Chance sah, das einem verrückten Serienkiller anzuhängen.«

Roberta seufzte. »Das ist mir zu kompliziert«, murmelte sie und verschwand in der Küche. Manfred sah Katrin an. »Du kommst ja wohl nicht auf die Idee, auf eigene Faust ein bisschen rumzuschnüffeln, oder?«

Katrin gab ihm einen Kuss auf die Nase. »Was dir so alles einfällt! Wie kommst du nur darauf?«

*

»Wenn du sie weiter so zuschüttest, werden sie ertrinken«, verkündete Rita Schmitt.

72

Halverstett zuckte zusammen und stellte die Kanne weg. Doch es war bereits zu spät. Die fünf kleinen Kakteen, die die Fensterbank ihres Büros auf der zweiten Etage des Polizeipräsidiums in Düsseldorf zierten, schwammen bereits bis zum Topfrand in kleinen Tümpeln.

»Was ist los?«, wollte Rita jetzt wissen. »Ist es wegen dieses irren Henkers, oder macht dir sonst noch was zu schaffen?«

Halverstett blieb mit dem Rücken zu ihr stehen. Das Verhältnis zwischen ihm und seiner Kollegin war ausgezeichnet, nie hatte ihn jemand bei seiner Arbeit so perfekt ergänzt, und dennoch, oder vielleicht gerade deswegen waren private Themen zwischen ihnen tabu. Niemals wäre er auch nur im Traum auf den Gedanken gekommen, ihr von dem Gefühlschaos zu berichten, das in seinem Inneren tobte. Der gestrige Abend hatte ihn vollkommen aus der Bahn geworfen. Er war jetzt seit fast dreißig Jahren mit der gleichen Frau verheiratet, und nicht ein einziges Mal hatte er auch nur mit dem Gedanken gespielt, sie zu betrügen. Es war ihm gar nicht in den Sinn gekommen. Veronika und er lebten zwar in vollkommen verschiedenen Welten, dennoch war sie die Partnerin an seiner Seite, die Mutter seiner Kinder. Er war sogar ganz froh über das Arrangement zwischen ihnen, das es beiden ermöglichte, ungestört eigene Wege zu gehen, und das zumindest bisher gut funktioniert hatte. Für eine Frau, die seine Gedanken und Gefühle mehr in Anspruch genommen hätte, hätte ihm sein Beruf gar keine Zeit gelassen.

Doch jetzt war mit einem Mal alles anders. Es war nichts passiert zwischen ihm und Maren Lahnstein,

73

und dennoch fühlte es sich an, als wäre er fremdgegangen. Nein, es fühlte sich nicht nur so an. Er war fremdgegangen. Ohne diese andere Frau auch nur zu berühren. Er wusste es. Und er wusste, dass sie es wusste.

»Hey, Klaus, alles in Ordnung? Ist es wegen der Leitung der Mordkommission?«

Halverstett starrte aus dem Fenster. Die Mordkommission war inzwischen auf dreißig Mitarbeiter aufgestockt worden. Er hatte sich nicht um die Leitung gerissen. Aber natürlich hatte man sie ihm dennoch aufs Auge gedrückt. Schließlich war er einer der erfahrensten Beamten des KK 11. Dabei arbeitete er am liebsten ganz allein, nach seinem eigenen Rhythmus. Aber das ging natürlich nicht, vor allem nicht, wenn man die Arbeit einer so großen Gruppe von Ermittlern koordinieren musste. MK Henker. Er fragte sich, welcher Spaßvogel wohl auf diesen Namen gekommen war.

Das Blöde war, dass sie nicht den geringsten Anhaltspunkt hatten, ob und, wenn ja, wann und wo der Mörder wieder zuschlagen würde. Ihnen fehlte das Motiv. Am Nachmittag hatte er sich mit diesem Mann von der Geschichtswerkstatt unterhalten und sich von ihm sämtliche ehemaligen Richtplätze aufschreiben lassen. Eine gute Handvoll Plätze in ganz Düsseldorf kamen demnach als mögliche Tatorte in Frage. Halverstett hatte angeordnet, in den entsprechenden Gebieten vermehrt Streifen einzusetzen, doch das war im Augenblick alles, was er tun konnte. Wenn der Mörder wirk-

74

lich vorhatte, weitere Verbrechen zu begehen, würde er sich davon bestimmt nicht abhalten lassen.

Rita Schmitt stand auf und stellte sich neben Halverstett ans Fenster. »Okay, ich werde dich heute nicht mehr mit dämlichen Fragen nerven, ist sowieso Zeit, Schluss zu machen, wir haben morgen einen langen Tag vor uns.« Sie gähnte. »Wenigstens hat der Nebel sich verzogen. Wie ich gehört habe, hat der Flughafen heute Nachmittag wieder seinen normalen Betrieb aufgenommen. Der dichteste Nebel in Düsseldorf seit Beginn der Wetteraufzeichnungen, haben sie im Radio gesagt. Und es ist noch nicht vorbei. Spätestens morgen Abend soll er wiederkommen. Als hätte unser Killer das Wetter bestellt.« Sie seufzte und sah Halverstett an. »Eins wüsste ich noch gern, bevor ich mich auf den Weg nach Hause mache: War es nicht voreilig, Hofleitner so schnell wieder laufen zu lassen? Ich bin nicht der Ansicht, dass es so klar ist, dass wir es in beiden Fällen mit dem gleichen Täter zu tun haben.«

»Klar ist gar nichts«, antwortete Halverstett, »aber nach dem zweiten Mord hätten wir keinen Haftrichter dazu gekriegt, den Haftbefehl aufrechtzuerhalten. Zumal wir absolut nichts gegen Hofleitner in der Hand haben bis auf ein Motiv und ein fehlendes Alibi. Wäre so schön einfach gewesen. Aber wann ist im Leben schon mal was schön einfach?« Halverstett begann, das überschüssige Wasser aus den Kakteentöpfchen vorsichtig wieder zurück in die Kanne zu gießen. Rita sah ihn neugierig an, aber er sprach weiter, ohne ihren Blick zu bemerken. »Außerdem sieht es doch wirklich ganz danach aus, als hätten wir es in beiden Fällen mit demselben Täter zu tun. Findest du nicht? Die Handschellen, der gleiche Knoten, das gleiche Seil ...«

»... das man in jedem Baumarkt kaufen kann.«

»... und in beiden Fällen die gleichen Turnschuhabdrücke in der Nähe des Tatorts«, fuhr Halverstett fort, als hätte er ihren Einwand nicht gehört.

»Ja, ein sehr verbreitetes Modell von einer viel getragenen Marke«, konterte Rita. »Aber gut, dass du es erwähnst. Fast hätte ich es vergessen. Wir müssen unbedingt noch Katrin bitten, uns ihre Schuhe vorbeizubringen. Die ist nämlich, wie du ja weißt, an beiden Tatorten herumspaziert. Gestern habe ich nicht darauf geachtet, aber heute Morgen trug sie mit Sicherheit Turnschuhe.«

7

In der Nacht von Dienstag auf Mittwoch begann es zu regnen. Als Katrin vormittags um halb zehn die Stufen zum Eingang des Stadtarchivs hinaufhastete, hatte es immer noch nicht aufgehört. In dem Gebäude waren mehrere Behörden untergebracht, zu denen bis vor einigen Jahren auch das Straßenverkehrsamt gehört hatte. Davon war jedoch nur eine verwaiste Reihe kleiner Ladenlokale zurückgeblieben, die sich auf dem Personalparkplatz drängten und über den verschmutzten, blinden Schaufenstern immer noch die minutenschnelle Prägung von Kennzeichen versprachen. Das ganze Gelände strahlte nicht die beschauliche Würde aus, die Katrin von einem Ort erwartet hätte, an dem alte Dokumente, Karten und Urkunden lagern, sondern eher protzige Hässlichkeit.

Die Frau an der Rezeptionstheke hieß Karentschek. Sie telefonierte gerade. Schweigend schob sie Katrin einen Anmeldebogen hin und reichte ihr einen Kuli. Nach kurzem Zögern schrieb Katrin, dass sie für einen Bildband über Düsseldorf recherchieren wolle, was immerhin nur halb gelogen war.

Frau Karentschek beendete das Telefongespräch. Kritisch studierte sie die Eintragungen. »Zu welchem Thema suchen Sie denn Informationen?«, fragte sie. »Ich muss das schon ein bisschen genauer wissen.«

Katrin überlegte fieberhaft. »Düsseldorfer Rechtsgeschichte. Todesstrafe. Galgen.«

Die Frau zog die Augebrauen hoch. »Da interessieren sich 'ne Menge Leute für in letzter Zeit.«

»Wirklich?«

»Wirklich.« Frau Karentschek musterte Katrin durchdringend. »Sind Sie von der Presse?«

»Nein. Es ist so, wie ich es aufgeschrieben habe. Ich recherchiere für ein Buch. Einen Bildband über Düsseldorf.«

»Und es hat nichts mit den Morden zu tun?«

»Den Morden?« Katrin wurde heiß und kalt.

»Die Erhängten im Rheinpark und am Schillerplatz. Deshalb war der Mann von der Zeitung hier. Irgendwas mit Richtplätzen. Er wollte auch was über Galgen in Düsseldorf wissen.« Mit sichtlichem Genuss beobachtete die Frau Katrins Reaktion, während sie ihre Erklärung fortsetzte. »Da staunen Sie, was? Wenn ich den Mann richtig verstanden habe, hat an beiden Tatorten früher mal ein Galgen gestanden. Mächtig gruselig, finden Sie nicht?«

Katrin tat erstaunt. »Das ist ja unglaublich. Von welcher Zeitung war denn der Journalist?«

»Weiß ich nicht mehr. Aber ich sag Ihnen was anderes.« Frau Karentschek beugte sich verschwörerisch nach vorn. »Die Polizei war auch schon hier. Zwei Beamte, ein Mann und eine Frau. Haben sich ein paar alte Zeitungsartikel angesehen. Und in denen ging es auch um Galgen.«

Katrin überlegte fieberhaft. »Und sonst? Hat sich noch jemand für das Thema interessiert? Ich meine, vor den Morden?«

»Das wollten die von der Polizei auch wissen. Ich konnte mich nicht genau erinnern. Also habe ich in den Unterlagen nachgesehen. Da war tatsächlich jemand da. Vor etwa vier Wochen. Der hat sich allerdings für ganz viele Dinge in Bezug auf die Stadtgeschichte interessiert. Die Artikel über die Galgen wollte er aber auch sehen. Und alte Stadtpläne.«

»Und? Wer war es?« Katrin hielt den Atem an.

Die Frau zögerte. »Das darf ich Ihnen nicht sagen.«

Katrin nickte. »Ich verstehe. Da könnte ja jeder kommen.«

»Eben. Ich habe Ihnen eigentlich sowieso schon viel zu viel erzählt. Am besten vergessen Sie das ganz schnell wieder. Möchten Sie jetzt die Artikel über die alten Richtplätze sehen?«

Frau Karentschek brachte die alten Zeitungen in den Leseraum. Einige ältere Ausgaben musste Katrin sich auf Mikrofilm ansehen. Neben den Zeitungsartikeln gab es ein paar Bücher über die Rechtsgeschichte Düsseldorfs. Aufgeregt studierte Katrin die Unterlagen. Außer ihr war niemand im Leseraum, es war totenstill, nur der Regen prasselte unermüdlich gegen die Fensterscheiben.

Schließlich hatte sie alle Richtplätze zusammen. Die Golzheimer Insel war der erste Ort in Düsseldorf gewesen, an dem ein Galgen gestanden hatte. Als die Stadt größer wurde, hatte man den Standort nach Osten verlagert, ungefähr dorthin, wo heute Kinder über den Schillerplatz tobten. Dann war der Richtplatz noch einmal verlegt worden. Diesmal weiter nach Norden. Wenn der Mörder chronologisch vorging, müsste er seine nächste

Tat eigentlich an diesem dritten Ort begehen, also irgendwo in der Nähe des Spichernplatzes. Der war gar nicht weit vom Stadtarchiv entfernt, dem Gebäude, in dem Katrin sich gerade befand.

Nachdenklich starrte sie aus dem Fenster. Dann fiel ihr etwas ein. Wenn der Mörder tatsächlich chronologisch vorgehen würde, wäre die Golzheimer Insel gar nicht der erste Tatort gewesen. Dann hätte er ganz oben im Norden von Düsseldorf anfangen müssen. Dort nämlich, auf dem Kreuzberg bei Kaiserswerth, hatte im Hochmittelalter das alte Hauptgericht Diebe und Mörder verurteilt, als das Dorf an der Düssel noch ein Weiler mit einigen wenigen Häusern gewesen war. Erst knapp hundert Jahre nach der Stadterhebung hatte Düsseldorf selbst das Galgenprivileg verliehen bekommen. Der Mörder ging also nicht chronologisch vor. Ihre Theorie war falsch.

*

Es war erst halb zwölf, als Katrin das Stadtarchiv verließ. Mittlerweile hatte es aufgehört zu regnen, und zwischen den dahinjagenden Wolken blinzelte gelegentlich ein Stück blauer Himmel hervor. Katrin beschloss, noch zu Leonore Hirschwedder zu fahren, der Frau, deren Hund verschwunden war, und mit ihr zu sprechen. Mit Straßenbahn und Bus war es eine halbe Weltreise vom Stadtarchiv im Norden Düsseldorfs bis nach Benrath ganz im Süden, aber so hatte Katrin reichlich Zeit, ihre Notizen über die Stadtgeschichte noch einmal in Ruhe durchzugehen.

Leonore Hirschwedder war ganz anders als ihre Schwester. Sie trug ein elegantes, dunkelgrünes Kleid, grüne Ohrringe und eine passende Kette. Ihr Haar war kastanienbraun gefärbt und sorgfältig frisiert. Verlegen lächelte sie Katrin an. »Sie haben sicherlich Wichtigeres zu tun, als einen entlaufenen Hund zu suchen.«

»Ist schon in Ordnung.« Katrin sah sich neugierig um. Das Haus, in dem Leonore Hirschwedder wohnte, passte perfekt zu ihr, oder umgekehrt, sie passte perfekt in das Haus. Teure, geschmackvolle Möbel, samtweiche Teppiche und Gemälde an den Wänden.

»Gefällt es Ihnen?« Leonore Hirschwedder lächelte. »Mein Mann und ich haben jedes Stück gemeinsam ausgesucht.« Sie fuhr liebevoll mit der Hand über eine Kommode aus dunklem Holz. »Leider hat er nicht lange genug gelebt, um all das in Ruhe mit mir genießen zu können. Bis er siebenundsechzig war, hat er gearbeitet, jeden Tag, ohne auch nur ein einziges Mal krank zu sein, dann ist er in Rente gegangen, und ein halbes Jahr später war er tot. Herzinfarkt.« Sie seufzte. »Eigentlich hat er sein Leben lang nur gearbeitet. Nach Feierabend noch hier im Haus und im Garten. Er musste immer etwas zu tun haben.« Sie ging vor in die Küche. »Kommen Sie, Frau Sandmann. Ich habe uns einen Kaffee gekocht.«

Die ganze Küche blitzte weiß und sauber. Auf dem Tisch lag eine mit Blumen bestickte Tischdecke, darauf ein Stapel Fotos. »Setzen Sie sich.« Frau Hirschwedder stellte Tassen auf den Tisch und goss Kaffee ein, dann nahm sie ebenfalls Platz. Sie schob Katrin die Fotos hin. »Das ist er.« Einen Augenblick lang glaubte Katrin, es handle sich um Porträts des verstorbenen Herrn Hirschwedder, doch dann sah sie, dass es Fotos von Flips waren, dem verschwundenen Rauhaardackel. So, wie die Bilder, die sie schon von Frau Hirschwedders Schwester bekommen hatte, sah sie sich auch diese geduldig an. Während sie den Stapel durchging, überlegte sie, wo und wie sie mit der Suche beginnen sollte. Warum verschwand ein Hund einfach so? War er gestohlen worden? Hatte jemand das Tier angefahren, und es lag verletzt in einem Gebüsch? Vermutlich wäre es am besten, erst mal die Umgebung abzusuchen und die Nachbarn zu befragen. Katrin legte den Stapel auf den Tisch. »Wann genau haben Sie Flips zum letzten Mal gesehen?«

Leonore Hirschwedder antwortete ohne zu zögern. »Am Sonntagabend. So gegen zehn. Da bin ich noch einmal mit ihm raus. Ich bin nicht weit gegangen. Es war ja so neblig. Flips ist ein bisschen herumgetollt, dann habe ich ihn plötzlich nicht mehr gesehen.«

»Wo war das?«

»Auf dem Bürgersteig direkt hier vor dem Haus. Er ist ein Stück die Hecke entlanggelaufen, und dann war er weg. Ich mache mir solche Sorgen wegen der Morde. Vielleicht hat dieser Kerl meinen Flips ja auch –« Sie brach ab.

Katrin starrte sie ungläubig an. »Welche Morde?«

Leonore Hirschwedder antwortete nicht sofort. Sie hatte eins der Fotos in die Hand genommen und betrachtete es. »Sie haben sicherlich davon gehört. Das Ehepaar Kassnitz. Die wohnen doch nur drei Häuser die Straße rauf, in Nummer siebzehn. Wohnten, sollte ich wohl sagen. Eine schreckliche Sache.«

Katrin war mit einem Mal hellwach. Wie gut, dass sie aus Gutmütigkeit diesen Auftrag angenommen hatte. Sie hatte es einfach nicht übers Herz gebracht, die alten Damen zu enttäuschen. Sie hatte ihnen zwar mehrfach erklärt, dass sie Fotografin war und keine Detektivin, doch vor allem Frau Thürnissen, Leonore Hirschwedders resolute Schwester, hatte sich davon nicht im Mindesten aus dem Konzept bringen lassen. Also hatte sie schließlich eingewilligt und auch den Vorschuss von zweihundert Euro angenommen, den die Damen ihr feierlich in einem Umschlag überreicht hatten. Und jetzt führte sie der verschwundene Hund direkt zu den Morden! Natürlich war nicht davon auszugehen, dass die beiden Fälle etwas miteinander zu tun hatten. Aber so hatte sie einen wunderbaren Vorwand, sich auf dem Grundstück des Ehepaars Kassnitz umzusehen und die Nachbarn zu befragen. »Kannten Sie die beiden näher?«

Leonore Hirschwedder schüttelte den Kopf. »Sie wohnten ja erst ein knappes Jahr hier in der Straße. Mit der Frau habe ich ein paar Mal gesprochen. Meistens über den Garten und wie viel Arbeit er macht. Sie war sehr nett. Immer fröhlich und gut gelaunt. Ihn habe ich kaum gesehen. Ich glaube, er hat in einer Bank gearbeitet. Sie glauben doch nicht, dass Flips' Verschwinden etwas mit diesem schrecklichen Verbrechen zu tun hat?«

»Nein.« Katrin stand auf. »Das glaube ich nicht. Trotzdem darf man natürlich keine Möglichkeit ausschließen. Danke für den Kaffee, Frau Hirschwedder. Ich werde mich mal an die Arbeit machen. Je früher, desto besser. Ich lasse Sie wissen, wenn es etwas Neues gibt.«

*

»Wenigstens hat er letzte Nacht nicht zugeschlagen«, Kriminalkommissar Mirko Erlanger ließ sich auf einen freien Stuhl fallen und schlug lässig ein Bein über das andere. Er war knapp dreißig, kam frisch von der Fachhochschule, und ein paar feuerrote Pickel zierten seine glänzende Stirn.

»War ja auch kein Nebel«, ergänzte sein Kollege Daniel Steinmeier. Er war weißblond, genauso jung wie Erlanger, und sein Singsang verriet, dass er irgendwo aus dem Süden Deutschlands stammte.

»Vielleicht ist er ja auch schon durch«, meinte Erlanger. »Ist doch möglich, dass er mit den dreien 'ne Rechnung offen hatte, und jetzt ist alles erledigt.«

»Wäre eigentlich fast ein bisschen schade, oder? Ich hatte noch nie einen echten Serienkiller. Vor allem keinen, der im Nebel Leute aufknüpft. Das ist doch mal was anderes.« Steinmeier räkelte sich grinsend.

Kriminalhauptkommissar Klaus Halverstett warf einen missbilligenden Blick in die Ecke, wo Erlanger und Steinmeier sich niedergelassen hatten. Dann erhob er die Stimme. »Guten Morgen, Kollegen! Nachdem nun alle eingetroffen sind, können wir mit der Besprechung beginnen. Gibt es Neuigkeiten? Mal abgesehen davon, dass heute Nacht niemand aufgeknüpft wurde?« Er fixierte Steinmeier kurz, dann ließ er seinen Blick durch den Raum schweifen.

Eine junge Frau mit schulternlangem dunklem Haar meldete sich. »Wir haben angefangen, die Fälle des Kollegen Binder durchzugehen. Sexuelle Nötigung, Vergewaltigungen, alles, womit er sich in den letzten Monaten beschäftigt hat. Wir arbeiten uns chronologisch durch, angefangen bei den Fällen, die noch nicht abgeschlossen sind, und dann immer weiter zurück. Bis jetzt haben wir nichts Auffälliges gefunden. Aber es dauert ewig, bis wir alles gelesen und alle beteiligten Personen befragt haben.«

»Achten Sie vor allem darauf, ob der Name Kassnitz in einem der Fälle auftaucht. Vielleicht als Zeuge oder als Nebenkläger. Es muss da einen Zusammenhang geben. Wer hat denn die Fälle noch bearbeitet? Haben Sie Binders Kollegen schon befragt?«

»Ja, haben wir. Aber beim KK 12 konnte niemand was mit dem Namen Kassnitz anfangen. Bleiben nur die Akten. Sind verdammt viele Fälle. Und wir sind nur zu viert. Vielleicht könnten wir Verstärkung bekommen?«

Halverstett nickte. »Ja. Ich denke, das ist wichtig. Schließlich wurde ein Kollege ermordet.« Zustimmendes Gemurmel. »Und wenn sein Tod etwas mit einem der Fälle zu tun hat, die er bearbeitet hat, dann sind womöglich auch andere Polizeibeamte in Gefahr. Herr Erlanger und Herr Steinmeier, würden Sie bitte Kollegin Wiechert helfen?«

Die beiden blickten Halverstett entgeistert an, ihre Kinnladen klappten synchron nach unten. Akten durcharbeiten war nicht das, was sie sich unter der Jagd nach einem Serienkiller vorstellten. »Aber«, setzte Steinmeier an, »aber wir ...«

»Danke, Kollegen. Frau Wiechert wird Sie gleich nach der Besprechung in Ihre Arbeit einweisen. Was haben wir sonst noch?«

»Die Turnschuhabdrücke«, meinte ein älterer Polizist. »Es handelt sich um ein Modell aus dem letzten Jahr. Größe zweiundvierzig. Ich habe schon ein paar Mal versucht, die junge Frau zu erreichen, die gestern Morgen zuerst am Tatort war, aber sie hat sich noch nicht gemeldet.« Halverstett warf Rita Schmitt einen Blick zu, dann sah er den Kollegen an. »Da kümmere ich mich nachher drum. Ich kenne die Frau. Was ist mit den Handschellen? Dem Seil? Den Schals?«

»Die Handschellen sind leider keine große Hilfe.« Petra Maisner, eine resolute junge Frau mit kurzen blonden Haaren, hatte die Stimme erhoben. »Modell M-100 von Smith & Wesson. Das ist der Klassiker der US-Polizei. Kann man nahezu überall kaufen. Im Internet gibt es unzählige Versandhäuser, die Handschellen anbieten. Ich glaube nicht, dass wir da weiterkommen. Mit dem Seil sieht es nicht viel besser aus. Es ist aus dem Baumarkt. Wie wir bisher ermittelt haben, gibt es drei große Ketten, die diese Marke vertreiben. Aber vermutlich auch jede Menge kleinere Läden. Sollen wir versuchen herauszufinden, wo es in letzter Zeit verkauft wurde?«

»Ja. Alle Verkäufe der, sagen wir, letzen vier Wochen. Ich weiß, das ist eine Scheißarbeit, aber vielleicht haben wir ja Glück. Wir dürfen nichts unversucht lassen. Haben Sie genug Leute?«

Petra Maisner nickte. »Ja, wir kommen klar.«

»Und was ist mit den Schals?«

»Dreimal der gleiche. Schwarz, Etikett rausgetrennt. Achtzig Prozent Baumwolle, zwanzig Prozent Polyester. Wir suchen noch nach dem Hersteller.«

Die Besprechung dauerte noch eine halbe Stunde. Schließlich schickte Halverstett die Kollegen wieder an die Arbeit. Er blieb allein zurück und starrte in seine leere Kaffeetasse. Viel Neues gab es nicht. Jede Menge Spuren, aber die meisten führten ins Leere. Alles schien so beliebig. Bisher hatte niemand eine Verbindung zwischen den Opfern, dem Polizeibeamten und dem jungen Ehepaar, gefunden. Aber vielleicht gab es die ja auch gar nicht. Womöglich hatte der Täter seine Opfer doch zufällig herausgepickt. Oder er richtete wahllos Menschen, von denen er wusste, dass sie Dreck am Stecken hatten. Aber was für Dreck sollte das sein? Bisher hatten sie weder bei Elisabeth und Bertram Kassnitz noch bei ihrem Kollegen Karl Binder irgendetwas gefunden. Doch wenn sie nichts Verwerfliches getan hatten, wieso knüpfte der Täter sie dann an ehemaligen Richtplätzen auf? Dafür musste es einen Grund geben.

Halverstett stand auf. Er blickte Rita Schmitt an, die zurückgekehrt war und abwartend bei der Tür stand. Sie trug einen dunklen, grobmaschigen Strickpulli, der selbst gemacht aussah, Jeans und Turnschuhe. Turnschuhe, das war das Stichwort. Halverstett stand auf. »Sollen wir versuchen, Katrin zu erwischen?«

Rita nickte. »Irgendwo müssen wir ja anfangen.« Sie blickte aus dem Fenster. »Guck mal, die Sonne kommt raus. Hoffentlich bleibt das Wetter so. Falls dieser Kerl wirklich nur bei Nebel mordet, könnte uns die Sonne ein paar Tage Zeit rausschinden.«

Halverstett schnaubte. »Das glaube ich kaum. Wenn jemand morden will, dann tut er das. Dann lässt er sich nicht vom Wetter dazwischenpfuschen, zumindest nicht dauerhaft.«

*

Katrin drückte auf die Klingel. Ein dunkler Gong hallte hinter der gelb verglasten Tür durchs ganze Haus. Sie wartete gähnend. Sie war müde und durchgefroren, ihr Hals kratzte, und sie musste dringend aufs Klo. Außerdem war sie so mit Kaffee abgefüllt, dass sie glaubte, bei der nächsten Tasse müsse sie platzen. Das war jetzt das elfte Haus. An drei Türen hatte sie vergeblich geklingelt. Alle anderen hatten sie freundlich hereingebeten, als sie hörten, dass es um den verschwundenen Flips ging. Jeder schien Leonore Hirschwedder und ihren Hund zu kennen und zu mögen. Doch niemand hatte irgendetwas gesehen.

Es war einfach gewesen, das Gespräch auf die Morde zu lenken. Die meisten sprachen gern darüber, weideten sich offenbar an dem gruseligen Gefühl, dass das Verbrechen so knapp neben ihnen zugeschlagen hatte. Angst hatte niemand. Auch wenn sie das mit dem zweiten Mord an dem Polizisten ein wenig unheimlich fanden, so waren die meisten Nachbarn dennoch davon überzeugt, dass der Exfreund von Elisabeth Kassnitz dahinterstecken musste. Der sei auch einmal hier gewesen. Letzten Sommer, ein paar Monate, nachdem das Ehepaar eingezogen war. Damals sei Hofleitner laut fluchend aus dem Haus gekommen. Angetrunken sei er gewesen, habe jeden beschimpft, der ihm über den Weg lief. Fast alle Nachbarn hatten ihn gehört und gesehen, denn es war ein heißer Samstagnachmittag gewesen, und die meisten hatten in ihren Gärten gesessen und das schöne Wetter genossen.

Hinter der Tür von Haus Nummer dreizehn rührte sich immer noch nichts. Katrin beschloss zu gehen. Eigentlich war sie ganz erleichtert. Für den heutigen Vormittag hatte sie genug. Bevor sie angefangen hatte, an den Türen der Häuser zu klingeln, hatte sie diesen Teil von Benrath zu Fuß erkundet, um sich einen Eindruck zu verschaffen. Die Gegend wurde Musikantenviertel genannt, denn alle Straßen waren nach Komponisten benannt. Es war eine hübsche Wohnsiedlung mit vielen Einfamilienhäusern, manche drängten sich schmal und bescheiden aneinander, andere prahlten weiß getüncht und vornehm mit großem Garten und Doppelgarage. Das Ehepaar Kassnitz hatte in der Silcherstraße gewohnt, genau wie Leonore Hirschwedder. Hier hatte Katrin auch die Anwohner befragt. Natürlich würde sie sich auch noch die Nachbarstraßen vorknöpfen müssen, doch fürs Erste reichte es.

Katrin war schon die Stufen hinuntergegangen und auf halbem Weg durch den Vorgarten, als hinter ihr die Tür aufgerissen wurde.

»Hallo, was wollen Sie?«, brüllte eine Männerstimme.

Katrin fuhr herum. Auf dem Treppenabsatz stand ein älterer Mann in Bademantel und Pantoffeln und blinzelte kurzsichtig in ihre Richtung. Es blieb ihr nichts anderes übrig als umzukehren.

»Katrin Sandmann ist mein Name. Ich helfe Frau Hirschwedder, nach ihrem Hund zu suchen. Flips. Er ist verschwunden.«

»Was suchen Sie? Filz? Wozu suchen Sie Filz?«, rief der Mann.

Katrin stöhnte innerlich. Dann schrie sie. »Ich suche Flips. Einen Hund!«

»Ach so, warum haben Sie das nicht gleich gesagt?« Der alte Mann sah sie missbilligend an. Dann runzelte er die Stirn. »Wieso suchen Sie den Hund bei mir? Glauben Sie etwa, ich hätte dem Viech was angetan?«

»Nein, nein! Natürlich nicht. Ich befrage alle Nachbarn.«

Der Mann schien ihre Antwort gar nicht gehört zu haben. »Das hat die Alte bestimmt behauptet. Zimtzicke. Nur weil ich diese Köter mit ihrer Scheißerei nicht ausstehen kann, will sie mir das anhängen. Das könnte der so passen. Sehen Sie sich doch mal um. Man kann gar nicht mehr in Ruhe spazieren gehen. Alles zugeschissen.« Er trat auf Katrin zu, und sie fürchtete, er würde sie packen und schütteln. Doch er schob sich an

90

ihr vorbei und schlurfte in seinen Pantoffeln den Gartenweg entlang bis zum Bürgersteig. Rasch wurde er fündig. »Da!« Er deutete auf einen Hundehaufen. »Das meine ich. Dreckspack! Ich habe mich schon tausend Mal beim Ordnungsamt beschwert. Und meinen Sie, die tun was? Nein. Aber wehe, ich würde mich bei der Hirschwedder vor die Tür hocken und mein Geschäft dort erledigen, da hätte ich direkt die Polizei auf dem Hals!«

Katrin blickte die Straße auf und ab. Irgendwie hatte der Mann sogar recht. Trotzdem wünschte sie sich meilenweit weg. Sie wollte nach Hause, es sich mit Rupert auf der Couch bequem machen und die Beine ausstrecken. »Ich verstehe Ihren Ärger«, sagte sie laut und betont. »Leider kann ich daran nichts ändern. Bitte entschuldigen Sie die Störung.«

Der Mann starrte Katrin einen Moment lang verblüfft an. Offenbar hatte er sie in seiner Wut über die Hunde ganz vergessen. Dann tippte er ihr mit dem Zeigefinger an die Brust. »Ich habe den Köter gesehen. Am Sonntag. Da war so ein großes, dunkles Auto. Ein Jeep.« Er sprach das Wort so aus, wie man es schreibt. J-e-e-p. »Der kam aus der Einfahrt von den Kassnitz'. Die hat jemand ja noch in der gleichen Nacht –« Er machte eine Bewegung mit der Hand, als würde er jemandem die Kehle aufschlitzen.

»Sie haben einen Wagen gesehen? Am Abend des Mordes?«

Der alte Mann antwortete nicht. Er fummelte an dem Gürtel seines Bademantels herum. Unbeholfen zerrten

91

seine knotigen Finger an dem dunkelblauen Frotteestoff. Schließlich gab er es auf und fixierte Katrin.

»Was wollen Sie eigentlich hier?«, schrie er sie an. »Ich weiß nicht, wo der verfluchte Köter ist. Suchen Sie gefälligst woanders!« Er machte auf dem Absatz kehrt und watschelte zurück zum Haus. Katrin blieb auf dem Bürgersteig stehen und sah ihm ungläubig hinterher. Als er an der Haustür angekommen war, drehte er sich noch einmal um. »Der hatte ein Kölner Kennzeichen, dieser Jeep. Bestimmt hat der was damit zu tun. Mit dem Mord. Denen ist ja alles zuzutrauen.«

8

Manfred stand an der Spüle und schälte Kartoffeln, als Katrin nach Hause kam. Sie begrüßte ihn erstaunt, drückte ihm einen Kuss auf den Nacken, knallte ihre Handtasche auf den Tisch, warf ihre Jacke daneben und verschwand im Bad. Als sie kurz darauf wieder in die Küche trat, grinste Manfred sie amüsiert an. »Was war denn das? Erst bist du den ganzen Vormittag nicht zu erreichen, und dann rollst du hier ein wie ein Überfallkommando. Alles okay? War deine Hundesuche erfolgreich?«

Katrin ließ sich auf einen Stuhl fallen. Sie hatte sich zwar auf ein paar ruhige Stunden auf der Couch gefreut, aber die Aussicht auf ein warmes Essen war auch nicht zu verachten. »Das kann man so oder so sehen. Und was machst du um diese Zeit hier?«

»Kochen. Oder wonach sieht es aus?« Manfred beugte sich zu ihr. »Soll ich uns einen Kaffee machen? Du siehst verfroren aus.«

»Um Gottes willen, bloß keinen Kaffee!«

Katrin grinste innerlich, als sie Manfreds irritiertes Gesicht sah. »Alles in Ordnung?«, fragte er.

Katrin zog die Knie an und schlang die Arme um die Beine. »Ja, mir geht es gut. Ich hatte heute nur schon ungefähr dreihundertfünfundsiebzig Tassen Kaffee, und ich kann das Zeug nicht mehr sehen, aber gegen einen schönen heißen, süßen Tee hätte ich nichts einzuwenden.«

»Aye, aye, Ma'am.« Manfred füllte den Wasserkocher und stellte ihn an. Währenddessen fragte Katrin ihn aus. »Warum bist du nicht in der Redaktion? Oder bei irgendeiner Pressekonferenz? Haben sie den Henker schon erwischt?«

»Frage eins: In der Redaktion ist der Teufel los. Alle fünf Minuten ruft einer an, der angeblich der Henker ist und uns ein Exklusivinterview geben will. Dabei kann man nicht in Ruhe arbeiten. Frage zwei: Im Augenblick steht keine Pressekonferenz an. Man hüllt sich in vornehmes Schweigen. Frage drei: Soviel ich weiß, nein. Wenn ich die verschwiegene Geschäftigkeit auf dem Präsidium richtig deute, tappt man völlig im Dunkeln.« Manfred stellte zwei Becher auf den Tisch. »Und wie war es bei dir?«

»Den Hund habe ich nicht gefunden, wenn du das meinst. Aber eine Spur im Henkerfall.« Katrin versuchte, möglichst beiläufig zu klingen.

Manfred ließ beinahe die Kanne fallen, die er gerade auf den Tisch stellen wollte. »Eine Spur im Henkerfall? Was soll das heißen? Ich denke, du warst bei dieser Hirschfrau, wie heißt sie noch?« Manfred goss Tee in die Becher.

»Hirschwedder. Und sie ist eine Nachbarin von Elisabeth und Bertram Kassnitz. Dafür kann ich doch nichts.« Mit einem triumphierenden Lächeln häufte Katrin Zucker in ihren Tee und fing an zu rühren.

»Das darf doch nicht wahr sein! Wusstest du das?«

»Ich hatte keine Ahnung. Indianerehrenwort.« Katrin hob die Hand zum Schwur. Manfred küsste ihre Handfläche. »Und? Was für eine Spur hast du gefunden?«

»Einen Kölner Geländewagen.«

Manfred sah sie fragend an.

»Ja«, bestätigte sie. »Einen Geländewagen mit Kölner Kennzeichen. Ein Nachbar hat ihn an dem Abend aus der Einfahrt von den Kassnitz' fahren sehen. Allerdings ist der Typ ein bisschen komisch. Ich weiß nicht, wie ernst man seine Aussage nehmen kann.«

»Das solltest du auf jeden Fall Halverstett sagen. Egal, ob der Typ komisch ist oder nicht.« Manfred nahm einen Schluck Tee und verzog das Gesicht, weil er noch zu heiß war. »Der hat übrigens angerufen. Er braucht deine Turnschuhe. Wegen der Abdrücke am Tatort. Und das nächste Mal nimmst du dein Handy mit, wenn du unterwegs bist. Ich habe mehrmals versucht, dich zu erreichen, aber immer nur die Mailbox erwischt. Du weißt, ich habe das gar nicht gern, wenn du so lange unterwegs bist, und ich habe keine Ahnung, ob alles in Ordnung ist.«

»Nun übertreib bitte nicht. Außerdem hatte ich das Handy dabei.« Katrin langte nach ihrer Handtasche.

Manfred rückte näher heran und legte den Arm um ihre Schultern. »Du bist entführt worden, und das ist gerade mal zwei Monate her. Ich kann das nicht so einfach wegstecken. Ich muss ständig daran denken. Jedes Mal, wenn du weg bist und ich kann dich nicht erreichen, kriege ich die Panik. Tut mir leid, aber ich komme nicht dagegen an, im Augenblick wenigstens nicht.«

Katrin ließ die Tasche los und fuhr ihm mit der Hand über die Wange. »Schon okay.« Sie wollte nicht darüber reden. Nicht jetzt. Alles, was sie sich wünschte, war, zu dem Leben zurückzukehren, das sie vor jenem fatalen Nachmittag im vergangenen Dezember geführt hatte. Am liebsten hätte sie alles, was mit ihrer Entführung zusammenhing, einfach aus ihrem Gedächtnis gelöscht, so als wäre es nie geschehen. Aber das war natürlich nicht möglich. Sie musste mit den Konsequenzen leben. Mit der kleinen Narbe am Handgelenk. Mit der panischen Angst vor Kellern. Mit Manfreds ständiger Sorge um sie. Und mit der Erinnerung.

Sie griff erneut nach der Handtasche und wühlte darin herum, doch sie fand das Handy nicht. Es war ein sehr kleines, funkelnagelneues Gerät, das Manfred ihr gekauft hatte. Ihr altes Handy war bei ihrer Entführung verschwunden und nie wieder aufgetaucht. »Merkwürdig«, murmelte sie. »Ich hatte es die ganze Zeit in der Tasche. Das weiß ich genau.«

»Vielleicht ist es in deiner Jacke?«

Katrin stand auf. »Ich sehe mal nach, aber das kann eigentlich nicht sein. Gestern, als ich den Toten am Schillerplatz gefunden habe, musste ich ein Auto anhalten, um die Polizei zu benachrichtigen, weil ich die Handtasche mit dem Handy nicht dabeihatte.« Sie durchsuchte die Taschen ihrer Jacke, die Schubladen der Dielenkommode und ihre Hosentaschen, doch das Telefon blieb verschwunden.

*

96

Am späten Nachmittag kam der Nebel wieder. Die letzten Sonnenstrahlen versanken hinter einem Schleier aus weißem Dunst. Dann, als die Dämmerung in der Stadt einfiel, wurde die weiße, feuchte Masse dichter und dichter.

Marc Simons lächelte. »Furchtbares Wetter draußen, komm rein.« Sie gingen in das Wohnzimmer mit den vielen Bücherregalen. Auf der Couch saß ein Mann, der Marc sehr ähnlich sah. Er hatte die gleichen blonden Haare, allerdings ordentlicher frisiert, und strahlend blaue Augen. Als er aufstand, um Katrin zu begrüßen, sah sie, dass er ein paar Zentimeter kleiner als sein Bruder war. »Hallo Katrin, ich bin Benedikt. Ich darf doch Katrin sagen?«

»Klar.« Sie reichte ihm die Hand.

»Ich hatte dir ja erzählt, dass mein Bruder im Augenblick hier wohnt«, erklärte Marc. »Ich hoffe, das stört dich nicht.«

»Natürlich nicht.« Katrin musterte Benedikt mit verhaltener Neugier. Sie hätte gern gewusst, was mit ihm los war. Benedikt sah attraktiv und intelligent aus. Was brachte einen Mann wie ihn dazu, ohne Arbeit und ohne Wohnung dazustehen und bei seinem Bruder unterzuschlüpfen?

Marc bot Katrin einen Platz auf der Couch an. »Was möchtest du trinken? Wasser? Bier? Wein?«

»Am liebsten einen Tee, wenn es geht.«

»Ich guck mal, was ich auftreibe.« Marc verschwand in der Küche.

»Sie müssen sehr gut sein. Als Fotografin, meine ich.« Benedikt lächelte sie an. Irgendetwas an diesem Lächeln stimmte nicht, doch Katrin wusste nicht, was es war. »Ich bin nicht die schlechteste, das stimmt. Aber es könnte besser laufen. Ich hatte in letzter Zeit viel anderes um die Ohren. Da ist das Fotografieren ein wenig zu kurz gekommen. Und was machen Sie so?«

Benedikt senkte den Kopf. »Eigentlich bin ich Masseur. Und ich wage zu behaupten, dass ich richtig gut bin. Ich hatte einen eigenen Massagesalon. Asiatische Entspannungsmassagen. Ist super gelaufen. Ich konnte mich vor Kunden kaum retten. Aber jetzt ist alles den Bach runter.« Er sah sie an. »Das Leben kann grausam sein. Wenn ihm danach ist, dann ändert es einfach die Fahrtrichtung, und zwar genau dann, wenn du am wenigsten damit rechnest. Wenn es dir gut geht. Dann kommt es plötzlich und sagt: Ich kann auch anders. Willst du mal sehen? Und zack, schon stehst du auf der Verliererseite.«

Marc kam aus der Küche zurück. »Ist Hagebutte in Ordnung? Den habe ich mal besorgt, als meine kleine Nichte zu Besuch war. Was anderes habe ich nicht.«

Katrin wandte ihren Blick nur widerwillig von Benedikt ab. Sie hätte gern mehr erfahren. Der Mann übte eine merkwürdige Faszination auf sie aus.

»Hagebutte ist prima. Danke.«

Marc stellte ihr eine Tasse hin. »Wir setzen uns am besten an meinen Schreibtisch. Dann zeige ich dir die Entwürfe am Rechner. Er verschwand erneut in der Küche, und Katrin blickte wieder zu Benedikt, doch der war inzwischen aufgestanden. »Ich lasse euch dann mal in Ruhe arbeiten.« Er lächelte Katrin an, und wieder fand sie sein Lächeln seltsam. Er wirkte wie ein Todgeweihter, der angesichts seiner schweren Krankheit Tapferkeit demonstrieren will, obwohl ihm eigentlich hundelend ist. Er wünschte ihr einen schönen Abend, dann ging er hinaus und verzog sich in ein Zimmer am Ende des Flurs.

Marc kam zurück. Er brachte eine Kanne dampfenden Tee mit. Für sich selbst hatte er eine Flasche Bier geholt. »Dann mal an die Arbeit. Hast du schon mal darüber nachgedacht, was für Motive man nehmen könnte?«

Katrin nahm ihre Tasse und setzte sich auf den Stuhl, den Marc ihr an den Schreibtisch gestellt hatte. Er selbst nahm auf dem Drehstuhl Platz und fing an, Dateien auf dem Rechner zu öffnen. Katrin beobachtete ihn. Sie ließ sich Zeit mit der Antwort. Zwei komische Brüder waren das, Marc und Benedikt Simons. So ähnlich und doch so verschieden. Beide gut aussehend und charmant, doch der eine selbstbewusst bis an die Schmerzgrenze und der andere melancholisch und vom Leben enttäuscht. Sie spürte Marcs fragenden Blick.

»Natürlich habe ich darüber nachgedacht«, sagte sie schnell. »Ich war sogar schon unterwegs, um ein paar Bilder zu machen. Aber dann ist etwas dazwischengekommen.« Sie dachte an den toten Mann, an die Beine, die vor ihr im Nebel gegangen hatten, an das bleiche leblose Gesicht, und ihr wurde übel. Hastig nahm sie einen Schluck Tee. Er war sehr heiß, doch er tat gut.

»Was ist dazwischengekommen?« Marcs Stimme klang unerwartet sanft.

Katrin schüttelte den Kopf und starrte in ihre Teetasse.

»Du brauchst nicht darüber zu reden, wenn du nicht möchtest. Wenn du private Probleme hast, ist das deine Sache.«

Katrin stöhnte innerlich. Erst die Panikattacke in der Kneipe und jetzt das. Was sollte Marc nur von ihr denken? Eigentlich konnte es ihr egal sein, was er dachte, doch das war es nicht. Sie wollte als Fotografin von ihm ernst genommen werden, und das würde schwierig werden, wenn er der Meinung war, sie hätte Sorgen, die sie von der Arbeit ablenkten. Entschlossen sah sie ihn an. »Ich habe keine privaten Probleme. Es ist tatsächlich etwas dazwischengekommen. Etwas, das ich nicht einfach ignorieren konnte.« Sie machte eine Pause. Sein Gesichtsausdruck war schwer zu deuten. Sie räusperte sich. »Eine Leiche, um genau zu sein.«

Jetzt schien er doch überrascht zu sein. »Eine Leiche? Du hast eine Leiche gefunden?«

Katrin nickte. »Die Henkermorde. Du hast sicher davon gehört.«

Marc nickte. Sein Gesicht war plötzlich verschlossen. »Schlimme Sache«, murmelte er und sah dabei an ihr vorbei aus dem Fenster, wo der Nebel sich an die Scheibe presste.

»Der Polizist«, erklärte Katrin. »Der Mann, der am Schillerplatz aufgeknüpft wurde. Ich habe ihn gefunden. Und weiß du, was das Verrückte ist? Ich bin ganz bewusst dorthin gefahren. Weil es früher ein Richtplatz war. Die Stelle am Rhein, wo die beiden anderen ermordet wurden, war nämlich auch mal ein Richtplatz. Ich hatte natürlich nicht erwartet, eine Leiche zu finden. Ich

100

dachte, der Platz sei vielleicht ein schönes Motiv für das Buch. Wegen seiner Geschichte.«

»Das waren mal Richtplätze? Du meinst, da stand ein Galgen und so?« Marc sah sie kurz an, dann glitt sein Blick zurück zum Fenster. Eine steile Falte furchte seine hohe Stirn. »Das ist wirklich irre«, murmelte er, »du hast aber keine Fotos gemacht? Von der Leiche, meine ich.«

Katrin starrte ihn entsetzt an. »Natürlich nicht!«

»War ja auch nur so ein Gedanke.« Er nahm einen Schluck Bier. Dann beschäftigte er sich wieder mit seinem Rechner. Er fixierte den Bildschirm »Und? Hast du noch andere Ideen? Andere Motive, meine ich.« Offenbar war das Thema Leichenfund damit für ihn erledigt.

»Bis auf die Richtplätze noch nichts Konkretes«, gab Katrin zu. »Aber ich werde mich in den nächsten Tagen damit beschäftigen.« Hoffentlich würde sie Zeit dazu finden! Schließlich musste sie Frau Hirschwedders verschwundenen Hund suchen. Und da war auch noch das, was der alte Mann erzählt hatte. Der Geländewagen mit dem Kölner Kennzeichen. Sie musste mit Halverstett reden. Der wartete zudem auf ihre Turnschuhe. Sie würde halt zweigleisig fahren müssen, bei der Detektivarbeit die Augen nach Motiven offen halten. Es war sowieso besser, sich einfach treiben zu lassen, statt verkrampft zu suchen. Schöne Motive kamen zu einem, sie ließen sich nicht jagen.

Marc schien zufrieden. »Okay. Du wirst schon was finden. Wir haben ja genug Zeit. Außerdem ist es sowieso besser, wenn du dich dabei von den Texten inspirieren lässt, die ich geschrieben habe. Das soll ja zusammenpassen. Ich zeige dir mal, was ich mir so vorgestellt habe.«

101

Sie studierten zwei Stunden lang die Textentwürfe und Skizzen, die Marc gemacht hatte. Er ging erstaunlich offen auf Katrins Verbesserungsvorschläge ein. Die Arbeit mit ihm machte ihr immer mehr Spaß. Nur gelegentlich blickte sie verstohlen auf die Tür am Ende des Flurs. Doch Benedikt ließ sich nicht mehr blicken.

*

Die Straßenbeleuchtung sprühte müde blassgelbe Strahlen über die Lichtstraße. Tagsüber ächzte die belebte Einkaufsstraße unter dem lärmenden Verkehr, doch jetzt schimmerten die alten, ergrauten Häuser still und milchig im Nebel. Die Straßenbahnschienen glänzten feucht, und ein Betrunkener überquerte mit unbeholfenen Schritten die Fahrbahn. Man konnte kaum dreißig Schritte weit sehen, weiter als am Sonntagabend, als jemand Elisabeth und Bertram Kassnitz brutal ermordet hatte, nicht weit genug allerdings, um zu erkennen, dass an der Ecke zur Engerstraße ein Geländewagen mit Kölner Kennzeichen parkte.

Ein pinkfarbener Panda hielt vor dem Haus Nummer zweiunddreißig. Carina Lennard stieg aus. Sie trug eine hautenge Jeans, Stiefel und eine rote Lederjacke. Als ihre Freundin Silke Scheidt ihr etwas zurief, lachte sie und schüttelte den Kopf, sodass ihre langen blonden Haare durcheinanderwirbelten. Sie beugte sich in den Wagen und nahm ihre Sporttasche vom Rücksitz. Nachdem sie sich von Silke verabschiedet hatte, knallte sie energisch die Wagentür zu.

Silke wartete, bis Carina die Haustür erreicht hatte. Ein Taxi näherte sich von hinten, der Fahrer hupte verärgert, weil der pinkfarbene Kleinwagen mitten auf der Fahrbahn stand. Er kurvte mit quietschenden Reifen um das Hindernis herum, warf einen wütenden Blick auf die junge Frau am Steuer und verschwand im Nebel.

Carina blieb kurz im Eingang des Mietshauses stehen und winkte, dann wandte sie sich ab. Als die Tür ins Schloss fiel, gab Silke Gas.

Carina wohnte im dritten Stock. Nachdem sie sich vor zwei Jahren von ihrem Freund getrennt hatte, war sie in die kleine gemütliche Wohnung mit Balkon gezogen, in der ihr statt eines ewig nörgelnden Filialleiters ein blauer Wellensittich Gesellschaft leistete. Sie war erschöpft. Zusammen mit Silke hatte sie wie jeden Mittwoch im Fitnessstudio trainiert. Danach waren sie gemeinsam Essen gegangen. Silke hatte darauf bestanden, sie nach Hause zu fahren, das tat sie immer. Sicher war sicher.

Der Mann glitt aus dem Schatten, als Carina die Wohnungstür aufschließen wollte. Er hatte auf dem Treppenabsatz eine halbe Etage über ihr gewartet. Jetzt presste er ihr die linke Hand vor den Mund. Mit der rechten hielt er ihr die Waffe an die Schläfe. »Keinen Mucks. Sonst drücke ich sofort ab.«

Carina ließ die Tasche fallen. Versteinert blieb sie stehen. Obwohl er ihr die Worte kaum hörbar zugeraunt hatte, hatte sie seine Stimme erkannt. Sie begriff sofort.

Grob stieß er sie an. »Heb die Tasche auf!«

Mit zitternden Fingern griff sie nach der Tasche und presste sie sich vor den Bauch. Er führte sie die Treppe hinunter. Sie machte jeden einzelnen Schritt wie in Trance. Als hätte jemand ihr Hirn ausgeschaltet. Etwas in ihr schrie: Wehr dich! Tu etwas! Wenn du nichts unternimmst, bringt er dich um!

Doch sie konnte nichts tun. Es war, als gehöre ihr Körper gar nicht ihr. Als sähe sie einem Ereignis zu, das sich irgendwo weit weg abspielte, das nichts mit ihr selbst zu tun hatte. Sie kannte das Gefühl von früher, dieses Aus-dem-Körper-Hinausschweben, dieses Fliehen an einen fernen Ort, weit weg, wo sie sicher war und nichts mehr spürte.

Absurderweise dachte sie an die Wäsche in der Waschmaschine, die anfangen würde zu knittern und zu stinken, wenn sie niemand herausnahm und aufhängte. Und an Coco, ihren Wellensittich. Wer würde ihn füttern?

Die Straße war menschenleer. Der Betrunkene war längst verschwunden. Aus der Kneipe an der Straßenecke drangen Licht und gedämpfte Musik. Sehnsüchtig starrte Carina auf die erleuchteten Fenster, doch noch immer war sie nicht in der Lage, etwas anderes zu tun, als mechanisch vorwärts zu gehen. Der Mann hielt ihr nicht mehr den Mund zu. Er hatte den linken Arm um sie gelegt. Von ferne sahen sie vermutlich aus wie ein Liebespaar.

Er blickte sich um, bevor er die Kofferraumklappe öffnete. Rasch legte er ihr die Handschellen an. Dann stieß er sie ins Fahrzeug, zog ihr die Stiefel aus und fesselte ihre Beine. Sie wimmerte leise, als er ihr den Schal vor den Mund band. Die Handschellen schabten an ihren Handgelenken, die Schnur schnitt in ihre Fesseln,

104

und ihre Schulter tat weh, dort, wo sie im Kofferraum aufgeprallt war. Am liebsten hätte sie geweint, doch ihr Inneres war leer wie ein versiegter Brunnen.

Als der Mann die Klappe zuschlug, kamen ein paar Leute aus der Kneipe. Drei Männer und zwei Frauen. Sie verabschiedeten sich voneinander, dann bogen ein Mann und eine Frau in die Cranachstraße ab. Die anderen drei kamen genau auf den Geländewagen zu. Sie lachten und alberten herum. Keiner von ihnen warf einen Blick in den Kofferraum, als sie vorbeigingen, sonst hätten sie vermutlich Carina gesehen, die dort gefesselt und geknebelt lag, denn der Mann hatte in der Eile vergessen, sie mit der Wolldecke zuzudecken. Als die drei im Nebel verschwunden waren, stieg er ein. Er vergewisserte sich mit einem Blick unter den Beifahrersitz, dass er dabeihatte, was er brauchte, dann ließ er den Wagen langsam aus der Parklücke gleiten. Genau fünf Stunden und dreiundvierzig Minuten später war Carina Lennard tot.

*

Katrin stöhnte. Vor ihr hing der Tote im Nebel und streckte ihr die Zunge heraus. Sie wollte schreien, aber als sie den Mund aufriss, stob eine Wolke Fledermäuse aus ihrem Rachen. Hastig presste sie die Lippen aufeinander. Aber die Fledermäuse ließen sich nicht aufhalten. Sie flatterten in ihrem Mund herum, kratzten und schabten an ihrem Hals, bis sie es nicht mehr aushielt, ihnen erneut den Weg freigab. Zitternd krallte sie sich an einen Baumstamm, würgte, erbrach Fledermäuse, mehr und mehr, ein stetiger Strom aus schwarzen, flatternden Ungeheuern, und über ihr lachte der Tote, laut und höhnisch.

Katrin sackte zusammen, stürzte auf den kalten, feuchten Boden. Die Fledermäuse umschwirrten sie. Und immer noch drängten sich unzählige Tiere aus ihrem Mund, suchten schwirrend einen Weg ins Freie.

Plötzlich hörte Katrin Schritte hinter sich. Sie fuhr herum. Ein Mann stand über ihr, das Gesicht maskiert. In den Händen hielt er einen Strick. Langsam beugte er sich über sie. Da endlich fand Katrin ihre verlorene Stimme wieder. Sie schrie.

»Wach auf! Wach auf, verdammt!«

Katrin öffnete die Augen. Manfred hatte das Licht angeschaltet. Er hielt sie bei den Schultern und schüttelte sie. Mit zitternden Fingern tastete Katrin nach ihren Lippen. Keine Fledermaus. Nicht einmal ein winziger Flügel. Erleichtert ließ sie sich in Manfreds Arme sinken.

»Wieder ein Albtraum?«, fragte er besorgt.

Katrin nickte stumm.

»Möchtest du darüber reden?«

»Morgen vielleicht.«

Einen Augenblick lang saßen sie schweigend im Bett. Die Traumbilder flatterten noch immer in Katrins Kopf herum. Der Tote mit der blauroten Zunge, die Fledermäuse, der Maskierte mit dem Seil. Nach und nach wurden sie blasser, versanken im bleichen Nebel des Vergessens. Schließlich wand Katrin sich aus Manfreds Armen.

»Es geht mir jetzt besser. Schlaf weiter. Ich koche mir einen Tee.«

106

»Ich kann dir einen Tee machen, wenn du möchtest.« Er schlug die Bettdecke beiseite.

Katrin drückte ihn sanft aufs Kissen zurück. »Nein. Schlaf weiter. Ich muss jetzt etwas tun. Mich ein bisschen bewegen.« Sie stand auf und löschte das Licht. Leise schlüpfte sie aus dem Zimmer.

Sie trank den Tee im Wohnzimmer und studierte dabei die Notizen, die sie sich im Stadtarchiv gemacht hatte. Schicksale von Menschen, abgehandelt mit ein paar kurzen Worten. Sie hatte sich etwas über ein Ehepaar notiert, das 1863 exekutiert worden war, weil es seine drei Kinder ›beseitigt‹ hatte. Was mochte die Eltern zu einem solch grauenvollen Verbrechen veranlasst haben? Oder den Mann, der eine junge Witwe ermordete, um acht Äpfel und siebzig Pfennig zu erbeuten?

Die Strafen, die Verbrechern in früheren Zeiten gedroht hatten, waren oft viel grausamer gewesen als die Verbrechen, die damit gesühnt werden sollten. Diebe wurden gehängt, Räuber enthauptet und Einbrecher gerädert. Auf Kirchenraub stand Verbrennung bei lebendigem Leib.

Katrin schüttelte sich. Was für eine Tat mochten die drei Menschen begangen haben, die der Unbekannte am Sonntag und am Montag gerichtet hatte? Handelte es sich um einen persönlichen Rachefeldzug, oder fühlte sich hier jemand veranlasst, Recht zu sprechen, wo die Justiz seiner Ansicht nach versagt hatte?

9

Um sechs Uhr morgens fand die Besatzung eines Streifenwagens die Leiche. Teilweise zumindest. Christoph Wintrop und Fritz Walther fuhren nicht gern zusammen Streife. Walther war knapp sechzig und redete am liebsten über Fußball, Wintrop hatte nicht das geringste Interesse an der Bundesliga. Die Sportarten, die er liebte, waren Tauchen und Segeln. Davon verstand Walther wiederum überhaupt nichts. Er hatte mal aus Höflichkeit ein paar Fragen gestellt, doch er konnte Wintrops Begeisterung für Korallenriffe und Seeluft einfach nicht nachvollziehen. So verliefen ihre Fahrten meist recht schweigsam. Hin und wieder stöhnte einer von ihnen über das Wetter oder über die miserable Bezahlung ihrer Arbeit, und der andere nickte zustimmend. Aber ansonsten wusste keiner von beiden, worüber er mit dem anderen reden sollte. Zum dreiunddreißigsten Mal in dieser Nacht rollte der Wagen mit den beiden Beamten langsam durch die Schulstraße. Wintrop saß auf dem Beifahrersitz. Auf der Höhe des Filmmuseums rief er plötzlich: »Halt, da liegt was!«

Walther setzte ein Stück zurück. »Ist doch nur ’ne Tasche.«

»Die lag aber eben noch nicht hier«, warf Wintrop ein.

»Sicher?«

»Sicher.«

108

»Dann gucken wir mal nach.« Walther schaltete den Motor aus und schnappte sich die Taschenlampe. Der Eingang zum Filmmuseum lag hinter einem Stück alter Mauer. Es handelte sich um einen Überrest des alten Gefängnisses, das einmal an dieser Stelle gestanden hatte. Genau im Durchgang lag eine weiße Sporttasche. Walther ging vorsichtig näher und lugte hinter die Mauer. »Scheiße! Verfluchte Scheiße!« Er drehte sich zu Wintrop um. »Wir brauchen Verstärkung. Kriminalwache. Spurensicherung. Gerichtsmedizin. Das volle Programm. Und dieser Halverstett will bestimmt auch Bescheid wissen. Der leitet doch die MK Henker. Obwohl ich nicht glaube, dass das hier der Henker war. Es sei denn, er hätte die Methode gewechselt.« Er grinste zynisch und ging zurück zum Streifenwagen, um über Funk die Kollegen anzufordern. »Guck dir das lieber nicht an«, warnte er seinen Partner, bevor er im Auto verschwand.

Doch Wintrop konnte nicht anders. Während Walther mit einem Beamten in der Leitstelle sprach, schlich er auf das Stück Mauer zu. Neugierig spähte er um die Ecke. Als der Lichtkegel das traf, was der Mörder von Carina Lennard übrig gelassen hatte, schrie sein Magen entsetzt auf. Die Taschenlampe in seiner Hand begann zu tanzen. Keuchend wandte er sich ab.

Der Notarzt kam als Erster. Er warf einen kurzen Blick auf die Tote, dann kümmerte er sich um Christoph Wintrop, der immer noch blass wie ein Geist auf der Bordsteinkante kauerte. »Wer tut so was? Wer zum Teufel tut so was«, murmelte er unentwegt vor sich hin. Er hatte eine Freundin, knapp dreißig, langes, blondes

Haar. Sie sah Carina Lennard ähnlich, zumindest im Dunkeln.

Viel mehr als das blonde Haar hatte Wintrop sowieso nicht gesehen. Es floss über den Rand eines großen Blumenkübels, der im Hof stand, wand sich zwischen den dürren, blattlosen Zweigen der Pflanzen hindurch, die ihn im Sommer begrünten. Carina Lennards Kopf klemmte im Geäst. Nur ihr Kopf. Ihr Körper lag am anderen Ende des Hofs in dem Durchgang, der zum alten Hafenbecken führte.

*

Hastig tippte Marc Simons auf der Tastatur seines Computers herum und schloss das Fenster mit den Pressemeldungen der Düsseldorfer Polizei, als er hörte, wie sein Bruder ins Zimmer trat. Er hatte gerade noch Zeit, den Zettel mit den Notizen unter die Zeitung zu schieben. Dann stand Benedikt neben ihm.

»So früh schon bei der Arbeit?«

Marc streckte sich demonstrativ. »Ich konnte nicht mehr schlafen. Da habe ich mir gedacht, ich könnte die Zeit auch sinnvoll nutzen. Jetzt muss ich allerdings weg. Was erledigen. Dauert aber nicht lang. Maximal eine Stunde.« Er fuhr den Computer herunter und schaltete ihn aus. »Soll ich Brötchen mitbringen, wenn ich wiederkomme?«

Benedikt ließ sich in den Sessel fallen. Er hatte dunkle Ringe unter den Augen, und sein Haar hing ihm strähnig in die Stirn. »Nicht für mich. Ich kriege nichts runter. Mir ist kotzübel.«

Marc musterte ihn mit gerunzelter Stirn. »Was ist los? Bist du krank?«

Benedikt schüttelte den Kopf. »Nein. Zumindest nicht so, dass ein Arzt mir helfen könnte.« Er lehnte den Kopf zurück und starrte an die Zimmerdecke. Dann besann er sich. »Wenn ich's mir recht überlege, sollte ich doch was essen. Vielleicht tut mir ein vernünftiges Frühstück gut.«

»Okay.« Marc schlüpfte in seine Schuhe. Abwartend blieb er im Raum stehen, doch Benedikt rührte sich nicht. »Machst du Kaffee und deckst den Tisch?«, fragte er schließlich.

»Klar.« Benedikt stand langsam auf.

Marc griff nach dem Schlüssel, der auf dem Tisch lag. »Ich nehme noch mal den Wagen, okay? Meiner springt immer noch nicht an.«

»Kein Problem.« Benedikt gähnte und verschwand in der Küche. Marc schnappte sich seine Jacke. Kaum hatte er die Tür hinter sich zugezogen, lief Benedikt zurück ins Wohnzimmer. Vorsichtig hob er die Zeitung an und warf einen Blick auf die Notizen, die sein Bruder darunter hatte verschwinden lassen. Sekundenlang starrte er schweigend auf das beschriebene Blatt. Dann legte er die Zeitung behutsam zurück und ging wieder in die Küche.

*

Katrin stieg ab und schob das Fahrrad über den schmalen Bürgersteig der Citadellstraße. An einer Laterne schloss sie es ab. Vor ihr drängten sich Schaulustige. Gesprächsfetzen drangen an ihr Ohr.

»Das war wieder dieser Henker, da könnte ich wetten.«

»Aber diesmal wurde doch niemand gehängt. Das war bestimmt ein Frauenmörder. Sie soll noch ganz jung gewesen sein. Und sehr attraktiv. Lange blonde Haare.«

»Wer sagt, dass die nicht gehängt wurde? Das erzählen die uns doch nur, damit keine Panik ausbricht.«

»Quatsch! Von wegen damit keine Panik ausbricht! Die Bullen haben keine Ahnung, was dahintersteckt. Die tappen im Dunkeln. Aber das wollen sie uns natürlich nicht sagen.«

Katrin schob sich rasch an den Leuten vorbei. Sie schämte sich ein bisschen, dass sie sich kaum anders benahm als die übrigen Gaffer, doch sie redete sich ein, dass es bei ihr ja etwas anderes war. Sie hatte die zweite Leiche gefunden. Sie war eine Zeugin. Vielleicht fiel ihr etwas auf. Eine Besonderheit, eine Person, die sie am Schillerplatz ebenfalls gesehen hatte. Irgendetwas. Als sie von dem Mord gehört hatte, hatte sie sich sofort auf den Weg gemacht. Manfred hatte sie angerufen. Er war bereits am Tatort. Jetzt bog sie um die Ecke und sah die Mauerreste des alten Stadtgefängnisses. Hier war kein Durchkommen. Die Schulstraße war gesperrt. Streifenbeamte hielten die Neugierigen in Schach. Ein Leichenwagen parkte zwischen den Polizeiautos. Die Heckklappe war geöffnet, und Katrin konnte den Sarg sehen. Ob die Tote schon darin lag? Auf dem Bürgersteig gegenüber stand Kriminalhauptkommissar Halverstett und sprach mit einem älteren Streifenbeamten. Plötzlich sah er zu Katrin herüber. Entgegen ihren Befürchtungen winkte er sie zu sich.

»Kabritzky ist schon wieder weg, falls Sie den suchen, Katrin.«

»Oh. Ich – ich weiß, es geht mich nichts an, aber könnten Sie mir sagen, wie sie gestorben ist?«

Halverstett musterte sie. »Wie Sie schon sagten, es geht Sie nichts an.«

Katrin überlegte kurz. Sie musste wissen, ob ihre Theorie stimmte. Aufmerksam fixierte sie Halverstett.

»Sie ist geköpft worden.«

Der Kommissar runzelte die Stirn. Dann nickte er kaum merklich.

Katrin schluckte. Sie hatte richtig geraten. »Hier war das Stadtgefängnis«, erklärte sie.

»Ich weiß«, murmelte Halverstett. »Steht da auf dem Schild.« Er deutete auf die Mauer.

»Und im Hof des Stadtgefängnisses –«, fing Katrin an.

»Lassen Sie mich raten: Da stand die Guillotine.«

Katrin nickte stumm. Halverstett seufzte. »Ein Herr von der Geschichtswerkstatt hat mich aufgeklärt. Ich bin im Bilde. Und jetzt verschwinden Sie!« Er wandte sich wieder an den älteren Beamten. Katrin war schon ein paar Schritte gegangen, als er ihr hinterherrief: »Ich brauche übrigens noch Ihre Turnschuhe. Hat Kabritzky Ihnen das nicht ausgerichtet? Schade, dass Sie sie heute nicht anhaben, sonst hätte ich sie gleich mitgenommen. Die KTU muss die Abdrücke mit denen an den beiden anderen Tatorten abgleichen, und zwar dringend, die werden langsam grantig.«

Katrin schlug die Hand vor den Mund. Das hatte sie völlig vergessen. »Ich bringe sie nachher vorbei. Ehren-

113

wort.« Halverstett nickte zerstreut, er hatte seine Aufmerksamkeit bereits dem Kollegen zugewandt.

Langsam schlenderte Katrin zurück zur Citadellstraße. Die Menschenmenge hatte sich immer noch nicht zerstreut. Und die Spekulationen nahmen immer sensationellere Ausmaße an. Einen Augenblick lang glaubte Katrin, Marc Simons zwischen den Schaulustigen gesehen zu haben, doch als sie ihm zuwinken wollte, hatte er sich bereits abgewandt.

Neben Katrins Fahrrad stand eine junge Frau. Sie war leichenblass und starrte in Leere. Als Katrin sie fast erreicht hatte, wankte sie plötzlich. Katrin sprang zu ihr und hielt sie fest, bevor sie umfallen konnte. Die Frau stöhnte leise und ließ sich von Katrin zu einem Hauseingang führen und auf die Stufe vor der Tür setzen. Katrin fasste in ihre Tasche. Dann fiel ihr ein, dass ihr Handy verschwunden war. »Bleiben Sie einen Augenblick sitzen. Ich rufe einen Arzt«, sagte sie zu der Frau.

»Nein, keinen Arzt.« Die Frau krallte ihre Hände um Katrins Arm, sodass Katrin die spitzen Fingernägel durch die Jacke spürte. »Es geht mir schon wieder besser. Nur ein kleiner Schwindel.«

Katrin musterte die Frau zweifelnd. Sie musste an ihre eigenen Schwindelanfälle denken, die Panik. Und die Angst, jemand könne zu viel Aufhebens darum machen. Sie setzte sich neben die Frau. »Dann bleibe ich einen Augenblick bei Ihnen. Ich heiße Katrin. Und Sie?«

Die Frau schien sie gar nicht gehört zu haben. Minutenlang musterte sie schweigend das glitzernde Kopfsteinpflaster. Doch schließlich antwortete sie: »Silke. Silke Scheidt.«

Als Katrin anfing zu frieren, bot sie an, Silke nach Hause zu bringen. »Wir nehmen ein Taxi. Ich möchte Sie nicht allein lassen.«

»Das ist nett.« Silke sah Katrin an, doch ein Lächeln brachte sie nicht zustande. »Es geht mir schon besser. Ich kann allein nach Hause fahren.« Sie stand auf. »Wirklich. Danke für die Hilfe, Katrin.« Mit energischen Schritten lief sie die Citadellstraße entlang. Sie hielt den Kopf hoch und die Schultern gespannt. Nur wenn man genau hinsah, merkte man, dass ihre Haltung etwas Verkrampftes hatte, das sie jeden Schritt ganz bewusst tun musste, um nicht umzufallen.

Katrin blickte ihr nachdenklich hinterher. Wie viele Menschen außer ihr selbst mochte es geben, die Schreckliches durchgemacht hatten und für die manche alltäglichen Verrichtungen, über die die meisten Menschen gar nicht nachdachten, eine gewaltige Tortur bedeuten? Die vor so banalen Dingen wie Kellertreppen kapitulieren mussten? Vielleicht war es bei dieser Silke die Menschenmenge gewesen, die sie so aus dem Gleichgewicht gebracht hatte. Vielleicht war sie aber auch krank. Katrin würde es nie erfahren.

Die Frau war jetzt um die Ecke verschwunden. Katrin wandte sich ab und ging zu ihrem Fahrrad. Sie fuhr durch die Orangeriestraße in Richtung Carlsplatz. Wenn sie schon in der Altstadt war, konnte sie auch gleich auf dem Markt einkaufen. Meistens war sie nämlich zu bequem, den weiten Weg in Kauf zu nehmen, und ging lieber in den Supermarkt in ihrer Nähe. Dabei liebte sie die Atmosphäre auf dem Platz und die vielen verschiedenen Düfte nach Kräutern, heißer Gulaschsuppe und frischem Fisch.

Als sie in die Benrather Straße bog, rollte vor ihr ein Geländewagen aus dem Parkhaus. Im ersten Moment dachte Katrin, es sei Manfreds Auto, und sie wunderte sich, dass er so vorbildlich geparkt hatte, statt bis direkt an den Tatort zu fahren, doch dann erkannte sie, dass dieser Wagen viel dunkler war. Außerdem hatte er ein Kölner Kennzeichen. Ein Kölner Kennzeichen! Katrin starrte auf das Nummernschild und trat fest in die Pedale. Ihr Herz hämmerte wild. Hastig prägte sie sich die Buchstaben und Zahlen ein. K-SP 454.

Der Geländewagen preschte über die Kasernenstraße hinweg. Als Katrin die Kreuzung erreichte, war die Ampel längst auf Rot gesprungen. Von dem Landrover war weit und breit nichts zu sehen. Klar. Was für eine Schnapsidee, mit dem Fahrrad ein Auto zu verfolgen. Wenigstens hatte sie das Kennzeichen. Sie hielt am Straßenrand und kramte Notizblock und Kuli aus der Handtasche.

Noch während sie die Nummer notierte, kamen ihr Zweifel. Die Frau, die am Filmmuseum ermordet worden war, war seit Stunden tot. Warum sollte der Täter so blöd sein, sich noch in der Nähe des Tatorts herumzutreiben? Es gab mit Sicherheit unzählige Geländewagen mit Kölner Kennzeichen. Einfach irrsinnig anzunehmen, dass dies hier derselbe gewesen war, den der schwerhörige Alte am Sonntagabend in der Nähe seines Hauses in Benrath gesehen hatte.

*

116

»Er hat fünf Mal angesetzt.« Maren Lahnstein deutete auf den blutigen Rumpf. »Hier, sehen Sie?«

Halverstett warf einen kurzen Blick auf die Stelle, an der noch gestern Carina Lennards Kopf mit dem Rumpf verbunden gewesen war, dann wandte er sich ab. »Was bedeutet das? Ist er zu schwach? Hatte er Hemmungen? Keine Erfahrung?«

Die Ärztin zuckte mit den Schultern. »Alles ist möglich. Jedenfalls hat er die ersten Male nicht fest genug zugeschlagen. Vermutlich war das Beil auch zu stumpf. Hier kann man schön sehen, was ich meine.« Ihr gummibehandschuhter Finger deutete auf ein paar Knochensplitter, doch Halverstett winkte ab. »Ersparen Sie mir die Details, bitte.«

Maren Lahnstein lächelte. »Schon gut. Das Ganze belastet Sie ziemlich stark, oder?«

Halverstett nickte stumm.

Sie streckte die Hand aus, ließ sie aber wieder sinken. »Also, der Täter ist vermutlich Rechtshänder, entweder nicht besonders kräftig oder nicht so entschlossen, wie er hätte sein müssen, um den Kopf mit einem einzigen Hieb vom Körper zu trennen. Außerdem hat er nicht darauf geachtet, dass das Beil scharf ist. Aus welchem Grund auch immer.«

»Hat sie sich nicht gewehrt?« Halverstett vermied es, auf den Kopf zu blicken, der auf einem Extratischchen neben der Leiche lag.

Maren Lahnstein verneinte. »Keinerlei typische Abwehrverletzungen. Nichts unter den Fingernägeln. Nur zwei Hämatome am Oberschenkel, aber die sind eindeu-

117

tig schon ein paar Tage alt. Die Handschellen und die Kordel um die Fußgelenke haben natürlich auch Spuren hinterlassen. Aber keine sehr deutlichen. Nicht so wie bei den anderen dreien. Sieht aus, als hätte sie alles willenlos über sich ergehen lassen. Vielleicht stand sie unter Schock. Oder sie war nicht bei Bewusstsein. Wir untersuchen ihren Mageninhalt und ihr Blut auf Betäubungsmittel. Aber das dauert noch ein paar Stunden.« Maren Lahnstein zog die Handschuhe aus. »Da ist noch etwas. Es gibt Hinweise darauf, dass sie eine Zeit lang gefesselt war, bevor sie getötet wurde. Womöglich hat der Täter sie einige Stunden irgendwo gefangen gehalten, bevor er sie umbrachte. Oder im Kofferraum herumkutschiert. Sie sagten doch, dass der Fundort der Leiche einer von diesen Richtplätzen war. Also sind dort ständig Streifen vorbeigefahren. Möglicherweise hat der Täter den Ort eine Zeit lang beobachtet, bevor er den Mord beging, um den richtigen Zeitpunkt zu erwischen.«

»Und währenddessen lag sein Opfer gefesselt im Kofferraum seines Wagens?«

»So könnte es gewesen sein.« Vorsichtig berührte sie Halverstetts Arm. »Manchmal ist es ein Scheißjob«, sagte sie leise.

Halverstett griff ihre Hände, hielt sie einen Augenblick in den seinen, dann machte er sich los und marschierte ohne ein weiteres Wort aus dem Obduktionssaal.

*

Katrin stopfte ihre durchgefrorenen Finger tief in die Jackentaschen. Ratlos blickte sie sich um. Sie hatte in allen Häusern in der Nachbarschaft herumgefragt, auch auf den Quer- und Parallelstraßen, doch niemand hatte den Hund gesehen. Flips war wie vom Erdboden verschluckt. Bedächtig schlenderte sie auf das Grundstück des Ehepaars Kassnitz zu. Was, wenn das Tier hier in der Nähe von dem Geländewagen angefahren worden war und jetzt irgendwo im Gebüsch lag? Schwer verletzt oder sogar tot? Vorsichtig spähte sie in den Vorgarten. Alles still. Nur das rotweiße Absperrband der Polizei, mit dem der Zugang zum Grundstück versperrt war, wogte sacht. Es war Mittag, kurz vor eins, in der Ferne hörte sie ein paar Schulkinder, auf der Brucknerstraße war ein Gymnasium. Sie blickte sich kurz um, dann stieg sie rasch über das Band und huschte auf das Haus zu. Wenn sie erwischt wurde, konnte sie sagen, dass sie nach dem Hund suchte, und das stimmte ja auch.

Entlang der Einfahrt reihten sich immergrüne Nadelgehölze. Katrin drückte hier und da ein paar Zweige zur Seite und spähte ins Unterholz. Doch von Flips fehlte jede Spur. Was hatte sie auch erwartet? Sicherlich hatte die Polizei das Anwesen gründlich unter die Lupe genommen, ein verletzter Hund wäre ihr wohl aufgefallen. Katrin glitt um die Hausecke und lugte in die Fenster. Eine Küche, auf der Spüle warteten ein paar Tassen und Teller darauf, in die Spülmaschine geräumt zu werden. An einer Pinnwand aus Kork hafteten Notizen. Ein Einkaufszettel, ein Rezept, ein Bild, auf dem mit dicker Wachsmalkreide unbeholfen eine riesige Sonne und ein paar Blumen gemalt waren. Zwischen den Blumen stand ein Name, die Buchstaben waren rot und der letzte im Verhältnis viel zu groß. Jule, entzifferte Katrin. Dann lief sie zum nächsten Fenster. Ein Wohnzimmer, elegant eingerichtet. Ledersofa. Kamin. In einem riesigen Aquarium tummelten sich exotische Fische. Katrin fragte sich, wer die wohl im Augenblick versorgte.

Hinter dem Haus führte eine Treppe in den Keller. Katrin blieb zögernd stehen. Vielleicht war die Tür nicht abgeschlossen. Dann konnte sie sich das Haus von innen ansehen. Langsam ging sie auf die Treppe zu. Alles schien normal. Sie griff nach dem Geländer und setzte den Fuß auf die erste Stufe. Da sprang die Treppe plötzlich auf sie zu. Katrin erschrak. Sie wollte einen Schritt zurück machen, doch ihre Hand klebte am Geländer. Die Stufen wölbten sich ihr entgegen, türmten sich vor ihr auf wie eine steinerne Wand. Gleich würden sie über ihr zusammenbrechen. Katrin atmete in kurzen, schmerzhaften Stößen. Ihr Herz hämmerte. Weg! Ich muss hier weg, schrie es in ihr, doch ihre Füße hafteten reglos am Boden, und ihre Hand pappte an dem kalten Metall des Geländers, als wäre sie festgewachsen. Plötzlich rührte sich hinter ihr etwas.

»Was machen Sie denn hier?! Verschwinden Sie sofort! Hier gibt es nichts zu gaffen!«

Katrin fuhr herum. Die Erstarrung löste sich. Die Treppe kehrte an ihren Platz zurück, legte sich nieder, als könne sie kein Wässerchen trüben. Auf dem Gartenweg stand eine Frau in Schürze und Pantoffeln, die Hände in die Hüften gestemmt. »Schämen Sie sich nicht?«

120

Katrin versuchte, ruhig zu atmen. Ihre Hand hielt immer noch das Geländer umkrallt. Sie setzte eine arglose Miene auf. »Ich gaffe nicht«, verteidigte sie sich. »Ich suche Flips, den Rauhaardackel von Frau Hirschwedder.«

»Und den suchen Sie bei den Kassnitz' im Keller, ja?«

Katrin wurde heiß. »Ich dachte, er hätte sich vielleicht hier auf dem Grundstück verkrochen. Bei allen anderen Nachbarn habe ich schon nachgefragt.«

»Jetzt verschwinden Sie mal ganz schnell, bevor ich die Polizei rufe. Und lassen Sie sich ja nicht mehr hier blicken!«

Katrin trabte los. An der Einfahrt drehte sie sich noch einmal um. »Wer sind *Sie* eigentlich? Und was machen *Sie* hier? Das Grundstück ist doch von der Polizei abgesperrt.«

Die Frau schnaubte empört. »Nur nicht unverschämt werden, Fräulein!«, rief sie mit schriller Stimme. »Ich darf hier ein und aus gehen, solange ich will. Ich bin die Putzfrau. Schließlich muss sich ja einer um die Fische kümmern, bis alles geregelt ist.«

Katrin wandte sich ab und lief zur Straße. Ohne sich noch einmal umzudrehen, sprang sie über die Absperrung. Drei Jungen mit Schultaschen auf dem Rücken rannten feixend vorbei. Ein vierter folgte ihnen in gemächlichem Tempo. Er hielt den Kopf gesenkt und hatte eine Dose unter den Arm geklemmt. Als er auf Katrins Höhe war, erkannte sie, dass es Hundefutter war. Der Junge besaß einen Hund. Dann kannte er sicherlich auch Flips.

»Hallo! Ich sehe, du hast für deinen Hund eingekauft. Was ist es denn für einer? Auch ein Rauhaardackel wie der Flips von der Frau Hirschwedder? Den kennst du doch sicher?«

Der Junge blickte erschrocken hoch. Er hatte rote Haare und das ganze Gesicht voller Sommersprossen.

»Entschuldige«, murmelte Katrin. »Ich wollte dich nicht erschrecken. Ich suche Flips. Kennst du ihn?«

Der Junge blickte unsicher nach rechts und links, dann nickte er stumm.

»Und? Hast du ihn in den letzten Tagen gesehen?«

Er schüttelte heftig den Kopf, dann rannte er los und verschwand in dem Fußweg, der die Silcherstraße mit der Flotowstraße verband.

Katrin bemerkte, dass an der Mülltonne auf der gegenüberliegenden Straßenseite eine Frau stand und sie beobachtete. Sie hieß Tanja Breitner und hatte zwei Söhne, einen Kater und drei Meerschweinchen. Das wusste Katrin, denn sie hatte sie bereits nach Flips gefragt. Entschlossen überquerte sie die Straße und ging auf Frau Breitner zu. »Entschuldigung. Wissen Sie, was mit dem Jungen los ist? Ich habe ihn nur was gefragt, und er ist davongelaufen, als wäre der Teufel hinter ihm her.«

»Kümmern Sie sich nicht drum.« Die Frau lächelte. »Der Jan ist furchtbar schüchtern. Die anderen Kinder spielen nicht mit ihm, er hockt immer allein zu Hause. Kann einem schon leid tun, der Bursche. Ich habe ja auch zwei Jungs in dem Alter. Die sind allerdings ganz anders, das können Sie mir glauben. Zweimal habe ich den Jan zu uns eingeladen. Weil ich Mitleid hatte. Aber

122

meine Söhne haben sich beschwert: Mit dem kann man gar nichts spielen. Der redet nicht. Der ist langweilig. Na ja, was soll man da tun?«

»Dann ist es ja ein Trost für den Jungen, dass er wenigstens den Hund hat.«

»Hund? Was für einen Hund? Der Jan hat keinen Hund. Das wüsste ich aber. Die Spielmann lässt keine Tiere in ihr Haus. Die hat so 'nen Putzfimmel, wissen Sie. Kein Wunder, dass der Junge so komisch ist. Vermutlich darf der nur auf Socken durchs Haus schleichen. Was wollten Sie denn vom Jan?«

»Ich hatte die –« Katrin stockte, ihre Gedanken überholten ihre Worte. »Ich suche doch den Hund von Frau Hirschwedder. Danach habe ich ihn gefragt.«

»Ach so.« Glücklicherweise gab sich Frau Breitner mit dieser Erklärung zufrieden. »Ich glaube nicht, dass das Tier wieder auftaucht. Wenn Sie mich fragen, den hat jemand geklaut, jede Wette. So, jetzt muss ich aber. Die Jungs kommen gleich aus der Schule, und das Essen ist noch nicht fertig.«

Katrin blickte nachdenklich in die Richtung, in der Jan verschwunden war. Was machte jemand, der kein Haustier besaß, mit einer Dose Hundefutter?

10

»Ach, Sie.« Silke Scheidt zog die Wohnungstür auf. »Sie geben wohl nie Ruhe.«

Katrin grinste. »Das sagt man mir nach.«

Silke führte Katrin ins Wohnzimmer, das klein und sehr aufgeräumt war, lediglich auf der Couch türmten sich Decken und Kissen. Es war sehr warm. »Ich hatte mich ein bisschen hingelegt«, erklärte Silke und schob die Kissen beiseite. »Setzen Sie sich doch.« Katrin hockte sich auf die Sofakante. »Ich wollte nicht stören. Nur einfach sehen, ob es Ihnen gut geht. Es hat mir keine Ruhe gelassen.«

»Wie haben Sie mich gefunden?« Silke hatte sich ebenfalls auf das Sofa gesetzt und in eine Decke gehüllt. Sie nahm eines der Kissen und umarmte es wie ein Kuscheltier, während sie sprach.

»Sie haben mir Ihren Namen gesagt. Sie stehen im Telefonbuch. Es gibt nur eine Silke Scheidt in Düsseldorf.« Katrin öffnete die Jacke. Schweißtropfen sammelten sich auf ihrer Stirn und im Nacken. Es waren mindestens fünfundzwanzig Grad in dem Zimmer.

Silke starrte auf den Boden. »So einfach ist das also. Telefonbuch und zack, schon steht jemand vor deiner Tür.«

»Wie bitte?«

»Ach nichts.« Silke kaute an einem Kissenzipfel. Sie sah Katrin nicht an.

»Kann ich noch irgendetwas für Sie tun?« Katrin wollte plötzlich weg. Die Hitze, die vielen Kissen und Decken um sie herum drohten sie zu ersticken.

»Es ist so schrecklich. Du rennst und rennst und rennst, doch es holt dich immer wieder ein. Carina hatte echt ein beschissenes Leben. Von Anfang an. Ihre Kindheit muss die Hölle gewesen sein. Und ihr Tod –«

Katrin horchte auf. »Carina?«

»Ja. Carina. Sie war meine Freundin.«

»War?«

»Irgendein Schwein hat ihr heute Nacht den Kopf abgehackt.« Silke brach in Tränen aus, laut und hemmungslos. Katrin streckte hilflos die Hände aus. Sie wusste nicht, was sie machen sollte. Schließlich nahm sie die junge Frau einfach in die Arme. Silke weinte wie ein kleines Mädchen, sie schluchzte, rang nach Luft und krallte sich in Katrins Jacke. Dann wurde sie ganz plötzlich still. Abrupt stieß sie Katrin weg und schnappte sich wieder das Kissen, an dem sie gekaut hatte. »Das ist alles so beschissen. Total beschissen.«

»Möchten Sie darüber reden?«

Silke schüttelte den Kopf. »Sie hat eine Schwester. Annika heißt die, glaub ich. Aber zu der hatte sie keinen Kontakt mehr. Die haben sich zerstritten. Ich glaube, es war wegen der alten Geschichte. Aber das weiß ich nicht genau. Die wohnt in Ratingen. Das müssen Sie sich mal vorstellen. Sie hatte eine Schwester, die keine halbe Stunde von hier entfernt wohnt, aber sie haben

nie miteinander gesprochen. Nicht einmal, nachdem ...«
Silke vergrub ihr Gesicht im Kissen. »Ich möchte, dass
Sie jetzt gehen«, murmelte sie kaum verständlich in den
weichen Stoff.

Katrin stand auf. Ihr Pullover fühlte sich klatschnass
an, eine Mischung aus Schweiß und Tränen. »Sind Sie
sicher, dass ich gehen soll?«

Silke antwortete nicht. Katrin strich ihr vorsichtig
über das Haar. »Ich rufe morgen an«, versprach sie, dann
verließ sie die Wohnung und saugte erleichtert die kühle
Luft des Treppenhauses in ihre Lungen.

*

Manfred stopfte sich eine Gabel voller Nudeln in den
Mund. »Schmeckt phantastisch, findest du nicht?«

Katrin lachte. »Bescheidenheit ist nicht gerade eine
deiner hervorstechenden Eigenschaften.«

»Schmeckt es dir etwa nicht?«

»Doch, ist toll.« Katrin tunkte ein Stück Weißbrot in
die Soße. »Traumhaft lecker.«

»Na also. Warum soll ich nicht ein Essen genial finden, das ich selbst gekocht habe?« Manfred nahm einen
Schluck Wein. Danach betrachtete er das Glas. »Der ist
so gut, der könnte glatt auch von mir sein.«

Katrin verdrehte die Augen. Dann wurde sie ernst.
»Erzähl mir von der Pressekonferenz.«

Manfred stellte das Glas auf den Tisch. »Sie haben sich
ziemlich bedeckt gehalten. Angeblich wissen sie nicht,
ob der Mord zu der Serie gehört oder nicht. Ansonsten

126

nicht viele Details und nicht viel Neues. Jede Menge Spuren, aber kein konkreter Verdacht.«

»Wie hieß die Frau?«

»Warum willst du das wissen?«

»Hieß sie Carina?«

Manfred zog die Augenbrauen hoch.

Katrin nickte. »Also ja. Und ihr Nachname?«

»Lennard. Carina Lennard. Zweiunddreißig Jahre alt. Zahnarzthelferin. Keine Vorstrafen. Keine Besonderheiten. Und keine Angehörigen.«

»Doch. Eine Schwester. Annika.«

Manfred ließ die Gabel fallen. »Dann haben sie die auf der Pressekonferenz unterschlagen. Das kann nicht sein.«

»Doch. Es kann.«

Manfreds Augen verengten sich zu Schlitzen. »Was hast du eigentlich den ganzen Tag getrieben?«

Katrin seufzte. »Ich habe zwei verstörte Kinder kennengelernt. Eins war ungefähr zwölf, das andere etwa so alt wie ich.«

»Du sprichst in Rätseln.«

»Vieles davon ist auch rätselhaft. Den Jungen haben ich getroffen, als ich nach dem Hund gesucht habe.«

»Und? Irgendeine Spur?«

Katrin lächelte. »Kann sein, dass ich ihn gefunden habe. Morgen weiß ich mehr.«

Manfred riss ein Stück Brot ab. »Das ist alles? Mehr willst du nicht verraten?«

»Morgen.«

»Und das erwachsene Kind?«

»Silke. Eine Freundin von Carina Lennard. Sie hat mir auch von der Schwester erzählt. Sie war in der Altstadt. In der Nähe des Tatorts. Ist beinahe zusammengebrochen.«

Manfred schüttelte den Kopf. »Wie du das nur immer machst.« Er biss von dem Brot ab. »Na ja, solange du dich nur um entlaufene Hunde und verstörte Kinder kümmerst, soll es mir recht sein.«

Katrin verzog das Gesicht. Manfred hob abwehrend die Hände. »Schon gut, schon gut. Du kannst machen, was du willst. Aber sei vorsichtig.« Er kaute. »Hast du eigentlich die Turnschuhe schon im Präsidium vorbeigebracht? Halverstett hat vorhin noch mal angerufen. Er war ziemlich sauer.«

Katrin schlug die Hand vor den Mund. »Mist! Total vergessen. Ich hatte so viel zu tun.«

»Kein Problem.« Manfred grinste. »Diese Rita Schmitt war inzwischen hier und hat die Schuhe abgeholt.«

»Na, dann ist ja gut.« Katrin nahm einen Schluck Wein. »Eigentlich müsste ich Halverstett auch von Silke erzählen. Die hat so merkwürdige Andeutungen gemacht. Was für ein beschissenes Leben ihre Freundin hatte. Ich weiß nicht, ob's was mit ihrem Tod zu tun hat, aber da müsste die Polizei vielleicht noch mal nachhaken. Auch bei der Schwester. Mit der war sie allerdings seit Jahren verkracht, wenn man Silke glauben darf. Ach, das ist alles so verworren. Ein riesiger, komplizierter Knoten. Aber ich bin mir sicher, wenn man am richtigen Faden zieht, löst sich alles ganz einfach auf. Ich weiß nur nicht, welches der richtige Faden ist.« Sie sah Manfred an. »Warst du in den letzten Tagen im Stadtarchiv?«

»Nein. Wieso?«

»Nur so ein Gedanke. Irgendein Journalist war da und hat sich über ehemalige Richtplätze in Düsseldorf informiert.«

»Ach so. Das hatte ich nicht nötig.« Er schob seinen Teller weg. »Wir haben beim Morgenkurier selbst ein wunderbares Archiv. Da habe ich alles gefunden, was ich für meinen Artikel brauchte.« Er stand auf und begann, den Tisch abzuräumen. »Ist eigentlich dein Handy wieder aufgetaucht?«

Katrin schüttelte den Kopf. »Da sitzt der Böse drauf.«

»Hä?«

»Hat meine Oma immer gesagt, wenn sie was nicht gefunden hat.«

»Na dann wollen wir mal hoffen, dass es ihm bald unbequem wird und er dein Handy wieder freigibt.« Er reckte sich. »Und jetzt will ich den Rest des Abends nichts mehr hören von verschwundenen Hunden, Henkern oder verstörten Kindern. Einverstanden?«

»Sehr einverstanden.« Katrin stopfte sich das letzte Stück Brot in den Mund. Während sie kaute, kam ihr der Gedanke, dass sie all diese Dinge nicht loslassen würden, solange sie keine Erklärung gefunden hatte, auch wenn sie sich noch so sehr bemühte.

*

Mirko Erlanger schlug die Akte zu. Er gähnte. »Mann, ist das öde! Mir tanzen schon kleine Buchstaben vor den Augen herum. Außerdem kann ich die Scheiße nicht mehr hören: Der hat mich im Bus angegrapscht! Der hat mich in den Hintern gekniffen! Echt, manche Weiber sind total überempfindlich!« Er stand auf und fischte ein Päckchen Zigaretten aus der Jacke, die an der Garderobe hing.

Sein Kollege Daniel Steinmeier blickte rasch zur Tür.

»Brüll hier nicht so rum!«, fuhr er seinen Kollegen an.

»Hab ich vielleicht nicht recht?« Erlanger steckte eine Zigarette in den Mund und ließ das Feuerzeug aufschnappen. »Da draußen läuft ein irrer Killer rum, und wir müssen hier staubige Akten durchwühlen mit tausend kleinlichen Beschwerden von Frauen, die sich belästigt fühlen. Ich kann dir gar nicht sagen, wie mir das auf die Nerven geht.« Er zündete die Zigarette an und nahm einen tiefen Zug.

Steinmeier stand ebenfalls auf und öffnete das Fenster. »Na ja. Manche von den Fällen sind nicht ganz so lächerlich. Kannst ja mal *die* Akte hier lesen.« Er schob seinem Kollegen den Schnellhefter hin, der aufgeschlagen an seinem Platz lag. »Außerdem ist der Beamte, der diese Fälle bearbeitet hat, ermordet worden, und es ist nicht auszuschließen, dass es da einen Zusammenhang mit seiner Arbeit gibt. Wenn wir den finden, sind wir fein raus.«

Erlanger schnaubte verächtlich. »Das glaubst du doch selbst nicht.«

Steinmeier zuckte mit den Schultern. »Möglich ist alles. Und wenn wir was entdecken, können wir ja erst

130

mal ein bisschen allein nachforschen, bevor wir den anderen Bescheid sagen.«

»Du träumst wohl von der großen Karriere.«

»Du nicht?« Steinmeier setzte sich wieder an seinen Schreibtisch und strich sich eine blonde Strähne aus dem Gesicht.

»Nicht am Schreibtisch hinter einem Berg von gammeligen Akten.« Erlanger schnippte die Asche auf den Boden. »Ich sag dir, Halverstett hat was gegen uns, deshalb hat er uns diese beschissene Arbeit aufs Auge gedrückt. Wenn das hier wirklich interessant oder wichtig wäre, säßen da andere Leute dran. Aber dem werde ich's zeigen. Der kann mich mal.« Erlanger setzte sich wieder an den Schreibtisch und drückte ein paar Tasten an seinem Computer.

»Was machst du da?« Steinmeier lugte zu Erlanger hinüber.

»Ich guck bei eBay rein. Ich wollte mir sowieso ein neues Handy kaufen. Dann habe ich die Zeit am Schreibtisch wenigstens sinnvoll genutzt.«

Steinmeier sah ihn an.

»Hey, was ist?«, blaffte sein Kollege. »Haste ein Problem damit?«

Steinmeier schüttelte den Kopf und musterte den Stapel ungelesener Akten. Dann blickte er auf die Uhr. Normalerweise wäre in einer halben Stunde Feierabend. Normalerweise. Aber für die MK Henker galten andere Regeln. Am Dienstag, nach dem zweiten Mord, hatte er gerade mal Zeit für fünf Stunden Schlaf gehabt. Heute Abend durfte er für acht Stunden nach Hause. Morgen war pünktlich um sieben bereits wieder Dienstbeginn.

Und am Wochenende würde es nicht anders sein. Er beugte sich wieder über die Akte. Sollte Erlanger ruhig meckern, er fand die Arbeit eigentlich ganz angenehm. Besser als Klinkenputzen, Dutzende von Anwohnern zu befragen, ob sie irgendwas gesehen hätten, sich blöde Sprüche oder weitschweifiges Geschwafel anzuhören.

*

Die Tür öffnete sich einen winzigen Spalt breit. Eine Kette schob sich ins Blickfeld, dann ein Augenpaar, dunkel, misstrauisch.

»Mein Name ist Katrin Sandmann. Kann ich kurz mit Ihnen sprechen?«

»Worum geht's?«

»Um Ihre Schwester.«

Ein Zögern. Die Augenbrauen zogen sich zusammen. Katrin befürchtete, dass Annika Lennard ihr die Tür vor der Nase zuknallen würde. Schließlich wollte sie laut Silke nichts mit ihrer Schwester zu tun haben. Doch dann hörte sie erneut die Stimme hinter der Tür.

»Sind Sie von der Polizei?«

»Nein.«

»Presse?«

»Nein. Eine Art Freundin.« Hoffentlich war das kein Fehler.

Ein Schnauben. »Eine Freundin von der sauberen kleinen Carina? Warum sollte ich mit der reden?«

»Nicht von Carina. Die Freundin einer Freundin.« Katrin räusperte sich. »Es ist ein bisschen kompliziert.

Kann ich es Ihnen drinnen erklären? Ich möchte nicht so durchs Treppenhaus schreien. Bitte!«

Stille. Dann schlug die Tür zu. Sekunden später öffnete sie sich wieder. Annika Lennard musterte sie misstrauisch, die Arme vor der Brust verschränkt. Katrin schluckte. Die Frau war etwa einen Kopf größer als sie selbst und unglaublich dick. Sie trug einen rosa Jogginganzug aus Frottee, und ihr dünnes blondes Haar war zu einem Pferdeschwanz zusammengebunden.

»Kommen Sie rein.« Annika trat zurück.

Die Diele war ein Dschungel, vollgestellt mit Kübeln voller künstlicher Pflanzen, Orchideen, Palmen und Blumen in allen Farben. An den Wänden hingen Setzkästen mit unzähligen kleinen Figürchen. Katrin registrierte Frauengestalten mit Flügeln. Annika folgte ihrem Blick. »Feen. Ich sammle sie.« Sie lächelte stolz. Im Wohnzimmer erschlug die Flut von Figuren Katrin beinahe. Manche waren aus Porzellan, andere saßen in Kissenform auf dem Sofa, wieder andere hielten die zahllosen Blumentöpfe in ihren Händen oder baumelten an der Decke. Mehrere Bilder mit Feen schmückten die Wände.

»Es sind inzwischen über fünfhundert.« Annika griff in eine Schale, die auf dem Tisch stand. Auch sie wurde von Feen getragen. Angefüllt war sie mit Schokoriegeln und Bonbons, alle in glitzerndes Papier gehüllt. »Greifen Sie zu«, forderte Annika sie auf, während sie ein Sahnebonbon aus der Goldfolie löste.

Doch Katrin schüttelte den Kopf. »Danke, ich habe gerade erst gefrühstückt.«

133

Annika steckte sich das Bonbon in den Mund. Katrin sah sich im Zimmer um und entdeckte weitere Schalen mit Süßigkeiten und eine Platte mit Keksen. Ihre Gastgeberin ließ sich auf die Couch fallen. Ihr Bauch unter dem rosa Stoff wippte auf und ab. »Was ist mit Carina?« Sie biss krachend auf das Bonbon.

Katrin setzte sich neben sie. »Sie wissen es noch nicht?«

»Was?«

Katrin zögerte. »Carina ist tot. Ich dachte, die Polizei hätte Ihnen Bescheid gesagt. Es tut mir leid.«

Annika starrte auf den Tisch. Ein Deckchen mit aufgestickten Feen machte sich unter der Schale mit den Bonbons breit. Sie waren rosa, hatten goldene Flügel und ebenso goldenes Haar. Annika fuhr mit dem Finger über einen der Flügel. »Ja, ich weiß. Einer von der Polizei war da und hat's mir gesagt. Aber den habe ich nicht reingelassen.« Der Finger stockte, verharrte in der Luft. Annika atmete tief ein, dann stieß sie ihre Hand in die Schale und förderte einen dicken Schokoriegel zutage. Rasch pulte sie das Papier ab und biss hinein. Schweigend aß sie den Riegel, dann blickte sie Katrin an. »Das musste ja so kommen.«

»Warum?«

»Sie war ein Miststück. Hat die Familie in den Dreck gezogen.« Sie stieß die Worte heftig hervor, wie ein trotziges Kind.

»Das ist schlimm. Was hat sie denn getan?« Katrin suchte nach Annikas Blick, doch die Frau hatte ihren Kopf gesenkt, hatte wieder nur Augen für die gestickten Feen auf der Tischdecke.

»Dreck erzählt.« Annika fischte einen weiteren Schokoriegel aus der Schale und riss mit fahrigen Fingern das Papier ab. Katrin wurde übel, sie wandte sich ab, musterte das Feenbild an der Wand gegenüber, doch sie lauschte erwartungsvoll. Als Annika fortfuhr, blickte sie widerstrebend zurück in ihre Richtung.

Annika sprach kauend, eine winzige Spur schokoladegetränkten Speichels rann ihren Mundwinkel hinunter. »Alles kaputt gemacht hat sie und Mama damit ins Grab gebracht.« Sie wischte sich den Mund mit dem Ärmel ihres Jogginganzugs ab. »Sie hat schlimme Dinge über Papa erzählt. Er wäre nachts in ihr Zimmer gekommen, als sie noch klein war, und hätte sie angefasst. Und bei mir hätte er das auch gemacht. So ein Quatsch. Das müsste ich ja wohl wissen!« Die letzten Worte stieß sie zwischen den Zähnen hervor.

»Sie hat behauptet, ihr Vater hätte sie missbraucht?«

»Dumme Ziege! Wollte sich wichtig tun. Natürlich hat sie erst den Mund aufgemacht, als Papa längst tot war. Vorher hätte sie das nicht gewagt. Auf keinen Fall. Papa hätte ihr was anderes erzählt!«

»Und das war alles erfunden?«

Klar. Carina hat schon als kleines Mädchen immer Lügengeschichten erzählt. Von wegen, sie sei adoptiert worden, und ihre wirklichen Eltern seien sehr reich und würden sie eines Tages holen kommen. War 'ne miese, intrigante Ziege. Wahrscheinlich wurde sie nicht damit fertig, dass ich Papas Liebling war. Ich war halt die Erstgeborene. Mich hat er immer mitgenommen. Zum Angeln. Oder wenn er mit dem Boot unterwegs war.«

»Das ist alles sehr furchtbar.« Katrin wusste nicht, was sie sagen sollte. Die große, dicke Frau kam ihr vor wie ein eifersüchtiges, bockiges Kind. Nicht das erste, das ihr in den letzten Tagen begegnet war.

Annika rollte das Papier von dem Schokoriegel zu einer Kugel. »Das ist noch nicht alles. Carina ist mit der Geschichte zu Mama gelaufen. Hat ihr vorgehalten, dass sie ihr nicht geholfen hat. Mama war schockiert. Sie habe doch nichts gewusst. Carina hat sie angeschrien, wie blöd man sein müsse, so was nicht zu merken. Sie hat gebrüllt und gebrüllt, und Mama hat gekreischt und geschluchzt und sich die Ohren zugehalten. Es war furchtbar.« Annika angelte ein weiteres Bonbon aus der Schale. Ihre Finger zitterten. »Ich habe Carina rausgeschmissen, ich hab ihr gesagt, sie soll abhauen und sich nie wieder blicken lassen. Seit dem Tag habe ich sie nicht mehr gesehen. Mama ist knapp zwei Jahre später gestorben. Krebs. Das haben die Ärzte gesagt. Aber ich weiß, dass es der Kummer war, den Carina ihr bereitet hat. Miststück.« Annika sammelte die Papiere ein, die auf dem Tisch lagen. Sie wuchtete ihren gewaltigen Körper aus dem Sofa und verschwand durch die Tür. Kurz darauf kehrte sie schnaufend zurück.

»Möchten Sie nicht doch etwas?« Sie deutete auf die Schale auf dem Tisch.

»Nein, danke.«

Annika ging in die Ecke des Zimmers. Dort stand ein Schaukelstuhl, auf dem mehrere Puppen saßen. Auch sie hatten Flügel. Sie nahm eine davon auf den Arm. Sie war aus abgewetztem Stoff, die Knopfaugen blickten ausdruckslos ins Leere, und die Flügel hingen schlaff von den Schultern. »Gucken Sie mal. Das ist mein Liebling. Ist sie nicht wunderschön? Die hat Papa mir geschenkt.« Sie strahlte.

»Ja. Sehr schön.« Katrin stand ebenfalls auf. Sie atmete schwer. Etwas saß in ihrem Hals. Sie brauchte dringend Luft. »Ich muss jetzt gehen.«

Annika nickte und strich der Feenpuppe über das Haar. »Ja, gehen Sie nur. War nett, dass sie mich besucht haben. Sie können gern mal wiederkommen. Aber dann müssen Sie was essen.«

Sie hielt die Puppe im Arm, während sie Katrin zur Tür brachte.

11

Die Sonne warf zaghaft ein paar wärmende Strahlen auf die kleine Schar Menschen, die sich um das Grab versammelt hatte. Nacheinander wurden die beiden Särge in das dunkle Loch hinabgelassen, erst Elisabeth Kassnitz, dann ihr Mann.

Roberta Wickert stand etwas abseits, den kleinen Strauß Blumen in der Hand, den Johanna zusammen mit ihr gekauft hatte. Ihre Tochter hatte die feste Absicht gehabt, mit zu der Beerdigung ihrer ehemaligen Erzieherin zu gehen, und Roberta hatte sie nur mit Mühe davon abhalten können. Sie freute sich, dass Johanna das Schicksal der Frau nicht gleichgültig war, doch sie hielt es für klüger, wenn sie nicht mehr Details erfuhr als unbedingt nötig. Sie selbst hatte ihrer Tochter nur erzählt, dass jemand Elisabeth Kassnitz getötet hatte. Ein paar schaurige Einzelheiten hatte Johanna am nächsten Tag in der Schule aufgeschnappt. Dieses Wissen musste nicht weiter vertieft werden. Die Neunjährige war auch so schon verstört genug.

Zwei Männer in dunklen Mänteln standen ebenfalls in einiger Entfernung und beobachteten das Geschehen. Zuerst hatte Roberta sie für Reporter gehalten, aber die beiden standen einfach nur reglos da. Sicherlich waren es Polizeibeamte. Sie hatte davon gehört, dass es Täter gab, die bei der Beerdigung ihrer Opfer auftauchten. Vielleicht hielten die beiden nach Verdächtigen Ausschau.

Ein winziger Schauder lief Roberta den Rücken hinunter. Sie musste an Katrin denken. Daran, wie knapp ihre Freundin erst vor wenigen Wochen einem Schicksal wie dem von Elisabeth Kassnitz entgangen war.

Ein korpulenter Mann näherte sich mit großen Schritten. Er hielt einen Strauß roter Rosen in der Hand und marschierte schnurstracks auf das offene Grab zu. Es dauerte einen Moment, bis Roberta ihn erkannte. Peter Hofleitner, Elisabeths ehemaliger Lebensgefährte. Rüde drängte er sich zwischen den Trauergästen hindurch, bis er ganz dicht am Grab stand.

»Was wollen Sie hier?!«, schrie eine Frau. »Machen Sie, dass Sie wegkommen!«

Hofleitner ließ sich nicht beirren. Er stand vor dem Grab, die Beine leicht gespreizt, und starrte hinunter auf die beiden Särge.

»Hey, ich habe gesagt, Sie sollen verschwinden!« Die Frau zerrte an seinem Ärmel.

In die beiden Polizeibeamten kam Bewegung. Langsam näherten sie sich. Roberta sah, wie sie ein paar kurze Worte wechselten. Die Frau hatte angefangen, hysterisch zu schluchzen. Ein junger Mann führte sie weg. Der Priester redete auf Hofleitner ein, doch der schien das Chaos um sich herum gar nicht wahrzunehmen. Die Trauernden begannen, leise zu tuscheln. Das war doch der Exfreund von der Elisabeth Kassnitz! Hatte die Polizei den nicht verhaftet? Was hatte der hier bei der Beerdigung zu suchen? Wie konnte man nur so pietätlos sein!

Roberta ging etwas näher heran. Die Polizisten waren jetzt bei Hofleitner. Sie hörte, wie einer der Beamten ihn ansprach. »Kommen Sie bitte mit.« Er tippte dem massigen Mann auf die Schulter. Hofleitner fuhr herum. Sein Gesicht war vor Wut verzerrt. In seinen Augen standen Tränen. »Sie war meine Frau«, schrie er den Beamten an. »Meine Frau, verstehen Sie? Ich kann hier so lange stehen, wie ich will.« Er stieß den Polizisten weg und wandte sich wieder dem Grab zu. Die Frau schluchzte immer noch. »Erwin! So tu doch etwas«, rief sie dem Mann zu, der ein wenig hilflos neben ihr stand. »Sorg dafür, dass dieses Monstrum verschwindet!«

Der Polizist fasste Hofleitner am Arm, hielt jedoch erschrocken inne, als er erneut unsanft weggestoßen wurde. Das Gemurmel unter den Trauergästen schwoll weiter an. Jemand verlangte, man müsse die Polizei rufen, woraufhin ihm ein anderer zuflüsterte, die sei doch bereits da. Schließlich warf Hofleitner die Blumen in das Grab. Im gleichen Augenblick nahmen die beiden Beamten ihn entschlossen zwischen sich und führten ihn weg. Diesmal wehrte er sich nicht.

*

»Ist Ihr Sohn zu Hause? Ich würde ihn gern sprechen?« Katrin lächelte Frau Spielmann an.

»Was wollen Sie denn von dem Jan?« Frau Spielmann musterte Katrin misstrauisch von oben bis unten. Sie

140

hatte kurz geschnittene Haare, deren rote Färbung etwa einen Zentimeter zum Scheitel hin in eine Mischung aus Grau und Dunkelblond überging. Ihre Augen waren dunkel geschminkt. Die geblümte Bluse saß recht straff und betonte ihre üppige Oberweite.

Eine Stimme dröhnte aus dem Haus. »Was is'n los? Hat der Bursche schon wieder was ausgefressen?« Ein Mann erschien im Flur. Das Hemd hing aus der Jeans, und die Krawatte baumelte schlaff vor seiner Brust. Seine Haare waren ebenso kurz wie die Stoppeln auf seinem Kinn.

»Nein, nein«, rief Katrin. Sie war wirklich eine blöde Kuh. Das Letzte, was sie wollte, war, dass der Junge ihretwegen Ärger bekam. »Im Gegenteil, er hat mir geholfen.« Sie überlegte fieberhaft. »Gestern, mit meinen Einkäufen. Ich wollte mich bedanken.«

Der Mann zog skeptisch die Augenbrauen hoch. »Wie kommt mein Sohn dazu, Ihnen beim Einkaufen zu helfen? Sind Sie hier aus der Gegend? Ich kenne Sie gar nicht.«

Frau Spielmann stand neben ihrem Mann und drehte eine Haarsträhne über dem Ohr um ihren Zeigefinger. »Der Jan ist noch in der Schule. Er kommt erst um Viertel nach zwei.«

»Das geht die Frau gar nichts an, Petra. Wer weiß, was das für eine ist.« Er schob seine Frau zur Seite und fixierte Katrin. »Lassen Sie uns in Ruhe! Und unseren Sohn auch. Der soll sich nicht von Fremden anquatschen lassen. Wie oft habe ich dem das schon eingebläut?! Na warte, der soll mir mal nach Hause kommen!«

Katrin schluckte. »Es ist nicht so, wie Sie denken«, begann sie, doch der Mann fiel ihr ins Wort.

»Verschwinden Sie! Halten Sie sich aus unserem Leben raus. Wir wollen nichts mit Ihnen zu tun haben.« Er knallte die Tür zu, und Katrin trottete den schmalen, mit Steinplatten ausgelegten Weg zur Straße zurück. Was hatte sie dem armen Jungen da nur eingebrockt!

Sie schlenderte gemächlich die Straße hinunter und bog dann in den Fußweg. Es war kurz nach zwei. Sie würde warten und Jan abfangen. Das war das Beste. Fröstelnd blieb sie auf dem Spielplatz stehen, der genau auf halber Strecke zur Silcherstraße lag. Hoffentlich nahm Jan immer diesen Weg! Ein hauchfeiner Nieselregen hatte eingesetzt und legte sich wie ein feuchter Schleier auf ihr Gesicht. Katrin musterte die wenigen Spielgeräte, ein Klettergerüst in Form einer Raupe, eine Rutschbahn und eine einsame Schaukel. Unwillkürlich musste sie an jenen anderen Spielplatz denken, wo sie vor drei Tagen den Toten gefunden hatte. Eine Frau tauchte auf und musterte Katrin misstrauisch, während sie an ihr vorbeiging. Dreimal blickte sie sich mit unverhohlener Neugier um, bevor sie um die Ecke bog. Nachdem die Frau verschwunden war, tauchten ein paar Schulkinder auf. Jan war nicht dabei. Der Nieselregen wurde stärker, langsam sickerte er in Katrins Jacke. Endlich sah sie Jan den Weg entlangtrotten. Er zuckte zusammen, als er Katrin sah.

»Hallo, Jan.«

Er ging langsam weiter, scheinbar in den Anblick seiner Schuhe vertieft.

142

»Jan, ich muss mit dir sprechen, es geht um Flips. Oder möchtest du, dass ich erst mit deinen Eltern rede?« Katrin hasste sich selbst für diese kaum versteckte Drohung, aber irgendwie musste sie den Jungen davon abhalten, wieder vor ihr wegzurennen.

Jan blieb abrupt stehen. Er starrte sie an. Unter seinen Sommersprossen war die Haut ganz bleich.

Katrin sprach schnell weiter. »Du weißt, wo Flips ist. Hab ich recht?«

Jan reckte das Kinn vor. »Ich hab ihn nicht geklaut, ich hab ihn gefunden. Gerettet.« Trotzig sah er Katrin an. »Die hat sich doch gar nicht um ihn gekümmert.«

»Wer? Frau Hirschwedder?«

Jan nickte. »Anstatt richtig mit ihm spazieren zu gehen, ist sie immer nur bis zum Gartentor und hat ihn dann ein bisschen hin und her laufen lassen. Das ist doch Tierquälerei.«

»Und das hat sie immer so gemacht? Bist du dir sicher?«

Jan studierte erneut seine Schuhe. »Na ja, nicht immer. Aber sehr oft.«

»Frau Hirschwedder ist eine alte Dame. Sie kann vielleicht nicht mehr bei jedem Wetter mit dem Hund spazieren gehen.«

»Aber ich habe ihn nicht geklaut. Er kam zu mir. Von ganz allein. Dieser blöde Geländewagen hätte ihn beinahe erwischt. Und dann ist er zu mir gerannt. Was sollte ich denn tun?«

»Geländewagen?« Katrins Herzschlag setzte aus. Bisher hatte sie Halverstett nichts von dem Auto erzählt,

143

weil sie den alten Mann, der ihn erwähnt hatte, nicht für besonders glaubwürdig hielt. Wer weiß, was der sich in seinem Wahn zusammengesponnen hatte. Aber wenn der Junge den Wagen auch gesehen hatte …

Jan schabte mit dem Fuß über die vom Regen aufgeweichte Erde. »Ich hatte doch Stubenarrest. Ich war den ganzen Nachmittag auf meinem Zimmer. Abends konnte ich nicht einschlafen. Also bin ich noch mal raus. Über das Garagendach. Das geht ganz einfach.« Er stockte. »Erzählen Sie das meinem Vater?«

Katrin schüttelte den Kopf. »Warum sollte ich?«

»Gut.« Jan nickte erleichtert. »Also, ich bin raus und ein bisschen rumgelaufen. Muss so gegen elf gewesen sein. Meine Eltern saßen vor dem Fernseher. Es war ja total neblig an dem Abend, deshalb habe ich diesen Wagen selbst erst im letzten Moment gesehen. Er kam die Straße runter. Flips wäre beinahe unter die Räder gekommen. Das Auto hat ihn berührt. Er hat aufgejault, ganz leise, und dann ist er direkt zu mir. Da habe ich ihn mitgenommen. Ich wollte, dass er in Sicherheit ist.«

»Hast du das Kennzeichen von dem Wagen gesehen?«

Jan sah sie überrascht an. »Das Kennzeichen? Warum?«

»Nur so. Hast du es gesehen?«

»K-SP 454.«

Katrin schnappte nach Luft. Der Wagen aus der Altstadt.

»Alles okay?« Jans grüne Augen bohrten sich in ihre.

144

»Ja, klar.« Katrin räusperte sich. »Du hast aber ein gutes Gedächtnis.«

»Ist doch nicht schwer, sich ein paar Zahlen und Buchstaben zu merken.«

Katrin lächelte. »Das sagst du so.« Ihre Gedanken stolperten übereinander. Sie sollte Halverstett anrufen. Diesmal wirklich. Und zwar so schnell wie möglich. Doch zuerst musste sie die Sache mit dem Hund zu Ende bringen. »Wo ist Flips?«

»Im Gartenschuppen.«

»Dann gehen wir ihn jetzt holen und bringen ihn Frau Hirschwedder.«

Jan senkte den Kopf. »Muss das sein?«

»Jan, der Hund gehört dir nicht. Außerdem kannst du ihn gar nicht draußen herumlaufen lassen. Er ist den ganzen Tag in dem Schuppen eingesperrt. So hat er es doch nicht besser als bei Frau Hirschwedder, oder?« Sie sah, dass seine Augen feucht schimmerten. »Vielleicht lässt sich ja eine Lösung finden«, begann sie. »Wenn Frau Hirschwedder Flips nicht mehr so oft ausführen kann, dann freut sie sich bestimmt über Hilfe. Du könntest hin und wieder mit ihm spazieren gehen, was meinst du?«

Jan strahlte. »Au ja.«

In dem Augenblick hörten sie jemanden rufen. »Jan. Jan, was machst du da? Du sollst doch nicht rumtrödeln! Das Essen ist fertig.«

Jan fuhr erschrocken herum. Dort, wo der Weg in die Flotowstraße mündete, stand seine Mutter. Wütend starrte sie Katrin an.

»Entschuldigung. Es war meine Schuld.« Katrin zwinkerte Jan zu. »Heute Nachmittag um fünf, hast du dann Zeit?«

Jan nickte.

»Kannst du mit dem Hund zu Frau Hirschwedder kommen?«

»Sind Sie auch da?«

»Natürlich. Keine Sorge. Sie wird dir nicht böse sein. Sie wird sich viel zu sehr darüber freuen, dass Flips wieder da ist.«

»Jan!« Die Stimme wurde schriller.

»Ich muss«, zischte der Junge. »Wir sehen uns heute Nachmittag.« Er stürmte davon. Katrin hoffte, dass er nicht allzu viel Ärger mit seinem Vater bekommen würde.

*

Als Kriminalhauptkommissar Klaus Halverstett die Wagentür hinter sich zuknallte, war er einfach nur müde. Er wollte sich ins Wohnzimmer setzen, ein Glas Wein trinken und aus dem Fenster durch den Garten hinab auf die Hügel über dem Neandertal blicken, wo er als Junge gespielt hatte. Keine Morde, keine entstellten Leichen, mitten aus dem Leben gerissene Existenzen, Stunden zuvor noch voller Träume, Pläne und Erinnerungen, Menschen, die er nur noch als leblose Körper kennenlernte. Für heute hatte er genug.

Im Flur stolperte er über einen Gegenstand. Er schlug mit dem Knie dagegen und wäre beinahe zu Boden gestürzt. Ein Koffer.

146

»Veronika?«

»Ich bin oben.«

Halverstett rieb sich sein schmerzendes Knie. »Was ist los? Verreist du?«

Veronika Halverstett erschien am Treppenabsatz. »Ich habe dir dreimal davon erzählt. Ich fahre nach Berlin. Meine Freundin eröffnet dort eine Galerie. Vielleicht stelle ich demnächst auch mal dort aus. Berlin. Verstehst du? Nein, du verstehst nicht. Du lebst nur für die Toten.« Sie machte kehrt und verschwand im Schlafzimmer.

Halverstett zuckte mit den Achseln. Er erinnerte sich dunkel, dass seine Frau ihm etwas von einer Vernissage erzählt hatte. Er hatte nicht richtig zugehört. Wie so oft. Er hatte versucht, sich für Veronikas Kunst zu interessieren, hatte sie auf Ausstellungen begleitet, war durch Museen hinter ihr hergetrottet. Er hatte sogar sein kleines Arbeitszimmer aufgegeben, damit sie dort ein Atelier einrichten konnte. Doch richtig verstanden hatte er ihre Begeisterung für Farben und Leinwände nie. Er fühlte nichts, wenn er ein Bild betrachtete. Es war für ihn nur ein willkürliches Gemisch aus Farben und Formen. Austauschbar. Ohne Leben.

Er wählte Whisky statt Wein. Die Flasche Glenfiddich stand ganz hinten im Wohnzimmerschrank. Seit Jahren hatte er sie nicht angerührt. Er nippte und starrte aus dem Fenster, beobachtete den Nebel, der in milchigen Schwaden aus dem Tal heraufgekrochen kam. Schon wieder Nebel. Nein. Er wollte nicht daran denken, nicht jetzt.

Er hörte Veronika im oberen Stockwerk Schranktüren zuknallen. Dann schepperten ihre Absätze über das

Laminat. Bedächtig nahm er einen weiteren Schluck und dachte an Maren Lahnstein. Die nüchterne und dennoch nicht gefühllose Selbstverständlichkeit, mit der sie Leichen aufschnitt, Gewebeproben entnahm und ihre Berichte in das Diktiergerät sprach. Und mit der sie seinen Arm gedrückt hatte, gestern Morgen, als er das Gefühl gehabt hatte, die ganze Henkergeschichte würde wie eine Woge über ihm zusammenschlagen und ihn mit sich reißen. Er dachte an Maren Lahnstein und musste lächeln.

12

»Du hast also deinen ersten echten Fall gelöst. Cool.« Roberta räkelte sich auf dem Sofa. Sie griff nach den Salzstangen und fing an zu knabbern. »Wie fühlt sich das an? Eine Arbeit anzufangen und richtig zu Ende zu bringen?«

Katrin verzog das Gesicht. »Na ja. Es ist schon ein gutes Gefühl. Aber verschwundene Haustiere wiederfinden ist nicht gerade mein Traumjob.«

»Es geht ums Fertigwerden.« Roberta fuhr mit dem Finger durch ihre blonden Haare. Sie hatte versucht, sie ein Stück wachsen zu lassen, das Experiment aber vor ein paar Tagen abgebrochen. Die Friseuse hatte sie wieder zu ihrer üblichen Kurzhaarfrisur gestutzt. »Ich arbeite den ganzen Tag, koche Fischstäbchen und Spaghetti, putze Klos und Nasen, wasche, bügle, kaufe ein. Aber fertig werde ich nie. Du hast keine Ahnung, wie frustrierend das manchmal ist.«

Katrin griff nach ihrer Teetasse. »Da hast du natürlich recht. Und ich bin wirklich stolz auf die Lösung, die ich gefunden habe. Frau Hirschwedder ist so froh, dass sie ihren Hund wiederhat, dass sie Jan sogar noch eine Belohnung zugesteckt hat. Außerdem führt er Flips jetzt dreimal die Woche aus.« Sie stellte die Tasse zurück auf den Tisch. »Was mir mehr Sorgen macht, ist diese Feenfrau.«

»Feenfrau?!« Roberta richtete sich auf. In dem Augenblick öffnete sich die Wohnzimmertür. »Mama. Ich hab Durst.« Tommy blickte mit großen Augen von Katrin zu Roberta und wieder zurück. Er hielt einen Teddy unter den Arm geklemmt, und der Schnuller steckte so im Mundwinkel, dass er trotz des Fremdkörpers zwischen den Lippen erstaunlich deutlich sprechen konnte.

»Tommy!« Robertas Blick war zur Uhr geschnellt. »Es ist nach neun. Du solltest längst schlafen.«

»Aber ich habe doch Durst.«

»Du hast ein großes Glas Saft zum Abendbrot getrunken.«

»Ich habe aber immer noch Durst.«

Roberta stand auf. »Einen Schluck Wasser. Und dann gehst du sofort wieder ins Bett.«

Tommy schob den Schnuller in den anderen Mundwinkel. »Saft.«

»Nein, Tommy. Du hast schon die Zähne geputzt. Wenn du wirklich Durst hast, muss Wasser reichen.« Roberta nahm ihn an der Hand. »Ich bin gleich wieder da«, sagte sie zu Katrin.

Die lächelte. »Lass dir Zeit. Gute Nacht, Tommy, schlaf schön.«

»Gute Nacht, Katrin.« Er trottete an der Hand seiner Mutter in die Küche. Katrin hörte gedämpfte Fragmente der Saft-Wasser-Diskussion, kurz darauf Schritte auf der Treppe. Seufzend lehnte sie sich zurück. So süß die Kinder ihrer Freundin auch waren, ihr Kater Rupert war ihr tausendmal lieber. Sie hätte nicht die Nerven, immer wieder solche Auseinandersetzungen auszutragen, und wahrscheinlich hätte Tommy bei ihr längst den Saft bekommen, nur damit sie rasch wieder ihre Ruhe hatte. Roberta kam zurück ins Zimmer. »Dieser Schurke.« Sie ließ sich aufs Sofa fallen und fingerte eine Salzstange aus der Tüte.

»Was hat er getrunken?«

»Wasser natürlich.«

»Ich bewundere dich.«

Roberta zog eine Grimasse. Dann wurde sie ernst. »Was für eine Feenfrau?«

»Die Schwester der Toten, die sie gestern Morgen in der Altstadt gefunden haben.«

»Die geköpft wurde?«

Katrin nickte. Dann erzählte sie Roberta von Silke Scheidt und von Annika Lennard. Von dem rosa Jogginganzug. Den Feen. Und den Schokoriegeln.

»Komische Frau«, murmelte Roberta. »Wie kann man nur seine ganze Wohnung mit Feen bestücken? Wirklich seltsam.«

»Das hatte etwas von einer anderen Welt, verstehst du?«, antwortete Katrin. »Einer Märchenwelt. Fern der grausamen Realität.«

Roberta runzelte die Stirn. »Du meinst, so als wolle sie der Realität entfliehen?«

»Ja, vielleicht.«

»Weil sie die nicht erträgt?«

»Hmm.«

»Heißt das, du glaubst, dass Carina Lennard die Wahrheit gesagt hat, was ihren Vater angeht?«

Katrin nickte. »Wäre doch möglich. Und ihre Schwester will davon nichts wissen. Sie hat sich ihre

eigene Welt geschaffen, weil sie an der realen kaputt-
gehen würde.«

»Ich weiß nicht. Das sind doch alles Spekulationen.
Wir wissen gar nichts über die beiden.«

»Du hast die Frau nicht gesehen. Sonst würdest du
verstehen, was ich meine. Irgendetwas will sie nicht an
sich heranlassen, so viel ist klar. Ob es die Wahrheit über
ihre Kindheit ist oder irgendetwas anderes, kann ich natürlich nicht sagen. Auf jeden Fall fand ich es furchtbar
bedrückend in dieser Wohnung. Ich war froh, als ich wieder draußen war. Und gleichzeitig hatte ich das Gefühl,
diese Frau im Stich zu lassen. Schon verrückt.«

»Ich finde es traurig, wie viele Menschen im Verbor-
genen leiden und niemanden haben, der ihnen hilft.« Roberta drehte die Salzstange gedankenverloren zwischen
ihren Fingern. »Aber vielleicht ist diese Frau ja auch ganz
glücklich, so wie sie lebt.«

»Ich weiß nicht …«

»Aber mit der Ermordung ihrer Schwester hat das
nichts zu tun, oder?«

»Wohl kaum. Der Vater ist seit Jahren tot. Die Mutter
auch. Die beiden Frauen haben seit einer Ewigkeit nicht
mehr miteinander gesprochen. Ich glaube nicht, dass es
da einen Zusammenhang gibt. Keinen direkten jedenfalls.
Trotzdem ist diese Annika Lennard in gewisser Weise
der Schlüssel zu ihrer Schwester. Zu ihrem Charakter.
Und wenn ihr Tod keine grausame Willkür war, sondern
ein persönliches Motiv dahintersteckt, dann könnte es
schon wichtig sein zu wissen, was für ein Mensch Carina war.«

152

Roberta schenkte Tee nach. »Wir haben es mit vier verschiedenen Opfern zu tun, die sich offenbar nicht kannten und in unterschiedlichen Teilen der Stadt gewohnt haben. Außerdem hat dieser Mann erst ein Ehepaar, dann einen einzelnen Mann und danach eine einzelne Frau umgebracht. Drei hat er erhängt, eine geköpft. Die Opfer sind ein Bankangestellter, eine Erzieherin, ein Polizist und eine Zahnarzthelferin. Wo ist da der Zusammenhang?«

»Da gibt es unendlich viele Möglichkeiten.« Katrin zählte an den Fingern ab. »Erstens: Sie hatten alle das gleiche Hobby, waren im gleichen Segelclub, Naturschutzverein oder so. Dort haben sie gemeinsam etwas getan, das der Mörder für verwerflich hält. Oder das ihm persönlich geschadet hat. Zweitens: Ein Liebesreigen. Elisabeth Kassnitz hatte ein Verhältnis mit dem Polizisten Karl Binder. Und –«

Roberta schnaubte und verzog skeptisch das Gesicht. Doch Katrin ließ sich nicht beirren. »Ich spiele nur die Möglichkeiten durch. Lass mich ausreden. Also, die beiden haben ein Verhältnis, Carina hat derweil was mit Bertram Kassnitz.«

»Und was hat der Mörder damit zu tun?«

»Vielleicht ist er ein fanatischer Moralist. Oder er war in Carina verliebt. Immerhin hat er sich sie für den Schluss aufgehoben.«

»Wenn schon Schluss ist. Was, wenn er nicht aufhört zu morden? Dann passt diese Theorie nicht.«

»Es gibt ja noch mehr Möglichkeiten. Zum Beispiel diese: Die vier Opfer und der Mörder waren ursprünglich Komplizen. Haben gemeinsam etwas durchgezogen, vielleicht einen Versicherungsbetrug oder so. Und dann haben die anderen den Mörder über den Tisch gezogen. Und der sieht rot.«

»Nee, das glaube ich nicht. Da hat niemand einfach rot gesehen, weil er übers Ohr gehauen wurde. Dafür steckt da viel zu viel kühle Berechnung drin. Der Mörder muss das Ganze bis ins Detail akribisch geplant haben. Der war nicht einfach nur wütend. Der hat vier Menschen eiskalt hingerichtet und ist vermutlich fest davon überzeugt, dass sie es auch verdient haben. In seinen Augen müssen die etwas ganz Furchtbares verbrochen haben.«

*

»Ich habe sie heute gesehen.« Benedikt Simons stocherte auf seinem Teller herum. Er hatte keinen Appetit. Eine Schande eigentlich. Vermutlich schmeckte die Pasta hervorragend. Penne mit Pfifferlingen und Käsesoße. Marc hatte in letzter Zeit ein Faible für Haute Cuisine entwickelt und sich inzwischen zu einem recht passablen Koch gemausert. Vor drei Jahren, als Benedikt die kleine Massagepraxis eröffnet hatte, hatte Marc exklusive Häppchen serviert, alle selbst zubereitet. Die Gäste waren begeistert gewesen, und Marc war stolz wie ein Pfau mit seinen Platten umherstolziert. Jetzt sah er irritiert von seinem Teller auf.

»Wen?«

»Jule. Und Natalie.«

»Und? Wie ist es gelaufen?« Marc schaufelte weiter Nudeln in sich hinein, ein Streifen geschmolzener Käse hing an seinem Kinn. Benedikt sah rasch aus dem Fenster. Der Anblick brachte seine Magensäure in Aufruhr.

154

»Sie kamen aus dem Haus. Natalie hat Jule zum Kindergarten gefahren. Jule hatte den rosa Mantel an, den wir ihr letzten Winter gekauft haben. Den mit der Pelzkapuze. Sie sah so klein und zerbrechlich aus.« Er konnte nicht weitersprechen.

»Heißt das, du hast gar nicht mit ihnen geredet? Wie war es denn? Hat Jule nichts gesagt?«

Benedikt schüttelte den Kopf. »Ich habe sie vom Auto aus beobachtet. Sie haben mich nicht gesehen. Ich wollte nicht, dass Jule sich aufregt.«

»Warum sollte sie sich aufregen, wenn sie ihren Vater sieht? So'n Quatsch.«

»Du weißt doch, dass sie nicht mal am Telefon mit mir reden will.« Benedikt wandte sich vom Fenster ab und sah seinen Bruder an.

»Daran sind deine beschissenen Schwiegereltern schuld. Die haben Jule gegen dich aufgehetzt. Die konnten dich sowieso nie leiden. Ihre kostbare Tochter und der kleine Masseur aus einfachen Verhältnissen. Die haben doch nur auf eine Gelegenheit gewartet, dich fertigzumachen.« Marc kaute erregt.

Benedikt senkte den Kopf. Er wünschte sich, er hätte seinem Bruder nichts erzählt. Der verstand ihn sowieso nicht. Nicht so, wie er gern verstanden worden wäre. Marc brauste immer gleich auf vor Empörung, hielt ihn an zu kämpfen, sich zu wehren. Aber er wollte nicht mehr kämpfen, nicht so wie Marc jedenfalls.

Sein Bruder knallte die Gabel auf den Tisch. »Das ist alles so unfair! Du hast ein Recht, dein Kind zu sehen. Schließlich hast du nichts verbrochen. Alle behandeln dich wie einen Verbrecher. Und das alles, weil diese Schnepfe nicht bei dir landen konnte. Aber wart's nur ab. Das wird sich alles regeln. Die wird schon sehen, was sie davon hat!« Er beugte sich vor und klatschte seine Hand auf Benedikts Schulter. »Lass nicht den Kopf hängen. In ein paar Jahren lachst du darüber.«

Benedikt lächelte schwach. Er glaubte nicht, dass er je wieder lachen, dass sein Leben je wieder gut werden würde. Zu viel war geschehen, das nicht mehr rückgängig zu machen war. Sein Bruder meinte es gut, das wusste er, doch er hatte keine Ahnung, wie dreckig es ihm wirklich ging. Er begriff nicht. Niemand begriff. Und deshalb gab es auch nur eine einzige Lösung für sein Problem.

*

Kriminalhauptkommissar Klaus Halverstett stellte den Kaffeebecher auf der Fensterbank ab. Es war Samstagmorgen, kurz nach neun. Er hatte Glück gehabt. Obwohl die Nacht neblig gewesen war, hatte der Mörder nicht zugeschlagen, kein Anruf hatte ihn mitten in der Nacht aus dem Bett gejagt, nirgendwo wartete ein grausam zugerichteter Mensch darauf, dass er und seine Kollegen das Rätsel um seinen zu frühen Tod aufklärten. Noch nicht. Denn es bestand schließlich auch die Möglichkeit, dass irgendwo eine Leiche lag, die bisher niemand gefunden hatte. Halverstett hatte Streifenwagen an die Orte geschickt, an denen es weitere Morde geben könnte. Zu den Richtplätzen, die der Täter noch nicht benutzt hatte. Die Haftanstalt Ulmer Höh. Der Wittlaerer Galgenwerth. Der Spichernplatz. Doch was die älteren Richtplätze anging, waren die Ortsangaben dürftig. Das Stadtbild hatte sich zu sehr verändert. Man wusste nur ungefähr, wo sie sich befunden hatten. Das machte die Sache nicht gerade leichter.

Halverstett griff nach dem Becher. Bis jetzt war sein Telefon stumm geblieben. Aber er spürte, dass heute noch etwas passieren würde. Er trank den restlichen Kaffee und beobachtete, wie ein zerbeulter Opel vor die Schranke am Parkplatz rollte, scharf abbremste und dann zurücksetzte. Der Fahrer schien einen Augenblick zu zögern, dann gab er Gas, und der Wagen verschwand aus Halverstetts Blickfeld. Der wandte sich ab, setzte sich an seinen Schreibtisch und dachte an Veronika. Er hätte ihr gern eine schöne Zeit in Berlin gewünscht, ihr gesagt, dass er ihre Leidenschaft für die Kunst sehr wohl respektiere, auch wenn er nichts damit anfangen konnte. Doch als sie sich gestern Abend von ihm verabschiedet hatte, waren ihm die Worte im Hals stecken geblieben. Er hatte sich einen zweiten Whisky eingegossen und von einem Urlaub auf den Malediven geträumt. Oder in Australien. Irgendwo weit weg, wo jetzt Sommer war, die Sonne einem ein Lächeln aufs Gesicht zauberte und der im Nebel mordende Henker nichts weiter war als eine schemenhafte Erinnerung.

Die Tür wurde aufgerissen.

»Guten Morgen!« Rita Schmitt rauschte ins Zimmer, warf ihre Jacke über die Stuhllehne und machte sich an der Kaffeemaschine zu schaffen.

»Morgen.« Halverstett drückte den Plastikbecher mit der Hand zusammen und versenkte ihn im Müll. Er hatte für zehn Uhr die erste Besprechung des Tages der MK

Henker angesetzt. Es wurde Zeit, dass er sich auf seine Arbeit konzentrierte.

Rita war offenbar schon hellwach und voller Tatendrang. »Keine Hiobsbotschaften heute Morgen, so wie es aussieht?« Sie zählte Kaffeelöffel ab. Zu wenige für Halverstetts Geschmack. Die dünne Plörre würde mal wieder nach gar nichts schmecken.

»Nein. Bisher nicht. Alles ruhig so weit. Zu ruhig, wenn du mich fragst. Wir treten auf der Stelle, obwohl wir so viele Ermittlungsansätze haben. Was ist eigentlich mit Carina Lennards letzten Stunden? Haben wir die inzwischen rekonstruieren können?«

»Noch nicht. Sie ist wohl am Mittwoch ganz normal von der Arbeit nach Hause gegangen. Danach verliert sich ihre Spur. Vielleicht ist sie genau wie Bertram und Elisabeth Kassnitz zu Hause überfallen worden. Oder wie Binder unmittelbar vor der Haustür.«

»Als sie Feierabend hatte, war später Nachmittag. Das wäre ein bisschen zu früh gewesen. Da war es noch hell. Ich glaube nicht, dass der Täter so ein Risiko eingegangen ist. Wenn sie vor der Haustür überfallen wurde, dann später. Dann muss sie noch mal weggegangen sein.«

Rita starrte auf die gluckernde Maschine. »Wir haben bei ihren Unterlagen einen Vertrag mit einem Fitnessstudio gefunden. Vielleicht war sie da.«

»Hat das noch niemand nachgeprüft?«

»Wir haben den Vertrag erst gestern Abend gefunden. Du weißt doch selbst, was da für ein Chaos in der Wohnung war. Irgendwer wollte sich gleich heute Morgen drum kümmern.«

158

Halverstett nickte zerstreut. Carina Lennards Wohnung hatte einen erschreckenden Anblick geboten. Überall hatten sich Stapel mit alten Zeitschriften getürmt, Tüten mit leeren Flaschen die Wände gesäumt, jede Oberfläche, egal ob Tisch, Kommode oder Küchenarbeitsplatte war bis auf den letzten Zentimeter mit Kram bedeckt gewesen. Es war, als hätte diese Frau hinter einem schützenden Wall aus Unrat gelebt. Lediglich der Vogelkäfig war makellos sauber gewesen und beide Näpfe bis zum Rand gefüllt, der eine mit Wasser, der andere mit Körnern.

Sie hatten die Nachbarn befragt, doch keiner von ihnen hatte diese Seite der attraktiven jungen Frau gekannt. Sie galt als zurückhaltend, aber höflich, ordentlich und zuverlässig. Jedoch hatte niemand je ihre Wohnung betreten.

»Aber dafür war ich gestern noch mal bei der Schwester.« Rita lächelte triumphierend, während sie sich Kaffee eingoss. »Auch einen?« Sie hielt Halverstett die Kanne hin. Der schüttelte den Kopf.

»Und? Hat sie mit dir geredet?«

»Oh ja. Diesmal war ich nämlich allein. Das hat Wunder gewirkt. Die Frau ist ziemlich neben der Spur. Lebt in ihrer eigenen Welt. War schon richtig, dass wir der Presse nichts von ihr erzählt haben.«

»Und? Was hat sie über ihre Schwester gesagt?«

»Leider nicht sehr viel.« Rita schaufelte Zucker in ihren Kaffee. »Die beiden hatten seit Jahren keinen Kontakt mehr. Irgendein Streit. Es ging wohl um die kranke Mutter, die inzwischen verstorben ist. Ich hab's nicht so genau aus ihr rausgekriegt.«

Halverstett starrte auf Ritas Tasse. »Also weiß sie nicht, wen ihre Schwester kannte oder was sie am Mittwochabend gemacht haben könnte?«

Rita schüttelte den Kopf. »Sie wusste nicht einmal Carinas Adresse.« Sie nahm einen Schluck Kaffee und schnappte sich dann eine Mappe vom Schreibtisch. »Ich gehe schon mal in den Besprechungsraum.« Sie blickte auf ihre Uhr. »Kommst du gleich nach?«

Er nickte, und sie verschwand. Sie war noch keine drei Minuten weg, als es klopfte.

»Ja?«

Ein Mann um die dreißig schob sich zur Tür herein. Er trug das lange Haar zu einem Pferdeschwanz zusammengebunden, und seine Jeans hatte mehrere Risse am rechten Oberschenkel. Halverstett war sich nicht sicher, ob sie alt und verschlissen war oder neu und ein Vermögen wert. Bei der heutigen Mode war alles möglich. Das Hemd war jedenfalls sehr elegant und saß perfekt. Der Mann streckte die Hand aus. »Thomas Willman. Doktor Thomas Willman. Sind Sie Hauptkommissar Halverstett?«

Halverstett nickte. »Was kann ich für Sie tun?«

»Es geht um diesen Henker. Das heißt, eigentlich nicht. Oder nur vielleicht.«

»Immer der Reihe nach.« Halverstett deutete auf einen Stuhl. »Setzen Sie sich doch.«

Der Mann ließ sich nieder. »Also, das Ganze ist mir etwas unangenehm«, fing er an.

»Erzählen Sie einfach.« Halverstett war froh über die Ablenkung. Noch nie in seinem Leben hatten private Sorgen seine Arbeit überschattet. Wenn er im Dienst gewesen war, dann immer hundertprozentig. Dann war er einfach nur Polizist gewesen, und zwar ein verdammt guter. Genauso hatte er immer versucht, die Arbeit hinter sich zu lassen, wenn er sein Haus in Gruiten betrat. Und meistens war es ihm gelungen. Doch diesmal war alles anders. Und das lag nicht nur daran, dass Maren Lahnstein zugleich mit seiner Arbeit zu tun hatte und sein Privatleben durcheinanderwirbelte. Zum ersten Mal seit dreißig Jahren war er nicht mehr sicher, wie der Rest seines Lebens verlaufen würde. Plötzlich gab es Leerstellen. Neue Möglichkeiten. Und er hatte noch nicht entschieden, ob diese Ungewissheit eine riesige Chance oder die größte Katastrophe seines Lebens war.

Der Mann, der ihm jetzt auf dem Stuhl gegenübersaß, war vermutlich einer der unendlich vielen vermeintlichen Zeugen, die glaubten, etwas Wichtiges zu wissen, was sich aber dann als völlig bedeutungslos für den Fall herausstellte. Trotzdem musste er angehört werden. Wie die zweihundertsechsundachtzig anderen, die sie bisher befragt hatten. Zu den Zeugen gesellten sich die übrigen Spuren. Inzwischen gab es knapp tausend. Eine Heidenarbeit, die alle auszuwerten.

Thomas Willman begann zögernd zu erzählen. Immer wieder stockte er zwischendurch, suchte nach den richtigen Worten. »Also, ich bin Arzt. Notarzt. Vor etwa zwei Wochen, genauer gesagt, Donnerstag vor zwei Wochen hatte ich einen Einsatz in Kaiserswerth. Abends. Kurz nach dreiundzwanzig Uhr. Ein alter Mann sei auf der Straße aufgefunden worden. Offenbar bewusstlos. Als wir mit dem Notarztwagen eintrafen, war schon ein

Rettungswagen da. Der Sanitäter hatte den Mann bereits untersucht. Er war tot. Ich sah ihn mir gleich an und entdeckte, dass er schon länger tot sein musste. Er hatte Leichenflecke am Rücken, und die Totenstarre hatte bereits eingesetzt. Er lag an einer Straßenkreuzung auf dem Bürgersteig. Ich untersuchte ihn, so gut es ging bei dem schlechten Licht und dem Nebel –«

»Es war neblig?«, unterbrach Halverstett.

»Ja, ziemlich. Man konnte keine zwanzig Meter weit sehen.«

»Gut. Erzählen Sie weiter.«

»Also, ich untersuchte den Mann, fand aber nichts außer zwei Kopfverletzungen, eine am Hinterkopf – etwa hier –« Er deutete mit dem Zeigefinger auf die Stelle, wo das Gummiband seine Haare zusammenhielt, »– und eine an der Stirn, links, knapp über der Augenbraue. Inzwischen war auch die Polizei eingetroffen. Ich füllte den Totenschein aus und kreuzte bei der Todesursache ›ungeklärt‹ an.« Willman fuhr mit den Fingern über die Knopfleiste seines Hemdes. »Und dann fing der Ärger an.«

»Ärger?«

»Ja. Also ich gebe dem einen Beamten den Totenschein, und der guckt auf das Kreuz und sagt: ›Das meinen Sie doch wohl nicht ernst?‹ Ich sage: ›Natürlich meine ich das ernst.‹ Und da ist der völlig ausgetickt. Ich solle mich nicht so wichtig tun. Es sei doch wohl sonnenklar, was hier passiert sei. Alter Mann, Herzversagen, Tod. Die Verletzung am Kopf komme eindeutig von dem Sturz. Ob ich wüsste, wie viel Arbeit ich ihm damit aufhalse.«

Halverstett hatte sich vorgebeugt. Die Empörung hatte ihm vorübergehend die Sprache verschlagen. Er wusste, dass es unter den Kollegen schwarze Schafe gab, die sich gern um die Arbeit drückten. Die es für überflüssig hielten, bei einem alten Mann, der auf der Straße gestürzt war, mit viel Aufwand die Todesermittlungsmaschinerie anlaufen zu lassen. Aber persönlich war ihm noch nie ein solcher Fall untergekommen. Das lag ja auch nahe, denn er wurde nur benachrichtigt, wenn die Polizisten vor Ort korrekt vorgingen. »Wie hieß der Beamte?«, fragte er scharf.

»Weiß ich nicht mehr.« Willman fuhr wieder über die Knopfleiste. »Jedenfalls hat er mir keine Ruhe gelassen. Ich habe mir den Mann dann noch mal angesehen. Keine Spuren von Gewalteinwirkung. Bis auf die zwei Kopfverletzungen. Die waren auch nicht sehr tief. Als Todesursache kamen die nicht in Frage. Da hatte der Polizist recht. Es kam mir zwar etwas komisch vor, dass die eine am Hinterkopf und die andere auf der Stirn war, aber ich habe dann nachgegeben. Ich bin noch nicht so lange dabei, wissen Sie. Ich wollte mir keinen Ärger aufhalsen. Ich dachte, wenn der Mann meinetwegen obduziert wird und es war doch ein natürlicher Tod, dann bin ich blamiert.«

Halverstett war aufgestanden. »Ist Ihnen das schon mal passiert?«

Der Mann schüttelte den Kopf. »Nein. Aber ich habe davon gehört. Kollegen habe mir erzählt, dass so was vorkommt.«

»Und warum kommen Sie damit zu mir?«

Der Arzt sah Halverstett an. »Na, wegen des Steins. Ich habe davon in der Zeitung gelesen.«

»Wegen des Steins?«

»Es stand doch in der Zeitung, dass alle Morde dieses Henkers an ehemaligen Richtplätzen stattgefunden hätten. Und der Mann lag an der Kreuzung Alte Landstraße – Zeppenheimer Weg. Da steht doch der alte Blutgerichtsstein.«

*

Der Mann von der Kriminaltechnik reichte ihr die Tüte.

»Haben sie Ihnen was genützt?«, fragte Katrin. Der Polizist war ihr unsympathisch. Er trug seine schwarzen Haare mit Gel zurückgekämmt, und als sie ihn angesprochen hatte, hatte er ihr auf diese siegessichere Art zugezwinkert, die sie partout nicht leiden konnte.

»Das kann man so oder so sehen. Kommt drauf an. Näheres darf ich Ihnen nicht verraten.« Er fuhr sich durch die gegelten Haare. »Tatverdächtig sind Sie jedenfalls nicht.« Er grinste anzüglich. »Zumindest nicht, was diese Morde angeht.«

Katrin übersah sein Grinsen und blickte sich suchend um. »Ich hätte noch gern mit Herrn Halverstett gesprochen. Ist er heute im Präsidium?«

»Der ist unterwegs, soviel ich weiß. Aber Sie können ja mit einem der Kollegen reden.« Er öffnete die Tür und ging voran. »Mal sehen, wer da ist.« Am Ende des Flurs stießen sie auf ein Büro, dessen Tür aufstand.

Eine junge Frau saß an einem Schreibtisch und blätterte in einer Akte. Der Mann sprach sie an: »Na, Ruth, heute ganz allein?«

Die Frau blickte auf. Sie hatte kleine, dunkle Augen und schulterlanges braunes Haar. »Die anderen haben offenbar alle etwas Wichtigeres zu tun. Halverstett hat irgendeine neue Spur. Aber jemand muss sich ja um die hier kümmern.« Sie tippte auf die Akte.

»Du Ärmste. Komm doch nachher auf einen Kaffee rüber.«

»Werd's mir überlegen.« Ihr Blick blieb an Katrin hängen. »Kennen wir uns nicht? Ich meine, ich hätte Sie schon gesehen. Aber zu uns gehören Sie nicht, oder?«

Bevor Katrin etwas erwidern konnte, sprach der Polizeibeamte. »Das ist Katrin Sandmann. Sie hat den Toten am Schillerplatz gefunden. Den Kollegen Binder. Sie wollte noch etwas zu ihrer Aussage ergänzen. Könntest du das aufnehmen?«

Katrin sah, wie in den Augen der Polizistin kurz etwas aufflackerte. Sie warf einen Blick auf die Akte auf ihrem Schreibtisch, dann nickte sie. »Okay, kommen Sie rein, Frau Sandmann.« Sie stand auf und reichte Katrin die Hand. Ihr Händedruck war nicht mehr als eine kurze Berührung. »Mein Name ist Wiechert. Setzen Sie sich doch.«

Der Beamte von der Kriminaltechnik hob die Hand zum Abschied. »Vergiss den Kaffee nicht«, erinnerte er Ruth Wiechert. Dann schloss er die Tür hinter sich. Katrin hätte am liebsten eine Grimasse geschnitten, doch sie beherrschte sich.

Die Polizistin nahm wieder Platz. »Kann ich Ihnen etwas anbieten?«

»Nein, danke. Ich wollte nur kurz etwas erzählen. Ich weiß auch gar nicht, ob es wichtig ist. Wenn Herr Halverstett schon eine neue Spur hat, muss er das vielleicht gar nicht mehr wissen.«

»Sagen Sie doch einfach, worum es geht.« Die Frau blickte wieder auf die Akte, und Katrin hatte das Gefühl, unerwünscht zu sein. So knapp wie möglich erzählte sie von dem Geländewagen, den der alte Mann und Jan Spielmann in der Tatnacht am Sonntag gesehen hatten. Sie erwähnte auch, dass sie den gleichen Wagen in der Altstadt nach dem Mord an Carina Lennard aus einem Parkhaus hatte fahren sehen. Ruth Wiechert machte sich auf einem Zettel Notizen. »Aber an dem zweiten Tatort haben Sie den Wagen nicht gesehen?«

»Nein.«

»Und mit dem Kennzeichen sind Sie ganz sicher?«

»Ja. Ich habe es mir aufgeschrieben.«

»Der alte Mann hat das Kennzeichen nicht gesehen?«

»Nein. Aber der Junge.«

»Dieser Jan, ja?«

»Ja.«

»Und wie heißt der alte Mann?«

»Keine Ahnung. Aber er wohnt ganz in der Nähe von dem Ehepaar Kassnitz. Ich könnte Ihnen das Haus zeigen.«

»Wieso haben Sie eigentlich die Anwohner befragt?« Die Polizistin musterte Katrin skeptisch.

166

»Ich habe einen verschwundenen Hund gesucht.« Katrin hatte die Frage erwartet. Vermutlich hielt diese Frau sie für eine Wichtigtuerin. Sie hätte doch warten sollen, bis Halverstett wieder da war. »Von einer Bekannten. Einer älteren Dame, die ganz in der Nähe wohnt. Da hat sich das so ergeben.«

Ruth Wiechert schrieb etwas auf. »Und? Haben Sie den Hund gefunden?«

Katrin glaubte, ein ironisches Blinzeln in Ruth Wiecherts Augenwinkeln zu sehen, doch sie war sich nicht sicher. Diese Frau war wie eine Front aus Misstrauen und Ablehnung. »Ja, ich habe den Hund gefunden. Werden Sie der Sache mit dem Auto nachgehen?«

»Ja, natürlich. War sonst noch etwas?« Ruth Wiechert klopfte mit dem Stift auf den Tisch.

Katrin dachte an Silke Scheidt und an Carina Lennards merkwürdige Schwester. Aber was gab es da schon zu erzählen? Nichts, was eindeutig mit dem Fall zu tun hatte. Diese Polizistin glaubte ihr schon so kaum. Außerdem war klar, dass sie die lästige Besucherin so schnell wie möglich loswerden wollte. Katrin hätte lieber mit Halverstett geredet. Aber auch der war in letzter Zeit merkwürdig abweisend, verhielt sich anders als sonst.

Resigniert schüttelte sie den Kopf. »Nein, das war's. Nur der Wagen.«

13

»Wie lange brauchst du da oben?« Manfred starrte aus dem Wagenfenster auf die Häuserfront, so als wüsste er, hinter welchem Fenster die Frau wohnte, die Katrin besuchen wollte. Es war Samstagnachmittag. Manfred hatte Katrin vom Präsidium abgeholt und nach Gerresheim gebracht, wo Silke Scheidt wohnte.

»Kann ich nicht so genau sagen. Vielleicht ist sie ja gar nicht da. Ich will nur wissen, ob es ihr gut geht. Außerdem habe ich das Gefühl, dass sie etwas weiß. Über den Mord an ihrer Freundin, meine ich.«

»Okay, ich bin hier vorne bei dem Italiener und warte auf dich. Wenn du kommst, können wir was essen. Was meinst du?«

»Gute Idee.« Katrin drückte ihm einen Kuss auf die Wange und schob die Wagentür auf. »Bis später.«

Es dauerte fast vier Minuten, bis Silke Scheidt den Türöffner betätigte. Katrin stand fröstelnd vor dem Haus und musterte das Gelände der Glashütte, das von hier aus zu sehen war. Längst ruhte die Arbeit in dem riesigen, graublauen Ungetüm aus Rohren, Förderbändern und Schornsteinen, das einmal die zweitgrößte Glashütte der Welt gewesen war. Früher hatten sich entlang des Zaunes Paletten mit Einmachgläsern und Flaschen gereiht, zerbrechliche Ware, und doch nicht halb so zerbrechlich, dachte Katrin, wie die junge Frau, die ihr jetzt die Tür öffnete. Silke sah blass, mager und übernächtigt aus. Katrin verbarg nur mühsam ihren Schrecken. »Ich wollte sehen, wie es Ihnen geht.«

»Nicht so gut.«

»Kann ich reinkommen?«

Silke zögerte. »Ich weiß nicht. Ich möchte eigentlich lieber allein sein.«

»Wie Sie wollen.« Katrin blieb abwartend stehen.

»Also gut. Ein paar Minuten.«

Das Wohnzimmer war immer noch so unerträglich warm, wie Katrin es in Erinnerung hatte. Aber nicht mehr so aufgeräumt. Auf dem Boden lag ein Pizzakarton. Die Pizza darin war kaum angerührt. Benutzte Taschentücher malten ein unregelmäßiges Muster auf den weinroten Teppich. Der Berg aus Kissen und Decken auf der Couch schien noch gewachsen zu sein. Katrin zog die Jacke aus. »Ich war bei Carinas Schwester.«

Silke war unter eine Decke gekrochen. »Und?«

»Eine merkwürdige Frau.«

»Wird sie sich um die Beerdigung und all das kümmern?«

Katrin setzte sich behutsam auf die Kante der Couch. »Ich weiß nicht. Sie schien nicht besonders interessiert am Schicksal ihrer Schwester.«

»Das kann man wohl sagen«, stieß Silke hervor.

»Wie meinen Sie das?«

»Vor einem Jahr, da ging es Carina richtig schlecht. Sie war am Ende. Da hat sie Annika angerufen. Aber die wollte nichts von ihr wissen.«

»Was war denn los?«

Silke wandte das Gesicht ab und starrte aus dem Fenster. »Sie haben die Ermittlungen eingestellt. Obwohl ich ihnen gesagt habe, dass er sie am Telefon bedrängt hat. Nicht genügend Beweise für eine Anklage. Das ist alles so zum Kotzen!« Tränen schimmerten in Silkes Augen. Sie griff nach einem Päckchen Papiertaschentücher und wischte sie mit fahrigen Bewegungen weg. Dann schleuderte sie das zerknüllte Taschentuch auf den Boden. Sie sah Katrin an. »Zu meinem vorletzten Geburtstag schenkte mir eine Kollegin einen Gutschein für eine Massage. Das war so vor anderthalb Jahren. War echt toll. Mit viel Öl, Entspannungsmusik, und der ganze Raum duftete nach irgendwas Exotischem. Der Masseur war ein sehr sympathischer, einfühlsamer Mann. Total nett. Zumindest dachte ich das. Ich ging öfter hin. Kein billiges Vergnügen, aber wunderbar entspannend. Und ich habe Carina davon erzählt. Sie hat es dann auch ausprobiert und war ganz begeistert.« Silke hielt inne und putzte sich die Nase. Sie starrte auf das Taschentuch, während sie fortfuhr. »Irgendwann hat mir Carina erzählt, dass etwas nicht in Ordnung sei. Sie konnte sich manchmal gar nicht mehr an die ganze Massage erinnern. Da waren Gedächtnislücken. Merkwürdige vage Erinnerungen. Und dann haben wir begriffen, was los war. Vor der Massage, wenn man noch warten musste, bis man dran war, gab es immer was zu trinken, Saft, Tee oder Kaffee, was man wollte. Carina erzählte mir, dass ihr danach manchmal ein bisschen schwindelig war. Dieser Kerl muss was reingetan haben, um sie zu betäu-

170

ben, vermutlich K.-o.-Tropfen. Ich habe mich informiert, die sind geschmack- und geruchlos. Und sie löschen die Erinnerung. Wenn sie dann weggetreten war und nackt vor ihm auf der Liege lag – konnte er mit ihr machen, was er wollte.« Silke presste die Hände vors Gesicht. »Dieses Drecksschwein.«

Katrin schluckte. »Das ist ja grauenvoll. Haben Sie den Masseur nicht angezeigt?«

»Doch. Natürlich. Carina hat sich sogar untersuchen lassen, obwohl es eine furchtbare Tortur für sie war. Ich meine, nach dem, was sie erlebt hat –« Silke warf einen Blick auf Katrin, die ihr mit einer Kopfbewegung zu verstehen gab, dass sie verstand. »Aber die Ärztin konnte nicht mit Sicherheit feststellen, ob Carina vergewaltigt worden war. Wenn, dann ist er sehr vorsichtig vorgegangen. War ja auch nicht schwer, bei einem Opfer, das sich nicht wehren kann. Was auch immer er genau getan hat, Carina war sich sicher, dass er sie nicht nur massiert hat. Die Polizei hat den ganzen Massagesalon auf den Kopf gestellt, aber keine Beweise gefunden. Keine Betäubungsmittel, Drogen oder benutzte Kondome. Der Typ war ziemlich wütend und hat ein paar Mal bei Carina angerufen. Bei mir auch. Mich beschimpft. Bedroht. Ich habe mich nicht einschüchtern lassen. Aber Carina hat es nicht ausgehalten. Sie hat die Anzeige zurückgezogen. Hat gesagt, dass wohl alles ein Irrtum war. Sie war total verunsichert, weil sie sich ja an nichts Konkretes erinnern konnte. Erst war ich stinksauer. Aber später habe ich sie verstanden. Sie konnte diese ständigen Demütigungen einfach nicht ertragen. Dieses Gefühl, wenn einem niemand glaubt. Schließlich hatte sie das alles schon einmal durchgemacht.«

»Und es ist nicht möglich, dass sie sich tatsächlich getäuscht hat?«

Silke schüttelte heftig den Kopf. Dann zuckte sie mit den Schultern. »Ich weiß nicht. Wenn ich es mir genau überlege, wäre es natürlich möglich, dass sie überreagiert hat. Vielleicht sind da irgendwelche alten Ängste hochgekommen, als sie so hilflos und nackt auf der Liege lag. Das Gefühl, ausgeliefert zu sein, irgend so was. Aber ich glaube das nicht. Carina hatte ja Erinnerungen, wenn auch nur ganz vage.« Silkes Stimme wurde leiser. »Als sie mir davon erzählt hat, habe ich es geglaubt«, flüsterte sie.

»Hat dieser Masseur ganz allein gearbeitet, oder hatte er Personal? Vielleicht jemanden, der seine Termine gemacht hat? Eine Putzfrau für den Massagesalon?«

Silke zuckte die Achseln. »Eine Putzfrau hatte er bestimmt, aber die habe ich nicht gesehen. Manchmal war eine junge Frau am Empfang, aber nur vormittags. Hin und wieder war wohl auch ein Mann da, der die Getränke serviert hat. Ich glaube, das war sein Bruder. Dem bin ich aber nie begegnet. Carina hat mir von ihm erzählt.«

»Was ist aus dem Masseur geworden?« Katrin dachte an Benedikt Simons. Seine Trauer darüber, dass er seine Arbeit nicht mehr ausüben konnte. Seine Enttäuschung angesichts der Ungerechtigkeit der Welt. Konnte er …?

»Der Mistkerl musste seinen Salon aufgeben, soviel ich weiß. Ihm ist die Kundschaft ausgeblieben. Immerhin ein kleiner Trost.«

172

»Wie heißt der Mann?«

Silke starrte Katrin an. »Warum wollen Sie das alles wissen?«, fragte sie abrupt. »Ich habe Ihnen schon viel zu viel erzählt. Ich weiß doch überhaupt nicht, wer Sie sind. Am Ende schreiben Sie für irgendein Klatschblatt, oder dieser Dreckskerl hat Sie zum Spionieren hergeschickt. Gehen Sie jetzt!«

Katrin stand auf. »Ich bin nicht von der Zeitung. Bitte glauben Sie mir. Ich bin einfach so an der Sache interessiert. Ich möchte Ihnen helfen.«

Silke hatte ein weiteres Taschentuch aus dem Päckchen gezogen. Sie wickelte es um ihre Finger, während sie sprach. »Bitte gehen Sie. Ich möchte allein sein.«

»Okay. Ich bin dann jetzt weg. Wenn Sie Hilfe brauchen, können Sie mich jederzeit anrufen.« Katrin fingerte eine Visitenkarte aus ihrer Handtasche und legte sie auf die Armlehne der Couch. »Jederzeit.« Sie zog die Wohnungstür hinter sich zu und schlüpfte in ihre Jacke. Auf dem Weg in die Pizzeria sah sie immer wieder Benedikt Simons' verzweifeltes Gesicht vor sich. Sie versuchte sich vorzustellen, wie dieser Mann eine bewusstlose Frau vergewaltigte, doch der Gedanke erschien ihr absurd.

*

Die Sonne schickte ein paar bleiche Strahlen durch die dünne Wolkendecke, weiße Schwaden tanzten über die Gräber. Die Feuchtigkeit stand wie eine schwere Wand in der Luft. Irgendwo in der Ferne riefen Kirchenglocken zur sonntäglichen Messe. Bis auf eine ältere Dame, die auf dem nassen Boden kniete und altes Laub entfernte, war der Friedhof menschenleer.

Halverstett stand neben Staatsanwalt Fischer, die Hände tief in den Manteltaschen vergraben, und lauschte dem gleichmäßigen Schaben der Schaufeln. Fischer steckte sich bereits die dritte Zigarette an. »Verdammt, verdammt, ich glaub das einfach nicht«, murmelte er immer wieder. »Was machen wir, wenn es doch ein natürlicher Tod war? Die Angehörigen sind vollkommen schockiert. Die machen mir die Hölle heiß. Und wenn es Mord war, dann haben wir die Presse auf dem Hals. Dann werden wir mal wieder als Stümper beschimpft. Bestenfalls. Was für eine Scheiße.«

Halverstett zog es vor, nicht zu antworten. Das Kratzen der Schaufeln war verstummt. Sie waren auf den Sarg gestoßen. Er trat einen Schritt zurück, um den Männern Platz zu machen, die jetzt anfingen, dicke Gurte in das Loch hinabzulassen. Ungeduldig trat er von einem Fuß auf den anderen. Am liebsten hätte er die Arbeiter zu mehr Eile angetrieben, so sehr drängte es ihn danach, einen Blick in den Sarg zu werfen. Er wusste selbst nicht genau, warum. Es war fast so, als müsse er den Toten mit eigenen Augen sehen, um zu begreifen, was der Arzt ihm gestern erzählt hatte. So unwahrscheinlich es auch war, dass dieser Mann tatsächlich ein weiteres Opfer des Henkers war, er musste Gewissheit haben. Er wagte gar nicht, an die Möglichkeiten zu denken, die sich daraus ergaben. Wenn dieser Mann unentdeckt ermordet werden konnte, wie viele weitere Opfer mochte es geben? War der Henker womöglich schon seit Wochen, seit Monaten zugange, ohne dass es

174

jemand gemerkt hatte? Nein. Alle anderen Opfer waren ohne jeden Vertuschungsversuch auf offener Straße hingerichtet worden. Der Täter wollte, dass man sie fand. Dass man die Morde entdeckte. Warum in diesem Fall nicht? War er gestört worden? Hatte er womöglich geplant, den Toten so vor dem Blutgerichtsstein zu drapieren, dass auf den ersten Blick klar gewesen wäre, dass es sich nicht um einen natürlichen Tod handelte? Möglich war es. Er musste mit der Frau sprechen, die den Mann gefunden hatte. Womöglich hatte *sie* den Täter aufgescheucht. Halverstett blickte zu Fischer, der gerade die Zigarette ausdrückte und unter einen Busch schnippte. »So, ich mach mich mal auf den Weg. Sehen wir uns morgen in der Rechtsmedizin?«

Fischer blickte auf die Uhr. »Ich habe einen Termin bei Gericht. Ich weiß noch nicht, ob ich es schaffe. Wann soll er denn obduziert werden?«

»So bald wie möglich. Frau Doktor Lahnstein hält morgen irgendwo einen Vortrag, sie ist nicht in Düsseldorf. Aber die Kollegen kümmern sich drum.«

»Sie wissen ja bestens Bescheid.« Fischer warf Halverstett einen durchdringenden Blick zu.

Der zuckte mit den Schultern. »Gehört zu meinem Job.« Auf keinen Fall hätte er dem Staatsanwalt erzählt, dass er gestern Abend fast zwei Stunden mit der Ärztin telefoniert hatte. Und dass er noch viel mehr von ihr kannte als ihre beruflichen Pläne für den kommenden Montag. Und dass *sie* viel mehr von *ihm* wusste, als Fischer je erfahren würde.

*

»Da! Da ist das Schild, Ehrenfeld. Da musst du raus.«
Katrin dirigierte Manfred durch den Kölner Stadtrand.
Schließlich hatten sie das kleine graue Mietshaus in einer Seitenstraße der Venloer Straße gefunden. Manfred
parkte und machte den Motor aus.

»Was hast du dem Typ denn erzählt?«

Katrin stopfte den Stadtplan ins Handschuhfach.
»Dass es um seinen Wagen geht. Nichts Wichtiges, nur
ein paar Fragen.«

»Und der war gar nicht misstrauisch? Wollte nichts
Näheres wissen?«

»Nö, der klang vollkommen unbedarft.« Sie stieg aus
und blickte auf die Uhr. »Zwei Minuten vor elf. Mann,
sind wir pünktlich.«

Manfred grinste. »Das hättest du mir nicht zugetraut,
was?«

»Dir?! Wenn's nach dir gegangen wäre, säßen wir jetzt
noch am Frühstückstisch.«

»Nicht am Tisch. Im Bett. Es geht nichts über ein
Frühstück im Bett.«

Katrin verdrehte die Augen. »Genau das meine
ich.«

Manfred lachte. Dann ging er auf die Haustür zu
und studierte die Klingelschilder. »Okay, wie heißt der
Mann?«

»Willst du mitkommen?« Katrin runzelte die Stirn.

»Dieser Typ hat womöglich vier Menschen umgelegt.
Glaubst du, da lasse ich dich einfach so allein reinspazie-
ren? Außerdem habe *ich* den Fahrzeughalter ermittelt.«

»Auf Wegen, die du mir nicht verraten willst.«

»Die Kontakte eines Journalisten sind seine Lebensgrundlage.«

»Ich ahnte es. Okay, dann komm meinetwegen mit. Ich glaube allerdings nicht, dass er der Täter ist. Die Polizei hat seit gestern das Kennzeichen, und es sieht ganz so aus, als hätte sich bisher niemand die Arbeit gemacht, ihn auch nur zu befragen. Offenbar ist diese andere Spur, die Halverstett hat, viel interessanter. Womöglich haben sie den Mörder schon längst und halten die Information lediglich zurück, bis sie ganz sicher sind.«

»Möglich wär's. Dann haben wir wenigstens die Gelegenheit, einen netten Kölner kennenzulernen.«

Katrin zog die Augenbrauen hoch und sah ihn von der Seite an, dann drückte sie auf die Klingel neben dem Namenschild ›A. Häckner‹. Der Summton ließ nicht lange auf sich warten. Alex Häckner wohnte im Erdgeschoss. Er erwartete sie in Jeans und schwarzem T-Shirt an der Tür.

»Frau Sandmann? Ich bin der Alex. Ich sehe, Sie haben Verstärkung mitgebracht. Kommen Sie rein.«

Katrin stellte Manfred vor, dann betraten sie die Wohnung. Die Einrichtung sah funkelnagelneu aus, so als sei Alex Häckner erst kürzlich eingezogen. Stahl und schwarze Holzflächen blitzten, die wenigen Gegenstände, die herumlagen, ein Männermagazin und ein Notebook, sahen aus, als seien sie für Werbeaufnahmen mit viel Sorgfalt dorthin drapiert worden. Alex bot ihnen einen Platz auf dem schwarzen Ledersofa an. Er bemerkte Katrins interessierten Blick und lächelte stolz.

»Gefällt Ihnen die Wohnung? Schick, nicht wahr?«

Er setzte sich auf einen Designerstuhl, der so dürre Beine hatte, dass er aussah, als müsse er unter dem Gewicht einer Person sofort zusammenbrechen, und verschränkte die Hände hinter dem Kopf.

»Früher habe ich ja auch in Düsseldorf gewohnt«, erzählte er. »Derendorf, um genau zu sein. Das war *so* grauenvoll da. Ich bin froh, dass ich weg bin. Düsseldorf ist echt nicht mein Ding. Sie müssen sich mal vorstellen, im Bad hatte ich diese grässlichen gelben Kacheln, diese alten schmierigen Dinger, die kennen Sie doch sicher, und wenn einer irgendwo im Haus auf dem Klo war, konnte ich das bis in mein Schlafzimmer hören. Die Hölle, sag ich Ihnen. Und dann die Küche, eine Spüle, die war geradezu vorsintflutlich. Und der Wasserhahn hat getropft, dass es einen wahnsinnig gemacht hat. Nee, Düsseldorf ist echt nicht meine Stadt. Das hier«, er breitete die Arme aus, »das nenne ich 'ne vernünftige Wohnung. Ich bin echt froh, dass ich nach Köln gezogen bin.«

Katrin warf Manfred einen Blick zu. Er zwinkerte ihr zu. Sie lächelte Alex an. »Nun ja, da haben Sie ja echt Glück gehabt. Nun zu dem Auto.«

»Ja, natürlich.« Alex beugte sich vor. »Was ist damit?«

Manfred setzte zum Sprechen an, doch Katrin legte die Hand auf seinen Oberschenkel. »Sie sind öfter in Düsseldorf?«, fragte sie.

Alex schüttelte den Kopf. »Nee, Gott sei Dank nicht.«

»Ach, ich dachte, ich hätte Ihren Wagen am Donnerstag in der Altstadt gesehen. K-SP 454. Das ist doch Ihr Kennzeichen?«

»Klar. Landrover. Toller Wagen.«

»Stimmt, ich fahre auch einen«, mischte Manfred sich ein.

»Sie waren also am Donnerstag nicht in Düsseldorf?«, hakte Katrin nach.

»Gott bewahre.« Alex grinste. »Warum wollen Sie das überhaupt wissen?«

»Ich suche einen Zeugen. Ich bin angefahren worden, als ich mit dem Fahrrad unterwegs war. Der Fahrer ist einfach abgehauen.« Katrin spürte, wie Manfred sie überrascht ansah. Sie drückte seinen Oberschenkel, um ihn zu warnen. Hoffentlich machte er keinen Fehler und ließ ihre Lügengeschichte auffliegen.

Doch Alex schien nichts bemerkt zu haben. »Mit meinem Wagen?«, fragte er. Er schien ehrlich überrascht zu sein.

»Nein. Aber Ihr Wagen kam gleich danach vorbei. Der Fahrer müsste eigentlich was gesehen haben.«

»Ach so.« Alex grinste wieder. »Wie gesagt, ich war nicht in Düsseldorf.«

Katrin setzte an, zu sprechen, doch Alex hob die Hand. »Aber mein Auto war dort. Genauer gesagt, es ist schon seit ein paar Wochen dort. Ich brauche es im Augenblick nicht, ich bin sowieso immer mit dem Firmenwagen unterwegs, und da habe ich den Landrover einem Freund geliehen.«

Katrin und Manfred beugten sich gleichzeitig vor. Alex' Grinsen wurde breiter. »Und jetzt wollten Sie sicher wissen, wie der Freund heißt.«

Katrin nickte stumm.

179

»Ist ein alter Kumpel von mir, der ein bisschen in Schwierigkeiten steckt. Er heißt Benedikt Simons.«

Katrin krallte ihre Hand in Manfreds Bein. Also doch! Manfred schrie leise auf, doch Alex bekam von alledem nichts mit. Er war aufgestanden, um einen Zettel zu holen und etwas zu notieren. »Hier. Ich habe Ihnen die Telefonnummer aufgeschrieben. Wenn der Benedikt was gesehen hat, hilft er Ihnen bestimmt.« Er reichte Katrin den Zettel. Bevor sie gingen, zeigte Alex ihnen noch die graue Designerküche. »Echt, das ist so ein Unterschied gegenüber Düsseldorf«, erklärte er. »Da liegen Welten zwischen.«

Jetzt konnte Manfred sich das breite Grinsen nicht mehr verkneifen. An der Tür drehte er sich zu Alex um. »Letztens habe ich auch 'ne tolle Küche gesehen. Die war sogar noch eine Klasse besser als Ihre. Und wissen Sie, was das Erstaunliche daran war? Sie befand sich mitten in Düsseldorf, in einer ganz unscheinbaren Wohnung in Bilk. Ist das nicht unglaublich?«

Alex starrte ihn mit offenem Mund an. Bevor Manfred noch mehr sagen konnte, zerrte Katrin ihn schnell aus der Wohnung.

14

»Du musst sofort im Präsidium anrufen.« Manfred steuerte den Wagen auf die Autobahn.

»Ich kann das immer noch nicht glauben. Benedikt Simons ist so – so – ich kann es nicht erklären, aber ich traue ihm das einfach nicht zu.«

»Sei nicht so naiv, Katrin.« Manfred hupte einen Kleinwagen an, der mit neunzig Stundenkilometern auf der linken Spur entlangzockelte. »So was sieht man keinem an. Das müsstest *du* doch wissen.«

»Danke für den Hinweis!« Katrin verschränkte wütend die Arme. »Fehlt nur noch, dass du behauptest, ich sei selbst schuld, dass ich entführt worden bin.«

»So habe ich das nicht gemeint.« Der Kleinwagen räumte die linke Spur, und Manfred gab Gas. »Reg dich nicht so auf.«

»Ich rege mich nicht auf.« Katrin starrte aus dem Seitenfenster. Bäume und Schilder rasten an ihr vorbei. Bis Düsseldorf waren es achtunddreißig Kilometer.

Manfred ignorierte ihre letzte Bemerkung. »Also, rufst du jetzt an?«, drängte er.

»Sofort?«

»Natürlich sofort. Was dachtest du denn?«

»Mein Handy ist verschwunden, schon vergessen?«

»Nimm meins.«

181

»Von mir aus.« Katrin hob Manfreds Ledertasche auf ihren Schoß und kramte das Handy hervor. Immer noch wütend tippte sie die Nummer des Polizeipräsidiums in die Tasten. Kriminalhauptkommissar Halverstett war nicht zu sprechen, aber die Frau in der Telefonzentrale versprach ihr, sie mit einem anderen Mitarbeiter der MK Henker zu verbinden. Schließlich meldete sich eine Frauenstimme: »Ja, hier Wiechert?«

Katrin schnaubte genervt. Ausgerechnet. »Hier ist Katrin Sandmann. Wir haben gestern miteinander gesprochen.«

»Ach ja. Tag, Frau Sandmann. Was gibt es denn?« Ruth Wiechert hörte sich ebenfalls nicht sehr erfreut an. Katrin erzählte ihr von Benedikt Simons, von dem geliehenen Wagen, von Carinas Freundin Silke Scheidt und von der Anzeige wegen sexueller Nötigung. Ruth Wiechert war nicht überzeugt. »Aber die Anzeige wurde doch zurückgezogen. Und das schon vor einem Jahr, wie Sie sagen. Wieso sollte dieser Simons sich jetzt plötzlich an der Frau rächen wollen?«

»Er hat alles verloren. Musste den Massagesalon dichtmachen. Im Augenblick ist er arbeitslos und lebt bei seinem Bruder.«

»Ich weiß nicht, ob das als Motiv ausreicht. Und was sollten die anderen Opfer damit zu tun haben?«

»Karl Binder hat beim KK 12 gearbeitet. Da werden doch Sexualdelikte bearbeitet. Vermutlich hat er die Anzeige aufgenommen.« Katrin hatte das Gefühl, dass Ruth Wiechert ihr aus Prinzip nicht glauben wollte, egal was sie ihr sagte. »Was das ermordete Ehepaar damit zu tun hat, weiß ich auch nicht, aber da gibt es bestimmt einen Zusammenhang.«

182

»Also, Frau Sandmann, man hat mir von Ihnen erzählt. Sie halten sich offenbar für klüger als die Polizei.« Katrin schluckte. Daher wehte der Wind. Ruth Wiechert fuhr fort. »Ich halte gar nichts davon, wenn Amateure sich in unsere Arbeit einmischen. Sie haben diesen Wagen gesehen, und jetzt wollen Sie unbedingt, dass er etwas mit den Morden zu tun hat. Sie werden es nicht glauben, Frau Sandmann, aber wir sind für unsere Aufgabe bestens ausgebildet. Natürlich sind wir dankbar für Hinweise aus der Bevölkerung, aber ansonsten machen wir unsere Arbeit am liebsten selbst. Und das aus gutem Grund. Danke für Ihren Anruf und einen schönen Sonntag noch.«

Katrin knallte das Handy in die Tasche.

»Alles okay?« Manfred musterte sie besorgt.

»Nein, nichts ist okay. Könnt ihr mich nicht einfach alle in Ruhe lassen?«

Manfred blickte wieder auf die Straße. »Ganz wie du möchtest.« Zehn Minuten später setzte er Katrin auf der Karolingerstraße ab. »Ich fahre in die Redaktion. Ich weiß noch nicht, wann ich wieder zurück bin. Sollen wir heute Abend was machen? Ins Kino gehen vielleicht?«

»Du glaubst doch nicht wirklich, dass ich heute nach allem, was passiert ist, Lust habe, ins Kino zu gehen!« Katrin knallte die Wagentür zu. Ihr Schädel hämmerte, und ihr Nacken fühlte sich an, als habe jemand Stacheldraht um ihr Rückgrat gewickelt. Sie hatte soeben die Identität eines brutalen Mörders ermittelt, doch niemand außer ihr schien die Sache ernst zu nehmen.

*

»Herr Wollenberg?« Halverstett zückte den Dienstausweis. Der Mann, der ihm die Tür geöffnet hatte, verzog das Gesicht.

»Sind Sie für die Exhumierung meines Vaters verantwortlich?«

Halverstett nickte. »Ich würde gern ein paar Dinge mit Ihnen besprechen.«

Markus Wollenberg zögerte, dann trat er zur Seite. »Das war keine sehr schöne Überraschung am Sonntagmorgen.«

»Tut mir leid, Herr Wollenberg. Wir haben den ganzen Samstag versucht, Sie zu erreichen. Leider duldet die Sache keinen Aufschub.«

Wollenberg ging vor in ein geräumiges, makellos aufgeräumtes Wohnzimmer. »Bitte nehmen Sie Platz.« Er deutete auf das braune Ledersofa, machte es sich im Sessel bequem und lockerte seine Krawatte. Auffordernd blickte er Halverstett an. »Und?«

»Es haben sich Ungereimtheiten ergeben, was das Ableben Ihres Vaters angeht«, begann Halverstett vorsichtig.

»Ungereimtheiten?« Wollenberg schnaubte. »Was soll das heißen? Ich denke, er hatte einen Herzinfarkt.«

»Das ist bedauerlicherweise nicht genau untersucht worden. Der Notarzt und die Beamten vor Ort sind davon ausgegangen, weil es am wahrscheinlichsten war. Ihr Vater ist gestürzt und hat leichte Verletzungen am Kopf davongetragen. Als es passierte, sah alles danach aus, als habe er einen Herzinfarkt oder einen Schlaganfall erlitten und sei infolge dessen gestürzt.«

»Und was hat sich inzwischen geändert?«

»Der Ort, an dem Ihr Vater starb, passt in eine Mordserie. Deshalb müssen wir sichergehen, dass dieser Todesfall nicht auch dazugehört.«

»Der Ort? Sie vermuten, dass mein Vater ermordet wurde, weil er an einer Straßenecke starb? Ich verstehe nicht.«

Halverstett hob beschwichtigend die Hand, als Wollenberg sich vorbeugte. »Ich erkläre es Ihnen. Sie haben vielleicht davon in der Zeitung gelesen. Der Mann wird ›der Henker‹ genannt.«

»Oh, mein Gott.« Wollenberg wurde blass. »Aber das kann doch nicht sein! Mein Vater wurde nicht erhängt.«

»Wir halten es für möglich, dass der Täter gestört wurde. Bisher wissen wir auch noch gar nicht, ob der Tod Ihres Vaters wirklich in die Serie gehört. Vielleicht ist es einfach ein Zufall.«

»Der Blutgerichtsstein«, flüsterte Wollenberg. »Das meinten Sie mit dem Ort.« Es war keine Frage, und Halverstett antwortete nicht. Einen Moment lang schwiegen beide, dann fragte er: »Hatte Ihr Vater irgendwelche Feinde? Menschen, die sich aus irgendeinem Grund an ihm hätten rächen wollen?«

Wollenberg schüttelte den Kopf. »Nein.«

»Er war nicht mehr berufstätig, nehme ich an?«

»Nein, schon lange nicht mehr. Er hatte auch so ein gutes Auskommen. Er besaß mehrere Wohnobjekte.«

»Die Sie jetzt geerbt haben?«

»Was wollen Sie damit sagen!?« Wollenbergs Schultern strafften sich.

»Nichts, bitte beruhigen Sie sich. Ich sammle einfach Informationen. Er hatte also viele Mieter?«

»Ja.«

»Und? Da gab es doch sicher auch mal Ärger. Nörgler. Säumige Zahler.«

»Sicher. Mein Vater hat öfter darüber gestöhnt, wie viel Arbeit diese Häuser machen, wie viel es kostet, alles instand zu halten und wie unverschämt manche Mieter sind. Aber ein konkreter Fall ist mir nicht in Erinnerung.«

»Haben Sie die Unterlagen hier?«

Wollenberg nickte. »Sie glauben doch nicht, dass einer der Mieter meinen Vater umgebracht hat?«

Halverstett zuckte die Achseln. »Ich glaube gar nichts. Ich gehe einfach die Möglichkeiten durch. Deshalb möchte ich Sie bitten, mir die Unterlagen zu geben. Sie bekommen Sie so bald wie möglich wieder.«

Wollenberg stand auf. »Wann erfahre ich, woran mein Vater gestorben ist?«

»Das hängt von verschiedenen Umständen ab. Er wird morgen früh in der Gerichtsmedizin untersucht. Wenn die Todesursache eindeutig ist, bekommen Sie im Laufe des Tages Bescheid.«

Wollenberg verließ den Raum und kam wenige Minuten später zurück. Halverstett nahm die zwei Aktenordner entgegen, die der Mann ihm reichte. »Das sind alle Unterlagen vom letzten und vom laufenden Jahr. Ich brauche sie so schnell wie möglich wieder.«

»Keine Sorge.« Der Kommissar ging auf die Tür zu. Die Klinke in der Hand, drehte er sich noch einmal um.

»Haben Sie eigentlich eine Ahnung, was Ihr Vater in Kaiserswerth wollte?«

Wollenberg schüttelte den Kopf. »Darüber habe ich mich auch schon gewundert. Erst dachte ich, vielleicht hat er jemanden im Krankenhaus besucht. Das liegt ja gleich an der Kreuzung. Aber soviel ich weiß, hat er das nicht getan. Er kannte auch niemanden, der in Kaiserswerth wohnt. Ist ja ein ganzes Stück zu fahren da raus, hier von Düsseltal. Nein, ich habe keine Ahnung, was er dort wollte.«

Als Halverstett vor die Haustür trat, klingelte sein Handy. Es war Rita Schmitt. »Es ist zehn vor vier. Bist du pünktlich zur Besprechung da? Es gibt Neuigkeiten.«

Bevor er nachfragen konnte, hatte sie die Verbindung unterbrochen.

*

»Hallo, Katrin.« Benedikt Simons zog die Tür auf. Sein Hemd war zerknittert, und seine Haare standen wirr vom Kopf ab. Offenbar hatte er geschlafen. »Kommen Sie rein.« Er schlurfte voran ins Wohnzimmer.

Katrin blickte sich suchend um. »Wo ist Marc? Wir wollten uns um vier treffen.«

Benedikt zuckte die Achseln. »Noch nicht da, wie es aussieht. Keine Ahnung, wo der wieder steckt. Da müssen Sie wohl mit mir vorliebnehmen.« Kein Lächeln. Keine einladende Geste. Katrin musterte verunsichert die Couch, die aussah wie ein ungemachtes Bett. Zwei eingedrückte Kissen und eine halb heruntergerutschte Wolldecke verrieten, dass Benedikt eben noch hier gelegen hatte. »Ich wollte nicht stören«, sagte sie. Ihre Gedanken schossen zu Silke Scheidt und Carina Lennard, und ihr wurde unbehaglich. Sie war mit der Absicht hergekommen, Benedikt unauffällig auf den Zahn zu fühlen, aber sie hatte sich fest darauf verlassen, dass Marc ebenfalls da sein würde. Am liebsten wäre sie sofort wieder gegangen. Andererseits war die Gelegenheit günstig, mit Benedikt allein zu sprechen. Sicherlich würde sein Bruder in wenigen Minuten auftauchen, und wie sie ihn kannte, würde er das Gespräch sofort an sich reißen.

Benedikt hatte die Decke von der Couch genommen und begonnen, sie umständlich zu falten. »Sie stören nicht«, versicherte er wenig überzeugend. »Soll ich uns was Warmes zu trinken machen? Kaffee? Tee?«

»Gern.« Sie folgte ihm in die Küche und sah zu, wie er zwei saubere Tassen im Schrank suchte. »Haben Sie schon von dem Mord gehört?«, fragte sie. »Die Frau in der Altstadt?« Der Einstieg war nicht sonderlich elegant, aber Katrin war nichts Besseres eingefallen. Außerdem drängte die Zeit.

Benedikt brummte etwas, während er Kaffeepulver in den Filter schaufelte.

»Schrecklich, finden Sie nicht?«, sagte Katrin ins Blaue hinein, ohne seine Antwort verstanden zu haben.

Benedikt antwortete nicht. Er schaltete die Kaffeemaschine ein und räumte die Dose mit dem Kaffeepulver zurück in den Schrank. Dann sah er Katrin an. »Soll ich Ihnen was verraten? Ich kannte die Tote.«

Katrins Überraschung war echt. Sie hätte nicht erwartet, dass Benedikt von sich aus davon anfangen würde.

Außerdem war jetzt endgültig klar, dass er der Masseur war, der Carina Lennard, wenn man ihr glauben wollte, betäubt und sich an ihr vergangen hatte. Katrin spürte ein Prickeln in der Magengegend.

Marc Simons' Küche war eng und nicht sonderlich ordentlich. Die Einrichtung war ein buntes Sammelsurium aus Antiquitäten, modernen Geräten und Geschmacklosigkeiten. Unter dem kleinen Küchenfenster stand ein winziger weißer Tisch, um den sich drei unterschiedliche Stühle versammelten, ein uralter Holzstuhl, mit bunten Farbklecksen besprenkelt, der offensichtlich schon öfter beim Anstreichen als Leiter hatte herhalten müssen, ein schwarzer Plastikstuhl mit einem Chromgestell und ein Eichenstuhl mit Armlehnen und geblümtem Polster. Benedikt setzte sich auf den Plastikstuhl und bedeutete Katrin, sich einen der beiden anderen auszusuchen. Sie machte es sich auf dem Polsterstuhl bequem und blickte ihr Gegenüber erwartungsvoll an. Ihr Herz klopfte, und ihre Handflächen waren feucht. Einerseits wünschte sie sich, dass Marc nicht ausgerechnet jetzt zurückkommen und ihr Gespräch unterbrechen würde, andererseits hoffte sie, er möge recht bald kommen, damit sie nicht zu lange mit diesem Mann allein war. Sie glaubte, eine Sekunde lang den Anflug eines Lächelns in Benedikts Mundwinkeln zu erkennen, doch es machte sofort wieder dem müden, verbitterten Gesichtsausdruck Platz. »Wollen Sie wissen, woher ich sie kannte?«, fragte er.

Katrin nickte stumm. Jedes Wort, das sie versucht hätte, über die Lippen zu bringen, hätte vermutlich hysterisch geklungen. Bilder tauchten vor ihren Augen auf, die sie nur mühsam verdrängen konnte. Erinnerungen an Situationen, in denen sie mit einem Mörder allein gewesen war. Die Panik. Die Todesangst. Sie schluckte heftig und versuchte, sich auf die Gegenwart zu konzentrieren, auf die enge Küche, das Gluckern der Kaffeemaschine. Benedikt Simons hatte keinen Grund, ihr etwas anzutun. Schließlich ahnte er nicht, was sie alles über ihn und seine Opfer wusste. Außerdem würde Marc jeden Augenblick hier sein.

»Sie hieß Carina Lennard und war eine Kundin von mir. Kam regelmäßig zur Massage. Eine nette, junge Frau. Sehr hübsch. Sehr sympathisch. Eine Freundin hatte ihr meinen Massagesalon empfohlen. Frau Scheidt. Silke Scheidt.« Er stand auf, um den Kaffee zu holen. Während er eingoss, erklärte er: »Ich glaube, sie hatte sich in mich verliebt, Carina, meine ich, nicht Silke. Sie hat nichts gesagt, aber man merkt so was. Sie verstehen, was ich meine?« Er stellte die Kanne zurück und öffnete den Kühlschrank.

Katrin nickte, obwohl Benedikt sie nicht sehen konnte. »Ja, ich glaube, ich weiß, was Sie meinen«, antwortete sie mit trockener Kehle.

»Jedenfalls habe ich so getan, als würde ich nichts merken. Ich bin verheiratet, müssen Sie wissen. Habe eine kleine Tochter. Jule.« Jetzt lächelte er.

Katrin zuckte zusammen. Jule. Der Name kam ihr bekannt vor. Irgendwo hatte sie ihn in den letzten Tagen gehört. Oder gesehen. Wo nur? Sie wusste es nicht mehr. »Ein schöner Name.«

Benedikt stellte Milch auf den Tisch. »Brauchen Sie Zucker?«

190

Katrin schüttelte den Kopf. »Danke, nein.«

Er setzte sich wieder. »Irgendwann waren ihre Annährungsversuche dann nicht mehr misszuverstehen«, fuhr er fort. »Also sagte ich ihr klipp und klar, dass ich kein Interesse habe. Das hat sie wohl in den falschen Hals gekriegt.« Er verstummte, trank einen Schluck Kaffee. Katrin hielt den Atem an. Benedikt setzte die Tasse ab. »Zwei Wochen später stand die Polizei bei mir vor der Tür. Mit einem Durchsuchungsbeschluss. Dieses Miststück hatte mich angezeigt. Wegen sexueller Nötigung. Schlampe!« Seine Finger ballten sich zu Fäusten, sein Blick wurde hart. Dann sah er rasch zu Katrin und lächelte entschuldigend. »Tut mir leid, dass ich mich so ausgedrückt habe, aber diese Frau hat meine Existenz zerstört. Verstehen Sie das?«

»Ja. Natürlich. Was ist dann passiert?«

»Einen Monat danach hat sie die Anzeige zurückgezogen. Einfach so. Sie hätte sich geirrt, oder so was in der Art. Aber da war es schon zu spät. Die Geschichte hatte sich bereits rumgesprochen. Kunden sagten ihre Termine ab. Meine Frau zog zu ihren Eltern und reichte die Scheidung ein. Ich musste den Massagesalon aufgeben. Und dann konnte ich nicht mal mehr die Miete für meine Wohnung zahlen.« Er senkte den Kopf. »Gott sei Dank hat Marc mich aufgenommen, sonst säße ich jetzt auf der Straße. Ich habe meine Tochter seit Monaten nicht mehr gesehen. Sie will nicht einmal am Telefon mit mir reden. Wer weiß, was die ihr alles über mich erzählt haben. Meine Frau denkt, ich bin ein perverses Schwein. Ich bin am Ende. Und das alles, weil diese – diese …«

191

Wieder verkrampften sich seine Hände. Er starrte auf die Tischplatte, als wolle er sie durchbohren. »Weil diese Frau –« Er stieß das Wort hervor wie einen Fluch. »Weil diese Frau nicht bekommen hat, was sie wollte.«

Minutenlang war er still. Katrin versuchte, ihre Gedanken zu ordnen. Sie wusste nicht, was sie glauben sollte. Was, wenn Carina gelogen hatte? Wenn sie doch die notorische Lügnerin war, für die ihre Schwester sie hielt, die Märchen erzählte, um ihren Willen zu bekommen? Oder um im Mittelpunkt zu stehen? Wenn sie doch nur mit Carina selbst hätte reden können! Doch das war leider nicht mehr möglich.

Benedikt hob den Kopf. Seine Augen waren rot und schimmerten feucht. »Ich begreife einfach nicht, warum sie mir das angetan hat«, flüsterte er.

*

Es war kurz nach vier, als Halverstett in den Besprechungsraum hastete. Die anderen warteten bereits. Selbst Erlanger und Steinmeier waren pünktlich. Das Gerücht, dass man einen Durchbruch erzielt habe, hatte sich wie ein Lauffeuer verbreitet.

Ruth Wiechert saß unruhig auf der Kante ihres Stuhls, als müsse sie jederzeit zur Flucht bereit sein. Rita trat auf Halverstett zu und flüsterte ihm etwas zu. Er nickte.

»Schön, dass ihr auch an diesem gemütlichen Sonntagnachmittag so vollzählig erschienen seid«, begrüßte er die Mordkommission. »Ich habe soeben mit dem Sohn des Mannes gesprochen, der heute Morgen exhumiert wurde.

Er besaß mehrere Häuser. Ich habe hier zwei Aktenordner, die durchgesehen werden müssen. Vielleicht gab es Ärger mit einem der Mieter.« Er blickte in die Runde. Mirko Erlanger sah kurz zu seinem Freund Daniel, dann senkte er den Kopf. Doch es half nichts.

»Herr Steinmeier, Herr Erlanger? Ich habe gehört, dass die Fälle von Karl Binder soweit durchgesehen sind. Dann könnten Sie das doch übernehmen, oder?«

Mirko Erlanger wollte etwas erwidern, doch Steinmeier trat ihn warnend vors Schienbein. »Klar machen wir das.«

Halverstett wandte sich ab. »Was gibt es sonst?«

Ruth Wiechert hob die Hand. »Wir hatten eine Zeugenaussage bezüglich eines Pkw aus Köln. Der Halter ist bereits überprüft. Zwei Kollegen waren eben dort.«

»Was für ein Pkw? Um welchen der Todesfälle geht es?«, unterbrach Halverstett.

»Um zwei Fälle, um genau zu sein.« Ruth Wiechert blätterte nervös in der Spurenakte, die vor ihr auf dem Tisch lag. »Es wurde ein schwarzer Geländewagen gesichtet, in der Nähe von zwei Tatorten. Einmal in Benrath, vor dem Haus von Bertram und Elisabeth Kassnitz, an dem Abend, an dem sie getötet wurden, und dann in der Altstadt, am Morgen nach der Ermordung von Carina Lennard.«

»Und es war zweimal der gleiche Wagen?« Halverstett runzelte skeptisch die Stirn. »Wer will den denn gesehen haben?«

Die Polizistin räusperte sich umständlich. Ihre Wangen leuchteten feuerrot. »Also, am Sonntagabend wurde

193

der Wagen von zwei Zeugen gesehen, von einem älteren Mann, einem Herrn Eisenmaier, und von einem Jungen, Jan Spielmann. Bei unserer ersten Befragung der Nachbarn sind uns die beiden durchgegangen. Der Junge war in der Schule, und der Alte war beim Arzt. Herr Eisenmaier ist sich sicher, dass das Auto aus Köln war, Jan hatte sich das vollständige Kennzeichen gemerkt.« Ruth Wiechert zögerte. »Und in der Altstadt hat die junge Frau den Wagen gesehen, die den Toten am Schillerplatz gefunden hat.«

»Was? Katrin?« Halverstett starrte seine Kollegin ungläubig an. »Wieso ist er ihr aufgefallen?«

»Sie hatte wohl kurz zuvor mit dem Jungen gesprochen. Es ging um einen verschwundenen Hund.«

»Wie bitte?« Seine Augen verengten sich. »Wann hat sie das ausgesagt?«

»Gestern Nachmittag.« Ruth Wiechert klang kleinlaut. »Heute Morgen rief sie dann noch mal an. Da war ich gerade im Begriff, den Halter des Geländewagens zu ermitteln.« Ihre Gesichtsfarbe wechselte von Rot zu Weiß, und sie blickte unsicher in Halverstetts Richtung. Der wartete mit unergründlichem Gesicht auf den Rest der Geschichte. »Also, ich habe dann gleich zwei Kollegen zu dem Halter geschickt. Es handelt sich um einen gewissen Alexander Häckner, wohnhaft in Köln. Laut seinen Angaben hat er den Wagen seit Wochen nicht selbst gefahren. Er hat ihn an einen Freund verliehen, der hier in Düsseldorf wohnt. Und gegen diesen Freund wurde vor etwas über einem Jahr Anzeige erstattet wegen sexueller Nötigung.«

194

Halverstett horchte auf. »Und?«

»Ist nichts draus geworden. Die Frau hat die Anzeige nach ein paar Wochen wieder zurückgezogen. Aber die Sache ist dennoch interessant: Karl Binder hat den Fall bearbeitet. Und das angebliche Opfer hieß Carina Lennard.«

Halverstett schlug mit der Faust auf den Tisch. »Warum sind wir nicht früher auf diesen Fall gestoßen? Was ist mit Binders Fällen? Sind *Sie* die nicht durchgegangen?«

Ruth Wiecherts Unterlippe zuckte. »Ja, ich habe das zusammen mit ein paar Kollegen gemacht. Wir haben uns von dem Tag seiner Ermordung an nach hinten vorgearbeitet. Die betreffende Akte lag auf meinem Schreibtisch. Ich war gerade bis zum Mai vergangenen Jahres gekommen. Da war der Fall ›Carina Lennard‹ noch nicht dabei. Binder hat im vergangenen Jahr Hunderte von Anzeigen bearbeitet, und wir waren einfach zu wenige Leute für die vielen Akten.«

»Dann hätten Sie Unterstürzung anfordern sollen.« Halverstett fixierte sie aufgebracht. Dann riss er sich zusammen. »Okay. Diesen Kerl sehen wir uns genauer an. Das könnte unser Mann sein. Wissen Sie, wo wir ihn finden?«

Ruth Wiechert nickte. »Er heißt Benedikt Simons und wohnt im Augenblick bei seinem Bruder. Bankstraße. Das ist in Derendorf. Brauchen wir das SEK?«

Halverstett zögerte kurz, dann schüttelte er den Kopf. »Nein. Ich denke, das wird nicht nötig sein.« Er wandte sich an Georg Müller, einen älteren Kollegen, der die Akte führte. »Wenn ich zurückkomme, möchte ich alle

195

wichtigen Spuren auf meinem Schreibtisch haben. Die alte Akte von Binder über diesen Simons. Die Sache mit dem Geländewagen. Alles. Sorgst du dafür?«

Müller nickte. »Ist so gut wie erledigt.«

Halverstett marschierte aus dem Raum. Mirko Erlanger sah Daniel Steinmeier an. »Und wir dürfen uns jetzt diese miefigen Mietakten ansehen. Na toll.«

Ruth Wiechert, die dabei war, mit fahrigen Händen ihre Unterlagen zusammenzuschieben, blickte auf. »Denken Sie dran, der Mann heißt Benedikt Simons. Vielleicht stoßen Sie ja auf den Namen.«

»Ja. Aber vielleicht stoßen wir auch auf den Weihnachtsmann. Man weiß ja nie.« Erlanger schnappte sich die beiden Ordner und stürmte aus der Tür. Daniel Steinmeier stand auf. »Nehmen Sie's nicht persönlich. Er meint es nicht so.« Dann verschwand auch er.

Ruth Wiechert blieb allein zurück. Einen Augenblick lang stand sie reglos vor ihrem Tisch. Nur ihre Finger zitterten. Halverstett musste sie für eine Idiotin halten. Dabei hätte sie ihm so gern gezeigt, wie viel sie drauf hatte. Viel mehr als diese alberne Möchtegerndetektivin, auf die er so große Stücke hielt. Im Grunde waren doch alle Männer gleich. Wenn eine Frau jung war und ein hübsches Gesicht hatte, konnte sie sich alles erlauben. Egal wie bescheuert es war. Aber eine wie sie, die nicht so attraktiv war, wurde einfach nicht wahrgenommen, da konnte sie so viel leisten, wie sie wollte. Doch wehe, sie machte einen Fehler. *Das* übersahen sie natürlich nicht.

Ruth griff nach den Papieren. Anstatt sich zu grämen, sollte sie froh sein, dass sie so glimpflich davongekommen war. Wenn sie die Aussage dieser Katrin Sandmann ernster genommen hätte, dann wäre Benedikt Simons bereits gestern verhaftet worden. Der Gedanke versetzte ihr einen Faustschlag in die Magengrube. Nicht auszudenken, was passiert wäre, wenn er in der letzten Nacht erneut zugeschlagen hätte.

*

Die Tür schwang auf. »Kriminalpolizei. Wir suchen Benedikt Simons.«

Der Mann riss erstaunt die Augen auf. »Was ist los?« Er hob die Hände, als er die gezogenen Waffen sah.

Mehrere Beamte schoben sich an ihm vorbei in die Wohnung und durchsuchten alle Räume. Klaus Halverstett und Rita Schmitt blieben vor dem Mann stehen. »Sind Sie Benedikt Simons?«

»Ich heiße Marc Simons. Benedikt ist mein Bruder. Er ist nicht da. Ich weiß nicht, wo er steckt.«

»Können Sie das irgendwie beweisen?«

Der Mann zögerte. Dann deutete er mit dem Kopf auf eine Jacke, die an der Garderobe hing. »Da ist mein Führerschein drin.«

Rita Schmitt griff in die Tasche. Sie warf einen kurzen Blick auf das Foto, dann zeigte sie es Halverstett. Der nickte. »In Ordnung, Herr Simons. Sie können die Hände runternehmen. Wir müssen mit Ihnen reden.«

Simons führte sie in die Küche. Wortlos setzte er sich an den Tisch und verschränkte die Arme. Hauptkommissar Halverstett zog den Stuhl zu sich heran, auf dem Katrin eine Stunde zuvor gesessen hatte. »Und Sie wissen wirklich nicht, wo Ihr Bruder steckt?« Er fixierte sein Gegenüber skeptisch.

Simons schüttelte den Kopf. »Ich habe keine Ahnung. Und ich weiß auch nicht, was der Zirkus hier soll.« Er blickte in Richtung der Beamten, die seine Wohnung nach Benedikt durchsucht hatten und jetzt im Begriff waren, sich unverrichteter Dinge wieder zu verziehen. »Ist es etwa wegen der alten Geschichte? Die Frau hat die Anzeige zurückgezogen. Sie war in Benedikt verknallt und wollte ihm eins auswischen, weil er nichts von ihr wissen wollte.«

»Und jetzt ist sie tot.«

Simons' Augen blinzelten nervös. Doch er hatte sich schnell wieder gefangen. »Ja und? Wollen Sie das etwa auch meinem Bruder anhängen?«

»Im Augenblick möchten wir nur mit ihm sprechen.« Rita Schmitt, die bisher schweigend am Kühlschrank gelehnt hatte, trat vor. Sie tauschte einen kurzen Blick mit Halverstett, der kaum merklich nickte, dann ergänzte sie: »Ihr Bruder kannte nämlich nicht nur Carina Lennard, sondern auch den Polizisten, der am Schillerplatz aufgeknüpft wurde, Karl Binder. Er hat den Fall bearbeitet, als Carina Lennard vor einem Jahr Anzeige erstattete. Und Bertram Kassnitz, das erste Opfer, war der Sachbearbeiter bei der Bank, bei der Ihr Bruder seine Konten hatte. Er war derjenige, der ihm den Geldhahn zugedreht hat. Seine Frau Elisabeth arbeitete als Erzieherin in dem Kindergarten, den seine Tochter Jule besucht. Ich denke,

198

Sie verstehen jetzt, warum wir Ihren Bruder dringend sprechen müssen.«

Simons wandte den Blick von Rita ab und sah aus dem Fenster. »Sie wissen genau, dass das gar nichts beweist«, belehrte er sie trotzig.

»Haben Sie gewusst, dass Ihr Bruder all diese Menschen kannte?« Halverstett stand auf.

»Lassen Sie mich in Ruhe«, murmelte Simons. »Ich kann Ihnen nicht weiterhelfen.«

»Wenn Sie wissen, wo er ist, und Sie es uns nicht sagen, könnten weitere Menschen zu Tode kommen.« Rita Schmitt sah zu Halverstett, der zuckte mit den Achseln und wechselte das Thema.

»Wir brauchen ein Foto Ihres Bruders, und zwar ein möglichst aktuelles.«

Simons erhob sich schwerfällig. »Ganz wie Sie meinen.«

Sie folgten ihm ins Wohnzimmer, wo er sich an einigen Schubladen zu schaffen machte. Schließlich zog er einen Umschlag hervor, blätterte den Stapel Aufnahmen durch, der sich darin befand, und reichte Rita eine. »Hier. Ist schon vier oder fünf Jahre alt. Was Neueres habe ich nicht.«

Rita warf einen Blick auf das Bild, auf dem ein unrasierter, braungebrannter Mann mit einem blonden Zopf zu sehen war. »Trägt er die Haare immer noch so lang?«

Simons schüttelte den Kopf.

Sie steckte das Bild ein.

»Falls Ihr Bruder auftaucht oder Sie etwas von ihm hören«, sagte der Kommissar, »dann erwarte ich, dass

Sie uns das mitteilen.« Er marschierte ohne ein weiteres Wort aus dem Zimmer. Rita Schmitt zögerte, dann folgte sie ihrem Kollegen. An der Tür hielt sie abrupt inne und drehte sich noch einmal um. »Was haben Sie eigentlich für eine Schuhgröße?«

Simons hielt ihr den Fuß hin. »Dreiundvierzig. Sie können gern nachsehen.« Rita beugte sich vor und entzifferte die Nummer, die auf der Unterseite des Schuhs eingestanzt war. »Tragen Sie manchmal auch Turnschuhe?«

»Nur zum Sport.«

»Und Ihr Bruder?«

»Fragen Sie ihn doch selbst.«

Rita Schmitt verschränkte die Arme.

Simons zuckte die Schultern. »Ich weiß es nicht genau, ehrlich. Aber ich glaube, er hat kleinere Füße als ich.«

Rita Schmitt nickte und verließ die Küche. Halverstett wartete an der Wohnungstür.

»Hätten wir ihn nicht mit aufs Präsidium nehmen sollen?«, fragte sie ihn im Treppenhaus. »Der weiß doch was. Früher oder später hätte er bestimmt ausgepackt.«

»Nein. Wir lassen ihn observieren. Ich bin mir sicher, dass sein Bruder Kontakt zu ihm aufnimmt. Wenn das nicht sowieso schon längst geschehen ist. Er wird uns zu ihm führen.« Er zog die Haustür auf. »Und wir fahren jetzt zu Frau Sandmann. Ich habe das Gefühl, dass sie unserer etwas schnippischen Kollegin Ruth Wiechert nicht die ganze Geschichte erzählt hat.«

15

Katrin lehnte sich erschöpft zurück. »Ich kann wirklich nicht mehr, Frau Wiese. Drei Stück Kuchen sind das Äußerste, was ich schaffe.«

»Agathe, Kindchen, Sie sollen mich doch Agathe nennen.«

»Gut, Agathe. Ich bin satt.«

»Verstanden.« Die alte Frau schob den Kuchenteller beiseite und warf einen Blick auf die dritte Person im Raum. »Und, was sagst du, Elli? Habe ich dir zu viel versprochen? Flips ist wieder da, und das gesund und munter. Hab ich dir doch gleich gesagt, dass unsere Katrin das schafft.«

Elfriede Thürnissen grinste und zwinkerte Katrin zu. »Jetzt willst du also die Lorbeeren ernten?«, warf sie ihrer Freundin Agathe mit gespielter Empörung vor. »Wessen Idee war es denn, Frau Sandmann zu engagieren? Und wer hat sich geziert wie 'ne alte Jungfer auf dem Feuerwehrball? Wer hat gemeint, man könne der viel beschäftigten, jungen Frau so was nicht zumuten? Die hätte genug um die Ohren und für so was keine Zeit?«

»Ja, ja.« Agathe winkte ab. »Du hast gewonnen. Es war zwar meine Idee, aber ich hätte sie vermutlich nie in die Tat umgesetzt.« Agathe wandte sich an Katrin. »Was werden Sie jetzt tun? Haben Sie schon einen neuen Fall?«

201

»Also eigentlich bin ich ja Fotografin«, fing Katrin an, aber Elfriede unterbrach sie. »Ach, Quatsch, vergeudetes Talent. Sie müssen zur Polizei gehen. Oder noch besser, Sie werden Privatdetektivin. Bei der Polizei kriegen Sie mit spätestens fünfundvierzig einen fetten Beamtenhintern, und kein Mann dreht sich mehr nach Ihnen um.«

»Elfriede!« Agathe hatte entsetzt die Hand vor den Mund geschlagen. »Wie redest du denn mit Katrin?«

»Die versteht mich schon.« Wieder zwinkerte sie in Katrins Richtung. »Und sicherlich steckt sie mitten in den Ermittlungen zu den grauseligen Henkermorden. Hab ich nicht recht, junge Frau? So was lassen Sie sich doch wohl nicht entgehen?«

»Na ja«, gab Katrin zu. »Ich verfolge da tatsächlich eine Spur.«

»Wusste ich's doch!«, rief Elfriede triumphierend. »Diese Frau hat Mumm!«

»Deshalb muss ich jetzt auch los«, fuhr Katrin fort. »Es gibt noch viel zu tun.«

»Selbstverständlich, Kindchen.« Agathe stand auf, um Katrin zur Tür zu bringen.

»Haben Sie eigentlich eine Waffe?«, wollte Agathe wissen, als Katrin schon fast zur Türe hinaus war. »Wenn man so gefährliche Verbrecher jagt, ist das doch sicher besser.«

Katrin schüttelte den Kopf. »Nein. Und wenn ich ehrlich bin, graust es mir davor, so ein Ding auch nur in den Händen zu halten.«

»Dann passen Sie gut auf sich auf, Katrin.« Agathe schloss die Wohnungstür, und einen Moment lang stand Katrin nachdenklich im Treppenhaus. Sie dachte an die Si-

202

mons-Brüder, an Silke, Carina und ihre seltsame Schwester. Und wie schwierig es war, aus all den widersprüchlichen Dingen, die diese Menschen ihr erzählt hatten, die Wahrheit herauszufiltern. Sie ging in ihre Wohnung, suchte ihren Kater und fand ihn auf der Fensterbank im Wohnzimmer. Schnurrend begrüßte er sie. »Manchmal wünsche ich mir, ich könnte mit dir tauschen«, flüsterte sie ihm zu. »Kein Gestern, kein Morgen, und die einzige Sorge dreht sich darum, dass der Futternapf immer gut gefüllt ist.« Sie blickte auf die Platanen, die rechts und links der Düssel standen, und dann fiel ihr etwas ein.

*

»Also, was haben wir?« Halverstett lehnte sich zurück und sah Rita Schmitt an, die den Dienstwagen souverän durch die engen Einbahnstraßen von Derendorf lenkte.

»Eine Anzeige wegen sexueller Nötigung«, antwortete sie, während sie nach draußen starrte, wo es langsam dämmerte.

»Die wieder zurückgezogen wurde.«

»Fragt sich, warum.« Rita gab Gas, um noch schnell über eine Kreuzung zu sprinten, bevor die Ampel von Gelb auf Rot umschlug.

»Vielleicht stimmt ja, was der Bruder sagt, und die Frau wollte Simons tatsächlich eins auswischen«, meinte Halverstett. »Menschen tun die verrücktesten Dinge, wenn sie sich abgewiesen oder verletzt fühlen.«

»Kann schon sein«, antwortete Rita wenig überzeugt. »Wir sollten mit der Freundin reden. Dieser Silke Scheidt. Vielleicht kann die ein bisschen Licht in die Sache bringen.«

»Dann machen wir das zuerst.«

»Nicht erst zu Katrin?« Rita trat auf die Bremse. »Dann muss ich nämlich hier abbiegen.«

Halverstett nickte. »Erst diese Scheidt. Dann Katrin. Du weißt, wo sie wohnt?«

»Steht auf einem der Zettel in meiner Handtasche. Sie deutete auf den Rücksitz. Der Kommissar fischte das Blatt aus der Handtasche, während Rita sich auf den Verkehr konzentrierte. »Nachtigallstraße«, verkündete er schließlich. »Das ist irgendwo in Gerresheim, glaube ich.«

Rita Schmitt nickte. »Okay, ich weiß Bescheid.«

»Gut«, setzte Halverstett erneut an. »Wir haben also eine nicht geklärte Anzeige. Wir haben einen Mann, dessen Existenz wegen dieser Anzeige aus den Fugen geraten ist. Er musste seinen Massagesalon aufgeben, seine Frau hat ihn verlassen, sein Konto ist gesperrt. Vier Menschen, die direkt oder indirekt an dieser Existenzzerstörung mitgewirkt haben, sind ermordet worden. Hingerichtet.«

»Was ist mit dem fünften? Diesem Wollenberg?«

»Wir wissen nicht einmal, ob der wirklich ermordet wurde. Warten wir die Obduktion ab.«

»In Ordnung. Was haben wir noch?« Der Wagen rollte auf eine Kreuzung zu. Rita Schmitt zögerte, dann bog sie ab.

»Abdrücke von Turnschuhen, und zwar nicht die von Katrin Sandmann. Und auch nicht die von Benedikt Simons' Bruder. Der hat zu große Füße.«

204

»Aber in der Wohnung waren keine Turnschuhe«, warf Rita ein.

»Dann hat er sie an.«

»Falls er der Täter ist.«

»Was ich gerade herauszufinden versuche.« Halverstett seufzte missmutig. »Wir drehen uns im Kreis.«

»Ja, schon gut. Das Auto haben wir noch.«

»Genau, den Landrover, der dem Freund aus Köln gehört.«

»Und der in der Nähe von zwei Tatorten gesehen wurde.«

»Das behauptet zumindest Katrin. Wir müssen schleunigst mit ihr reden.« Halverstett ballte die Hand zur Faust.

»Was jetzt? Doch erst Katrin?« Rita stieg auf die Bremse. »Kannst du dich vielleicht mal entscheiden?«

Halverstett sah aus dem Fenster. Nachdenklich musterte er die Kleingärten, an denen sie im Schneckentempo vorbeizockelten. Um die Jahreszeit sahen sie trostlos und kahl aus. Katrin hatte nicht nur mit dieser Silke Scheidt gesprochen, sondern auch mit den Zeugen, die den Wagen gesehen hatten. Und sie kannte die Simons-Brüder. Wer weiß, was sie sonst noch alles herausgefunden hatte.

»Zu Katrin«, sagte er schließlich.

Rita lächelte und wendete den Wagen. Glücklicherweise war auf der Torfbruchstraße nicht viel los. Zwanzig Minuten später klingelten sie an Katrins Wohnungstür.

*

Mirko Erlanger gähnte. Dann zerquetschte er das Zigarettenpäckchen in seiner Rechten. »Mensch, ist das öde.« Er rieb sich die Augen. »Das ist ja noch schlimmer als die Akten mit Binders Fällen.«

»Nimm's gelassen. Immerhin dürfen wir im Warmen arbeiten. Ich möchte nicht mit den Jungs vom MEK tauschen. Die sitzen jetzt in irgendwelchen kalten Autos und starren stundenlang auf eine Haustür. Das stelle ich mir öde vor.« Daniel Steinmeier sah seinen Kollegen an. »Wenigstens gibt's inzwischen 'nen Eins-a-Verdächtigen.«

»Und wir sind nicht vor Ort.« Erlanger zündete die Zigarette an.

»Wir haben verdammt Schwein gehabt, dass die Akte mit der Anzeige dieser Carina Lennard nicht in unserem Stapel war, sondern in dem von der blöden Wiechert. Sonst wäre nämlich aufgeflogen, dass wir nicht gerade wie die Weltmeister gelesen haben.«

Mirko Erlanger grinste. »War echt 'ne starke Show, wie die Torte rot angelaufen ist, als sie Halverstett von ihrer schlampigen Arbeit erzählt hat.« Er legte die Zigarette weg und stellte sich in Positur. »›Ich war gerade bis zum Mai vergangenen Jahres gekommen.‹« Er sprach mit schriller Stimme und fuchtelte mit den Händen in der Luft herum. »›Da war der Fall ›Carina Lennard‹ noch nicht dabei. Binder hat im vergangenen Jahr Hunderte von Anzeigen bearbeitet, und wir waren einfach zu wenige Leute für die vielen Akten.‹« Erlanger feixte. »Schade, dass er sie nicht richtig zur Sau gemacht hat.«

Steinmeier runzelte die Stirn. »Ich dachte, du wärst scharf auf die.«

206

»Die Wiechert?!« Erlanger steckte sich den Finger in den Hals und tat, als würde er sein Mittagessen herauswürgen. »Nicht mal, wenn wir allein in der Antarktis wären. Haste gesehen, was die für 'nen fetten, wabbeligen Hintern hat?«

Daniel Steinmeier lachte. Mirko war jetzt richtig in Fahrt. »Da ist mir die kleine Blonde vom Betrugsdezernat lieber. Haste die mal gesehen? Das ist ein Sahneschnittchen. Heißt Puschel oder Muschel oder so.« Er grinste, griff nach seiner Zigarette und zog daran. »Kannst dir ja wohl ausmalen, wie sie von den Kollegen genannt wird.«

Mit einem Mal pfiff Steinmeier. »Ich glaube, ich hab was. Sieh dir das an.«

Mirko Erlanger blinzelte durch den Zigarettenqualm auf den aufgeschlagenen Ordner. »Was ist das?«

»Eine Kündigung«, rief Steinmeier aufgeregt. »Und zwar für eine Wohnung in der Rembrandtstraße. Schicke Gegend.«

»Und? Möchtest du Nachmieter werden?«

»Haha. Die Kündigung ist vom dreizehnten Oktober letzten Jahres. Begründung: seit drei Monaten keine Miete gezahlt.«

»Lass mich raten: Der Mieter heißt Benedikt Simons.«

»Hundert Punkte.« Steinmeier streckte sich. »Das heißt, wir können eigentlich mit dem Ordner-Durchblättern aufhören.«

»Und das heißt, dass dieser Reinhold Wollenberg ermordet wurde.«

207

»Na ja. Ein Beweis ist das noch nicht.«

»Aber ein Anlass, den Rest des Abends freizunehmen. Es ist fast sieben. Wir wissen, wer unser Täter ist. Wir haben den entscheidenden Zusammenhang zwischen dem mutmaßlichen Opfer Nummer eins und dem Täter gefunden. Ich hau jetzt ab. Sagst du Halverstett Bescheid?«

Steinmeier zuckte die Schultern. »Wie du meinst. Ich dachte nur, wir sollten vielleicht doch noch kurz die übrigen Unterlagen durchsehen.« Er griff zum Telefon. »Nur so zur Sicherheit.«

Erlanger klopfte ihm jovial auf die Schulter. »Nicht so viel denken, Kleiner, dann läuft das Hirn zu schnell heiß.«

*

Kriminalhauptkommissar Klaus Halverstett sah Katrin durchdringend an. »Und ab sofort bleiben Sie zu Hause und halten sich aus den Ermittlungen heraus, haben Sie verstanden?«

Katrin nickte stumm. Was blieb ihr auch anderes übrig? Sie kam sich vor wie ein kleines Schulmädchen. Dabei hatte sie entscheidend dazu beigetragen, dass die Polizei die Identität des Henkers endlich kannte.

Zu dritt saßen sie an Katrins Küchentisch, Rita Schmitt, Halverstett und sie. Rita hatte Rupert auf dem Schoß und kraulte ihn unter dem Hals. Vor ihr stand ein dampfender Pott Rotbuschtee. Halverstett hatte Kaffee vorgezogen. Er blickte auf seine Notizen. »Habe ich irgendwas vergessen?«, murmelte er. »Nein, ich glaube, für den Augenblick ist das alles«, beantwortete er seine eigene Frage. »Oder?« Er sah Rita an. Die nickte.

»Wie hat Marc es denn aufgenommen?«, wollte Katrin wissen.

»Er war ziemlich wortkarg«, meinte Rita. »Ich bin mir sicher, dass er nicht alles erzählt hat, was er weiß. Aber das werden wir schon herausfinden.«

»Glauben Sie, dass er seinen Bruder decken will?«

»Schon möglich.« Rita nahm einen Schluck Tee, und Rupert hob empört den Kopf, als sie aufhörte, ihn zu kraulen. Sie lachte. »Was für ein süßes Tier.«

»Trotzdem musst du dich jetzt von ihm losreißen.« Halverstett hatte seine Notizen in der Manteltasche verstaut. »Bevor wir Feierabend machen können, müssen wir noch mal aufs Präsidium. Und Sie, Katrin, kommen morgen Vormittag vorbei. Ihre Aussage muss schriftlich festgehalten werden.«

»Ich begreife das immer noch nicht. Benedikt Simons ist so – so ein ruhiger, passiver Mensch. Ich kann mir nicht vorstellen, wie der jemanden umbringt.«

»Von wem kann man sich das schon vorstellen?« Halverstett stand auf. »Ich habe Ihr Wort? Sie mischen sich nicht mehr ein?«

»Was mache ich, wenn Silke Scheidt sich bei mir meldet? Ich hatte ihr meine Hilfe angeboten.«

Halverstett nickte. »Ich denke, das geht in Ordnung. Aber wenn sie Ihnen irgendetwas erzählt, das für die Ermittlungen wichtig ist, will ich sofort davon in Kenntnis gesetzt werden.«

»Glauben Sie, dass sie in Gefahr ist?« Katrin nahm Rupert entgegen, als Rita Schmitt sich ebenfalls erhob.

»Ich hoffe nicht. Doch wir können das nicht ausschließen. Sie hat Carina Lennard zu der Anzeige ermutigt. Mich wundert es, dass sie nicht eins der ersten Opfer war. Im Augenblick gehe ich davon aus, dass Simons andere Sorgen hat. Aber das kann man nie wissen. Ihre Wohnung wird jedenfalls observiert.«

Katrin begleitete die beiden Beamten zur Tür. Halverstett reichte ihr eine Karte. »Auf der Rückseite steht meine private Handynummer, sollte Ihnen noch etwas einfallen. Bitte keine Alleingänge mehr, sondern anrufen. Klar?«

»Und wenn es eilt?«

Halverstett verzog das Gesicht. »Katrin! Haben Sie denn immer noch nicht genug? Sie bleiben schön hier zu Hause und lassen uns unsere Arbeit tun. Ist das klar?«

»Ja.« Katrin senkte den Kopf und steckte ihre Nase in Ruperts Fell. Sie dachte an das, was ihr eingefallen war, als sie sich von Agathe Wiese verabschiedet hatte.

»Wo steckt eigentlich Kabritzky?«, fragte Halverstett. »Es wäre mir lieber, wenn der ein Auge auf Sie hätte.«

Jetzt war es an Katrin, das Gesicht zu verziehen. Der Gedanke, den sie eben noch gehabt hatte, versank im Nebel des Vergessens. »Ich brauche keinen Babysitter.«

Halverstett wollte etwas erwidern, doch Rita zog ihn am Ärmel. »Komm, lass uns gehen.« Sie zwinkerte Katrin zu. »Wenn Sie mal in Urlaub fahren und niemanden für den Kater haben, ich nehme ihn gern.« Sie fuhr Rupert ein letztes Mal über das Fell, dann schob sie ihren Kollegen sanft die Treppe hinunter.

*

Es war Montagmorgen, neun Uhr. Im Besprechungszimmer der MK Henker ging es hoch her. Ruth Wiechert diskutierte lebhaft mit Georg Müller über ein Detail in der Akte. Sie stand vor ihm, die Hände auf den Tisch gestützt, und Mirko Erlanger, der Müller gegenübersaß, studierte abschätzend ihre Rückansicht. Ein Kollege reichte eine Thermoskanne und Tassen herum, jemand hatte Kuchen mitgebracht, die Reste des sonntagnachmittäglichen Kaffeebesuchs der Schwiegereltern. Kriminalhauptkommissar Klaus Halverstett brauchte eine Weile, bis er für Ruhe gesorgt hatte. Mit verschränkten Armen saß er vor seinem Tisch und sah in die Runde. »So, können wir jetzt endlich anfangen?«

Allmählich verstummten die letzten Gespräche. Ruth Wiechert huschte eilig zu ihrem Platz, Daniel Steinmeier langte noch einmal nach dem fast geleerten Kuchenteller.

Halverstett räusperte sich. »Leider gibt es nach wie vor keine Spur von Benedikt Simons. Offenbar weiß er, dass wir hinter ihm her sind.«

»Sicher hat sein Bruder ihn gewarnt. Den hätten wir besser eingebuchtet.«

»Herr Erlanger, danke für Ihren Beitrag. Aber ich bin noch nicht fertig.« Halverstett reichte dem Kollegen, der ihm am nächsten saß, einen Stapel Blätter. »Gib die bitte rum.« Dann wandte er sich wieder an alle. »Noch haben wir ihn nicht, aber das ist eine Frage der Zeit. Die Kollegen vom MEK observieren das Haus, in dem Marc Simons wohnt. Der hat die Wohnung übrigens seit gestern Abend nicht verlassen. Sein Telefon wird abgehört. Bisher ohne Erfolg. Außerdem lassen wir das Haus von Benedikt Simons' Schwiegereltern observieren, wo seine Noch-Ehefrau und seine Tochter im Augenblick leben. Das befindet sich interessanterweise auch in Benrath, in der Haydnstraße, also ganz in der Nähe vom Haus unserer ersten beiden Opfer.«

»Oder besser gesagt, unserer Opfer Nummer zwei und drei.« Diesmal war es der ältere Kollege, dem Halverstett die Blätter gereicht hatte, der sich einschaltete.

»Das steht noch nicht fest, Walter. Die Obduktion von Reinhold Wollenberg hat vor einer halben Stunde begonnen. Rita ist dabei und gibt uns Bescheid, sobald es erste Ergebnisse gibt. Bis dahin sprechen wir von den vier Opfern, die feststehen.« Halverstett blickte den Kollegen scharf an, der beschwichtigend die Hände hob und nickte. Dann sprach er weiter. »Ich weiß, wir haben alle seit einer Woche zu wenig Schlaf und zu viel zu tun. Dieser Fall geht jedem von uns an die Nieren. Hinzu kommt, dass die Presse uns im Nacken sitzt. Ich brauche die Schlagzeilen wohl nicht zu wiederholen. Der Henker ist natürlich ein gefundenes Fressen für die. Doch darunter sollte die Qualität unserer Arbeit nicht leiden. Gerade jetzt, wo die Identität des mutmaßlichen Täters feststeht, darf uns kein Fehler unterlaufen. Wenn wir der Staatsanwaltschaft die Unterlagen übergeben, will ich, dass alles hieb- und stichfest ist. Deshalb sind wir noch lange nicht fertig.« Er sah in die Runde. »Auf dem Blatt, das Sie inzwischen alle haben, sind die wichtigsten Informationen noch einmal zusammengefasst. Von dem Foto, das Marc Simons uns gestern Abend gegeben hat, ist für jeden ein Abzug dabei. Ich möchte, dass alle noch offenen Spuren abgeklärt werden. Gleich kommt Marc Simons, um seine Aussage zu machen, und danach nehmen wir uns die Wohnung vor. Vielleicht gibt es noch ein Stück von dem Seil, das Benedikt Simons benutzt hat, oder weitere Handschellen oder zumindest eine Rechnung oder einen Kassenbon. Wir werden alles auf den Kopf stellen, und wenn dort irgendetwas in der Wohnung ist, womit wir den Kerl festnageln können, dann finden wir es.«

Ruth Wiechert meldete sich. »Was ist denn mit dem Auto? Dem Geländewagen, den Simons im Augenblick fährt?«

»Gut, dass Sie mich daran erinnern. Den hat eine Streife noch gestern Nacht entdeckt, am Kolpingplatz, gar nicht weit von der Wohnung in der Bankstraße entfernt. Er wird gerade untersucht.«

»Das heißt, Simons ist ohne Auto unterwegs«, bemerkte Georg Müller.

»Oder mit dem Wagen seines Bruders«, warf Ruth Wiechert ein.

Halverstett schüttelte den Kopf. »Marc Simons fährt einen schwarzen Smart. Der steht seit gestern Abend unangetastet in der Bankstraße.«

»Dann sind Benedikt Simons' Bewegungsmöglichkeiten ja arg eingeschränkt.« Müller sah in die Runde. »Ich meine, er kann nicht mal eben sein nächstes Opfer im Kofferraum zum Tatort kutschieren.«

Ruth Wiechert sah ihn an. »Kann aber auch sein, dass er den Wagen nicht mehr braucht, weil er längst über alle Berge ist. Wir haben zwar am Flughafen die Passagierlisten der letzten achtundvierzig Stunden überprüft, aber wenn er sich mit dem Zug abgesetzt hat, haben wir erst mal schlechte Karten.«

Halverstett räusperte sich. »Ich glaube nicht, dass Simons die Stadt verlassen hat.«

»Warum?« Ruth musterte ihn stirnrunzelnd. »Er weiß doch vermutlich, dass wir hinter ihm her sind.«

»Dieser Mann ist auf einem Rachefeldzug. Er tötet alle Menschen, von denen er glaubt, dass sie sein Leben zerstört haben. Ich fürchte, er wird nicht aufhören, nur weil die Polizei inzwischen seine Identität kennt. Dafür ist er viel zu sehr davon überzeugt, dass er im Recht ist.«

16

»Schön, dass du dir die Zeit genommen hast, Roberta.«

»Ist doch selbstverständlich.« Roberta Wickert zog den Mantel aus und legte ihn über die Stuhllehne. Die Kellnerin näherte sich. »Eine heiße Schokolade für mich, bitte.«

»Mit Sahne?«

»Ja, gern. Das volle Programm.« Roberta setzte sich und sah Manfred fragend an. »Was ist los? Du klangst so besorgt am Telefon.«

»Ich bin auch besorgt. Katrin ist in letzter Zeit furchtbar launisch und impulsiv. Außerdem vergisst sie ständig Dinge. Oder sie verliert sie. Halverstett ist tagelang hinter ihren Turnschuhen hergelaufen, dabei wurden die dringend für die Ermittlungen gebraucht. Und ihr Handy ist seit einer Woche wie vom Erdboden verschluckt.«

»Vielleicht hat sie's einfach nur verlegt? Habt ihr mal probiert, die Nummer anzurufen? Vielleicht klingelt es dann hinter irgendeiner Kommode.«

»Haben wir schon versucht. Aber es hat nichts genützt. Entweder ist es ausgeschaltet, oder sie hat es irgendwo anders liegen gelassen. Es geht ja auch nicht um das Telefon. Es geht um Katrin. Sie ist so merkwürdig. Unberechenbar.«

Roberta grinste. »Das war sie eigentlich immer schon. Und dass sie im Augenblick ein bisschen durch den Wind ist, ist doch wohl mehr als verständlich.«

»Eben. Und deswegen sollte sie sich meiner Ansicht nach schonen. Aber sie macht genau das Gegenteil. Ist wieder mal auf Mörderjagd. Sie hat sich in diese Ermittlungen gestürzt, als hinge ihr Leben davon ab.«

»Wie meinst du das? Ist das nicht ein bisschen übertrieben?«

»Na ja«, lenkte Manfred ein. »Nicht gerade, als hinge ihr Leben davon ab, aber doch mit viel zu viel Engagement, wenn du mich fragst. Erst hat sie ja angeblich nur nach diesem verschwundenen Hund gesucht, aber jetzt steckt sie mitten in den Ermittlungen zu dem Henker-Fall. Ich glaube nicht, dass das gut für sie ist.«

»Vielleicht lenkt sie sich damit ab. Sie möchte vermutlich nicht ständig an ihre Entführung denken. Wer will das schon?«

Manfred löffelte Schaum aus seinem Milchkaffee. »Aber wenn sie sich gar nicht damit auseinandersetzt und es einfach nur wegdrängt, ist das bestimmt nicht gut.«

Die Kellnerin brachte Robertas Schokolade. Roberta umfasste die heiße Tasse. »Ich könnte mir denken, dass es Katrin hilft, wenn sie so aktiv ist. Vielleicht ist Mörder jagen ihre Art, sich mit der Entführung auseinanderzusetzen, weil es ihr das Gefühl gibt, die Kontrolle wiederzuhaben.«

»Ich weiß nicht.« Manfred verzog skeptisch das Gesicht. »Ich halte das nicht für eine so gute Idee. Außerdem ist es verdammt gefährlich. Das sollte sie eigentlich wissen.«

»Ich denke, das weiß sie auch.« Roberta lächelte. »Da kannst du dir sicher sein.« Ihr Blick wurde wieder ernst. »Ich verstehe, dass du dir Sorgen machst. Mir ist auch nicht wohl bei der Sache. Doch ich denke, du musst akzeptieren, dass sie so ist, wie sie ist. Stur, hartnäckig und fest entschlossen, den Dingen auf den Grund zu gehen. Ich fürchte, daran wird sich nichts ändern.« Sie schlürfte an ihrer Schokolade. »Also im Grunde genau wie du, oder?«

Manfred verzog das Gesicht. »Das ist was ganz anderes.«

»Ach, weil du ein Mann bist? Oder warum?«

»Nein, natürlich nicht. Oder vielleicht doch. In gewisser Weise jedenfalls. Frauen sind nun mal gefährdeter. Außerdem ist es mein Beruf, Dingen auf den Grund zu gehen. Sie ist Fotografin.« Trotzig rührte er in seinem Kaffee.

»Wer weiß, wie lange noch.« Roberta grinste. »Jetzt, wo sie ihren ersten offiziellen Fall gelöst hat, macht sie vielleicht eine Detektei auf.«

»Sehr witzig.«

»Eben. Nimm's mit Humor, Manfred. Oder bist du neidisch, weil sie dir immer eine Nasenlänge voraus ist?«

»Quatsch!« Manfred warf wütend den Löffel auf den Tisch. »Das stimmt doch gar nicht! Begreifst du nicht, dass ich mir wahnsinnige Sorgen mache? Katrin fordert ständig das Schicksal heraus. Das kann nicht ewig gut gehen!«

Roberta legte ihm beschwichtigend die Hand auf den Arm. »Schon gut. Ich verstehe dich ja. Aber offenbar ist es Katrins Berufung, Verbrecher aufzuspüren. Ob es uns passt oder nicht. Stell dir vor, sie wäre Kampfpilotin oder Hochseilartistin: Wäre das ungefährlicher? Das Leben ist nun mal lebensgefährlich. Du kannst sie nicht in Watte packen. Freu dich lieber über ihren Erfolg. Und hab unauffällig ein Auge auf sie.«

Manfred drückte ihre Hand. »Vermutlich hast du recht. Mir sitzt diese Woche, als ich gedacht habe, ich sehe sie nie wieder, noch immer in den Knochen.« Er griff nach seiner Tasse und nahm einen großen Schluck. »Vielleicht stellt sie mich ja als Assistenten ein, wenn sie eine Detektei aufmacht.«

»Oder als Tippse.« Roberta lachte.

Manfred verdrehte die Augen. »Das könnte euch so passen.«

Roberta wurde ernst. »Stimmt es, dass die Polizei weiß, wer der Henker ist?«

Manfred nickte. »Eben auf der Pressekonferenz hieß es, es gäbe einen dringenden Tatverdacht und die Verhaftung stünde unmittelbar bevor.«

»Und sie haben nicht gesagt, wer es ist?«

»Nein. Aber ich weiß es.«

»Ach?«

»Von Katrin.« Manfred schnitt eine Grimasse.

»Hat sie etwa …?«

»Sagen wir mal, sie hat der Polizei auf die Sprünge geholfen. Es ist der Bruder von dem Typ, mit dem sie dieses Düsseldorf-Buch macht.«

»Wie bitte?« Roberta ließ die Tasse sinken, die sie gerade an die Lippen gesetzt hatte. »Wie hat sie denn das schon wieder hingekriegt?«

»Frag mich nicht.« Manfred hob abwehrend die Hände. »Das ist es ja, was mich beunruhigt, dass sie offenbar einen siebten Sinn für so was hat.«

»Na immerhin ist die Gefahr ja jetzt gebannt.«

»Noch nicht. Die Polizei weiß oder vermutet zumindest, dass dieser Simons der Täter ist, aber sie hat keine Ahnung, wo er steckt. Und solange der noch frei rumläuft, ist alles möglich.«

*

Katrin streckte sich. Dann stand sie auf und trat ans Fenster. Seit zwei Stunden saß sie jetzt am Computer und bearbeitete die Fotos einer goldenen Hochzeit. Kein Auftrag, der künstlerisch besonders anspruchsvoll war, dafür aber lukrativ. Die Feier hatte in einem der exklusivsten Restaurants von Düsseldorf stattgefunden. Hundertzwanzig Gäste, Sechs-Gänge-Menü und ein erstklassiges Musikprogramm. Ihr Auftraggeber hatte nicht mit der Wimper gezuckt, als sie ihm einen ziemlich hohen Preis für ihre Arbeit genannt hatte. Vermutlich hätte sie noch mehr verlangen können.

Draußen war es dämmrig, so als wäre schon bald wieder Abend. Dabei war es elf Uhr vormittags. Das Telefon klingelte. Katrin drehte sich langsam um. Erst beim sechsten Klingeln hob sie ab.

»Katrin Sandmann? Sind Sie das?«

»Wer will das wissen?«

»Hier ist Silke Scheidt.«

»Oh, hallo. Ich habe Ihre Stimme gar nicht erkannt. Wie geht es Ihnen?« Katrin nahm das Telefon mit zum Schaukelstuhl.

»Ich habe Angst.«

Katrin dachte an Benedikt Simons. »Ist etwas passiert?«

»Nein. Alles in Ordnung. Aber mir ist etwas eingefallen. Gestern, nachdem diese zwei Polizeibeamten da waren. Deshalb konnte ich es denen auch nicht sagen. Weil es mir erst nachher eingefallen ist. Ich hatte es vollkommen vergessen.«

»Was hatten Sie vergessen?«

»Ich habe ihn gesehen. Vor etwa zwei Wochen. Ich weiß nicht mehr genau, wann.«

Katrin horchte auf. »Wen haben Sie gesehen? Benedikt Simons?«

»Woher kennen Sie den Namen?« Silke klang mit einem Mal panisch.

»Bitte beruhigen Sie sich! Ich kenne seinen Bruder. Deshalb hatte ich gleich den Verdacht, Sie könnten ihn meinen, als Sie mir die Geschichte von dem Masseur erzählten. Also, Sie haben ihn gesehen?«

»Als ich abends nach Hause kam.« Silke hörte sich wieder ruhiger an. »Ich hatte meine Eltern besucht, und es war ziemlich spät geworden. Als ich aus meinem Wagen stieg, stand er plötzlich vor mir. Ich habe ihn im Dunkeln kaum erkannt. Er sah irgendwie anders aus. Aber dann hat er mich angegrinst, und ich wusste, dass er es war.« Silke stockte.

Katrin hielt den Atem an. Hatte Benedikt an dem Abend vorgehabt, Silke umzubringen? Was war dazwischengekommen? »Was ist dann passiert?«

»Gar nichts. Zwei Männer kamen aus der Imbissbude, die unten bei mir im Haus ist. Ich kenne die beiden flüchtig, und wir haben uns kurz unterhalten. Als ich mich umdrehte, war Simons weg. Ich bin dann schnell in meine Wohnung.«

Katrins Gedanken hasteten in alle Richtungen gleichzeitig. Offenbar war Silke knapp einem Anschlag entgangen. Doch sie schien sich dessen nicht wirklich bewusst zu sein. »Wann genau war das?«

»Ich weiß es nicht mehr. Ich müsste meine Eltern fragen, wann ich bei ihnen war. Aber das ist doch nicht wichtig, oder?«

»Haben Sie ihn seither noch einmal gesehen?«

»Ich bin nicht sicher. Letzte Woche hatte ich einmal das Gefühl, er säße in einem Wagen vor meiner Haustür und beobachte mich. Aber als ich genauer hingesehen habe, war doch niemand da. Vermutlich habe ich mir das eingebildet.«

»Haben Sie Polizeischutz?«

»Der Kommissar, der gestern hier war, hat so was gesagt. Aber im Augenblick gehe ich sowieso nicht aus dem Haus. Sie glauben doch nicht, dass –?«

Katrin überlegte fieberhaft. »Sie sollten diesen Kommissar anrufen. Er hat Ihnen doch sicher eine Telefonnummer dagelassen?« Sie wollte Silke lieber nicht sagen, dass sie den Kommissar auch kannte. Das hätte die Frau nur noch mehr verwirrt. »Am besten tun Sie das sofort, ja?«

Silke Scheidt schwieg.

»Silke? Haben Sie mich gehört?«

»Ja. Ich rufe gleich an, versprochen.«

Plötzlich durchzuckte Katrin ein Gedanke. »Einen Moment noch. Sie sagten eben, Simons hätte anders ausgesehen? Wie anders?«

»Ich weiß nicht. Die Haare irgendwie. Und was er anhatte. Aber ich hatte ihn ja über ein Jahr nicht gesehen. Außerdem war es dunkel.«

»Aber Sie sind sicher, dass er es war?«

»Na ja, sicher war ich erst, als er so komisch grinste. Da hatte ich das Gefühl, er hätte dort auf mich gewartet. Ich weiß auch nicht, warum.«

Katrin hatte ein ungutes Gefühl, als sie auflegte. Dann war plötzlich der Gedanke wieder da, der ihr gestern Nachmittag bereits gekommen war. Sie überlegte kurz, ob sie Halverstett Bescheid sagen sollte, aber dann beschloss sie, der Sache selbst auf den Grund zu gehen.

*

»Schon Viertel nach zehn.« Rita Schmitt sah ihren Kollegen an.

Der nickte. »Wir fahren besser rüber. Komm.«

Bevor sie das Präsidium verließen, steckte Halverstett den Kopf in das Büro, das direkt an sein eigenes grenzte. »Marc Simons ist nicht zur Vernehmung erschienen. Wir fahren hin. Sollte er doch noch auftauchen, funkt mich bitte an, ja?«

222

Drei Minuten später steuerte Rita Schmitt den Wagen Richtung Derendorf. Sie hatte ihre lila Strickmütze tief in die Stirn gezogen und starrte konzentriert durch das kleine Sichtloch in der Scheibe, das sie zuvor mit ihrem rechten Handschuh frei geschrubbt hatte. Das Gebläse lief auf vollen Touren, doch der dunstige Belag kroch nur zögernd hoch, gab millimeterweise die Sicht auf die Straße frei.

»Dann kannst du mir ja noch mal in Ruhe erzählen, wie es bei der Obduktion war«, meinte Halverstett. »Es liegt also mit Sicherheit Fremdverschulden vor?«

»Ja. Wie ich bereits sagte. Wollenberg ist mit einem stumpfen Gegenstand auf den Hinterkopf geschlagen worden. Die Stirn hat er sich vermutlich beim Sturz verletzt. Außerdem hatte er Spuren an den Handgelenken, die darauf hinweisen, dass er gefesselt wurde. Und zwar einige Zeit vor seinem Sturz.«

»Also ist er gar nicht an der Straßenecke niedergeschlagen worden.«

Rita nickte grimmig. »Genau.«

»Verdammt, so eine Schlamperei! Das hätten die doch vor Ort sehen müssen! Hätten wir das früher gewusst, wären wir vielleicht schon eher auf die Spur von diesem Simons gekommen. Inzwischen wissen wir ja, dass Wollenberg sein ehemaliger Vermieter war.«

»Der ihn rausgeschmissen hat, als er die Miete nicht mehr zahlen konnte«, ergänzte Rita. »Aber noch gibt es keine Beweise dafür, dass Simons für Wollenbergs Tod verantwortlich ist. Es gibt so wenige Parallelen zu den anderen Fällen. Keine Handschellen, nur die Spuren an den Handgelenken. Keine eindeutige Hinrichtung. Das Ganze wirkt im Vergleich zu den anderen Morden zu dilettantisch.« Sie blickte ihren Kollegen zweifelnd an.

Halverstett nickte. »Du hast recht. Doch das muss nichts heißen. Wenn Benedikt Simons der Täter ist, war Wollenberg sein erstes Opfer. Da war sein Plan vielleicht noch nicht so ausgefeilt. Oder er hatte Skrupel. Konnte den Mord nicht so eiskalt durchziehen wie die späteren Taten. Es gibt jede Menge Möglichkeiten.«

»Vielleicht ist Simons ja auch Wollenbergs Tod dazwischengekommen«, meinte Rita. »Todesursache war nämlich tatsächlich ein Herzinfarkt, vermutlich ausgelöst durch den Schock. Die Kopfverletzung war nicht lebensbedrohlich.«

»Ja, das könnte sein. Außerdem sieht es sehr danach aus, als wäre er gestört worden. Wer weiß, wie der Fundort ausgesehen hätte, wenn Simons sein Werk hätte vollenden können.«

»Wozu war denn so ein Blutgerichtsstein gut? Wie hätte es denn aussehen sollen?«

»Der Mann von der Geschichtswerkstatt hat mir erzählt, dass ein zum Tod Verurteilter auf dem Weg zur Hinrichtungsstätte an den Stein gestoßen wurde, um symbolisch anzudeuten, dass er aus der Gesellschaft ausgeschlossen war. Keine Ahnung, wie Simons das inszenieren wollte.«

Rita bog in die Klever Straße. »Du wolltest doch mit dieser Zeugin reden, der Frau, die ihn gefunden hat.«

Halverstett seufzte. »Die ist leider immer noch in Urlaub. Nicht zu erreichen.«

»Glaubst du, dass Marc Simons in Gefahr ist?«, wollte Rita jetzt wissen.

»Ich weiß nicht. Wenn Benedikt sich in die Ecke gedrängt fühlt, ist vermutlich jeder in Gefahr. Auch sein eigener Bruder. Auch wenn der bisher zu ihm gehalten hat.«

»Was wir ja noch nicht wissen. Vielleicht hat er tatsächlich keine Ahnung gehabt.« Rita steuerte in eine Parklücke. Als sie ausstieg, hielt sie nach den Beamten des MEK Ausschau, die das Haus observieren sollten, doch die waren nirgendwo zu entdecken, ganz so, wie es ihre Tätigkeit vorsah.

Niemand öffnete auf ihr Klingeln. Per Funk rief Halverstett Verstärkung, und zehn Minuten später standen sie in der Wohnung. Niemand war dort.

»Verdammt! Das gibt es doch nicht!« Halverstett griff zum Handy und tippte eine Nummer in die Tasten. »Ich denke, niemand hat das Haus verlassen!«, brüllte er wütend. Er lauschte sekundenlang. »Es ist aber niemand da«, rief er schließlich in das Gerät und unterbrach die Verbindung. »Ich fasse es nicht! Wie konnte das passieren?«

»Über den Balkon ist er jedenfalls nicht abgehauen«, meinte Rita. »Dritte Etage, unten ist ein gepflasterter Hof.«

»Aber er hätte durch den Keller in den Hof gekonnt.«

»Und von dort über die Mauer? Ich dachte, die Rückfront des Hauses wird auch überwacht.«

»Dachte ich auch.« Halverstetts Wut brannte ihm im Magen. Marc Simons hätte sie vermutlich zu seinem Bruder geführt. Jetzt waren beide Männer verschwunden. Er wandte sich an einen der Kollegen, die die Wohnungstür aufgebrochen hatten. »Nehmt alles auseinander. Ihr wisst, wonach wir suchen.«

In dem Augenblick trat ein anderer Polizist ins Wohnzimmer. »Guck mal, was ich gefunden habe!« Triumphierend präsentierte er mit seinen behandschuhten Fingern ein Paar schwarze Turnschuhe. »Größe zweiundvierzig. Ich wette, das sind die richtigen.«

»Sofort zur KTU.« Mit grimmiger Miene sah Halverstett sich im Wohnzimmer um. Er öffnete die Schublade einer Kommode und studierte den Inhalt. Stifte, Briefumschläge und Briefmarken. Ein Stapel Papier, eine Druckerpatrone. Sein Handy klingelte. Er lauschte mit gefalteter Stirn. »Schicken Sie eine Beamtin zu ihr«, sagte er schließlich. »Sie soll bei ihr oben in der Wohnung bleiben. Sicher ist sicher.«

»Was ist los?« Rita Schmitt, die gerade die Bücher studierte, die sich auf Marc Simons' Wohnzimmertisch stapelten, sah ihn fragend an.

»Silke Scheidt hat im Präsidium angerufen. Offenbar hat sie uns gestern nicht alles erzählt. Simons war vor zwei Wochen schon mal bei ihr. Hat ihr vor der Haustür aufgelauert. Sie ist wohl nur durch Zufall einem Anschlag entgangen.«

»Wird Zeit, dass wir diesen Mistkerl erwischen.« Rita beugte sich wieder über die Bücher. Sie schlug einen Band auf und begann zu lesen. »Hör dir das an«, rief sie plötzlich. »›Mit dem Galgenprivileg erhielt Düsseldorf 1371 seinen ersten Richtplatz nördlich der Altstadt. Bis ins

17. Jahrhundert lag dieser Platz auf einem kleinen Hügel direkt am Rheinufer zwischen der Stadtwindmühle und dem Dorf Golzheim.‹ Hier liegen lauter solche Bücher rum. Jetzt wissen wir, wo Simons seine Informationen über die Richtplätze herhat.«

*

Zögernd stand Katrin vor der Haustür. Sie erinnerte sich nicht mehr, wie Marc Simons' Nachbarn hießen. Dabei war sie sicher, dass er den Namen erwähnt hatte. Sie studierte die Klingelschilder. Dierkens? Kawalewski? Schubert? Mist. Es fiel ihr nicht ein. Sie fröstelte. Es war eiskalt, auf dem Weg von der Straßenbahnhaltestelle bis hierher waren ihre Zehen eingefroren, und ihr Gesicht war fast vollkommen taub geworden. Am liebsten wäre sie einfach wieder umgekehrt. Was für eine Schnapsidee! Da wurde die Tür aufgerissen. Eine Frau tauchte auf. Was für ein Glück! Hastig murmelte Katrin ein ›Guten Tag‹ und huschte ins Treppenhaus. So war es noch viel besser. Auf ihr Klingeln hätte vermutlich sowieso niemand reagiert. Rasch stieg sie in den dritten Stock. Dabei wurde ihr langsam wieder warm.

Meine Nachbarn, hatte Marc gesagt. Das hatte so geklungen, als würden sie auf der gleichen Etage wohnen. An der Tür stand ›Schubert‹. Katrin zermarterte sich das Gehirn, aber sie war sich nicht sicher, ob Marc diesen Namen genannt hatte. Sie beschloss, es einfach zu probieren.

Behutsam klopfte sie an die Tür. Alles blieb still. Sie klopfte erneut, diesmal etwas fester. Angestrengt horchte sie. Aus dem Inneren drang ein schwaches Geräusch. Schritte? Noch einmal klopfte sie. »Hallo? Ich bin es. Katrin. Bitte machen Sie auf!«

Immer noch blieb alles still. Katrin wollte sich gerade abwenden, als die Tür sich einen winzigen Spalt breit öffnete. Benedikt Simons sah sie misstrauisch an.

»Hallo Benedikt! Ich wusste doch, dass ich Sie hier finde. Ich muss mit Ihnen reden. Es geht um Marc.«

Benedikt antwortete nicht, sondern zog nach einem kurzen Zögern die Tür auf. »Weiß jemand, dass Sie hier sind?«, fragte er, nachdem er die Tür wieder geschlossen und den Schlüssel umgedreht hatte.

»Nein, ähm, ja, mein Freund, ich habe ihm einen Zettel hingelegt, aber er kommt erst gegen Mittag nach Hause.« Ein winziges heißkaltes Kribbeln lief Katrin den Rücken hinunter. Angstvoll sah sie Benedikt an. Der nickte und führte sie ins Wohnzimmer. Auf der geblümten Couch lag eine karierte Wolldecke, die aus Marcs Wohnung stammte. Auf dem Tisch stand eine Bierflasche, der Fernseher lief, ein Düsseldorfer Regionalsender. Benedikt schaltete das Gerät ab. »Wie haben Sie mich gefunden?«

»Der Schlüssel mit dem Schwein dran. Als ich zum ersten Mal bei Marc war, hat er mir von den Nachbarn erzählt, die in München bei Verwandten sind. Ich dachte, das sei ein gutes Versteck.«

Benedikt blieb mitten im Raum stehen. Seine Haltung hatte etwas Lauerndes. Katrin atmete tief durch. »Ich glaube nicht, dass Sie der Henker sind.«

Benedikt sah sie an. Sein Blick war schwer zu deuten. »Warum nicht?«

228

»Es gibt viele Anhaltspunkte. Einer davon ist, dass jemand Silke Scheidt aufgelauert hat, jemand, den Silke für Sie gehalten hat, aber erst auf den zweiten Blick. Sie hat gesagt, Sie hätten irgendwie anders ausgesehen. Ich glaube, es war Marc, und da sie Marc nicht kennt, hat sie angenommen, dass Sie es sind.«

»Was noch?«

»Welche Schuhgröße haben Sie?«

»Dreiundvierzig, warum fragen Sie?«

»Der Mörder hat Größe zweiundvierzig.«

»Marc.« Benedikts Gesicht zeigte zum ersten Mal eine Regung. Sein Blick schoss zur Zimmertür, so als stünde dort sein Bruder. Dann sah er zurück zu Katrin. Er schien immer noch skeptisch. »Ist das alles? Ich glaube nicht, dass Sie damit die Polizei überzeugen können.«

»Ihr Bruder hat manchmal bei Ihnen ausgeholfen, stimmt's? Er hat die Getränke serviert. Wer weiß, was er noch getan hat.« Katrin hielt abwartend inne, doch Benedikt reagierte nicht. »Ich denke, Sie sind einfach nicht der Typ Mensch, der so etwas tun würde. Sie sind so – so zurückhaltend. Ihr Bruder – Marc, er ist ganz anders. Er ist jemand, der sich nimmt, was er haben will, egal wie, habe ich recht?«

Jetzt kam Bewegung in Benedikt. Unruhig ging er im Zimmer auf und ab, warf hin und wieder einen Blick auf Katrin, die abwartend vor der Couch stand. Schließlich murmelte er etwas und marschierte auf den Schrank zu. Er öffnete ein Fach, in dem eine Sammlung von Flaschen stand. Mit fahrigen Bewegungen schob er sie hin und her, bis er gefunden hatte, was er suchte. Katrin sah zu, wie er zwei Gläser mit einer bernsteinfarbenen Flüssigkeit füllte. Dann lief sie zum Fenster und warf einen Blick hinaus, versuchte zu erkennen, ob irgendwo ein Polizeiwagen vor dem Haus stand. Doch sie entdeckte nichts. Benedikt trat zu ihr und reichte ihr ein Glas. »Hier. Ich brauche jetzt einen, leisten Sie mir Gesellschaft?«

Katrin streckte zögernd die Hand aus. »Ich vertrag das Zeug eigentlich nicht.«

»Das Zeug ist ein richtig guter Weinbrand.« Benedikt lächelte schwach. »Tun Sie mir den Gefallen. Bitte.«

Sie nahm das Glas entgegen. Er lächelte ihr aufmunternd zu. »Prost.«

Das Getränk brannte in ihrer Kehle, doch Benedikt animierte sie, das Glas zu leeren. Wohlige Wärme schoss in ihren Magen. Sie spürte, wie die Spannung von ihr wich. Als sie beide ausgetrunken hatten, nahm Benedikt die Gläser und stellte sie auf dem Tisch ab. Dann setzte er sich in einen der Sessel und vergrub das Gesicht in den Händen. »Ich habe mich lange dagegen gesträubt, es zu glauben. Er ist mein Bruder, verstehen Sie? Die ganze Zeit hat er so getan, als würde er mir helfen, dabei war ich nur seinetwegen überhaupt in dieser beschissenen Lage!« Seine Worte waren schwer zu verstehen, kaum mehr als ein Flüstern, gedämpft durch die Hände, die er nicht vom Gesicht nahm. »Ich habe die ganze Zeit gedacht, dass diese Frau mir eins auswischen wollte. Doch in Wahrheit hat Marc –« Er stockte.

Katrin setzte sich auf die Couch und legte ihre Hand auf sein Knie. Die Wärme war aus ihrem Magen gewichen, stattdessen pochte es in ihren Schläfen, und ein

230

stechender Schmerz lähmte ihren Nacken, als sie daran dachte, wie sie mit Marc in seinem Wohnzimmer gesessen und Sekt getrunken hatte. Wie naiv sie gewesen war!

»Er hat uns alle getäuscht«, sagte sie. »Doch das ist jetzt vorbei. Wir müssen mit der Polizei reden.«

Benedikt nahm die Hände vom Gesicht. Seine Augen waren feucht. »Er ist verschwunden.«

Katrin nickte, was ihr ein erneutes Stechen in den Nacken jagte. »Umso wichtiger, dass die Polizei so schnell wie möglich erfährt, dass sie nach dem Falschen fahndet.«

Benedikt seufzte. »Ich weiß nicht, ob ich das kann. Er ist mein Bruder.«

»Er hat fünf Menschen getötet.«

Benedikt zuckte zusammen und starrte Katrin an. »Fünf?«

»Gestern hat die Polizei einen Mann exhumieren lassen, der schon vor drei Wochen starb. Es sieht so aus, als sei der Marcs erstes Opfer gewesen.«

Benedikt stöhnte auf. »Oh, mein Gott.«

»Begreifen Sie jetzt? Wir müssen schnell handeln. Er könnte jederzeit wieder zuschlagen.«

Benedikt nickte bedächtig, doch er rührte sich nicht.

Katrin fasste mit der Hand an ihren schmerzenden Nacken. Ihr Magen bäumte sich gegen den Alkohol auf, und etwas Watteähnliches machte sich in ihrem Kopf breit. Am liebsten hätte sie sich auf der Stelle schlafen gelegt.

Benedikt sah sie fragend an. »Alles in Ordnung?«

231

»Nur ein steifer Nacken. Stress, nehme ich an.«

»Lassen Sie mal sehen.« Er stand auf. »Legen Sie sich hin, auf den Bauch.«

Katrin zögerte. Bilder schwammen in ihrem Kopf herum, doch sie waren unscharf. Silkes tränenverschmiertes Gesicht. Annika Lennard mit der zerschlissenen Feenpuppe im Arm. Der tote Karl Binder am Schillerplatz mit der lila verfärbten Zunge im Mundwinkel. Die Bilder drehten sich. Sie spürte, wie sie sanft auf das Sofa gedrückt wurde. Hände streiften ihr die Jacke von den Schultern, glitten unter ihren Pullover, strichen über ihren schmerzenden Nacken. Dann wurde es dunkel.

17

»Eins, zwei, drei, vier. Siehst du? Ich weiß genau, welche Karten zusammengehören. Ist ja auch babyleicht. Willst du mitspielen?« Jule Simons sah Halverstett mit großen Augen an. Doch bevor der antworten konnte, schaltete sich ihre Mutter ein. »Julchen, gehst du bitte rauf in dein Zimmer, ja? Wir spielen nachher noch was zusammen, aber jetzt muss die Mama sich mit diesen Leuten unterhalten, das ist ganz wichtig.«

»Ich will aber hierbleiben. Außerdem habe ich das Spiel noch nicht fertig.«

»Du gehst jetzt bitte in dein Zimmer.«

»Nein.«

»Sofort!« Natalie Simons' Stimme klang schrill. Nur mühsam behielt sie die Beherrschung.

»Ihre Eltern sind nicht zu Hause?«, fragte Rita Schmitt.

»Sie sind auf einer Feier. Der siebzigste Geburtstag von einem Freund. Irgendwo bei Stuttgart. Sie wollten eigentlich nicht hinfahren. Aber ich habe nicht zugelassen, dass sie meinetwegen zu Hause bleiben. Morgen Nachmittag kommen sie wieder.« Sie wandte sich erneut ihrer Tochter zu. »Und du gehst jetzt hoch.«

»Ich will aber nicht.«

Energisch packte Natalie Simons Jules Arm und zog sie vom Stuhl. Das Kind kreischte laut auf. »Au, Mami, du tust mir weh.« Jule strampelte und schrie, als ihre Mutter sie aus dem Zimmer trug.

Halverstett warf Rita einen Blick zu, die sich auf den frei gewordenen Stuhl setzte und nickte. »Die ist mit den Nerven am Ende.«

»Kein Wunder.« Halverstett blieb stehen und musterte die Blumenbeete vor dem Fenster. Er versuchte, sich vorzustellen, wie es sich anfühlen musste, wenn das eigene Heim zum Gefängnis wurde. Zur Falle. Ob Natalie Simons überhaupt noch aus dem Haus ging?

Oben krachte laut eine Tür. Jule schrie immer noch wie am Spieß. Dazwischen hörte man Natalie Simons hysterisch brüllen. Rita sprang auf. »Soll ich mal nachsehen?«

Doch Halverstett hielt sie zurück. »Das macht sie nur noch nervöser. Warten wir lieber.«

Es dauerte fast zehn Minuten, bis die junge Frau zurück ins Wohnzimmer kam. Ihre Haare waren zerzaust, und ihr Kopf war hochrot. »Tut mir leid«, murmelte sie, »aber im Augenblick liegen mir die Nerven blank.« Sie setzte sich neben Rita. Dann sprang sie wieder auf. »Ich habe Ihnen gar nichts angeboten. Möchten Sie etwas trinken? Einen Kaffee?«

Halverstett schüttelte den Kopf. »Nein, danke, setzen Sie sich wieder.«

Sie sank zurück auf den Stuhl und strich ihre schulterlangen Haare glatt. »Und Sie sind sich sicher, dass Benedikt das war?«

234

»Es sieht leider so aus, ja.« Halverstett setzte sich jetzt ebenfalls. Die Essecke füllte einen kleinen Erker an der linken Seite des Wohnzimmers. Von hier aus hatte man uneingeschränkte Sicht auf den gepflegten Vorgarten. Eine Art Theke, die etwa hüfthoch war, trennte diesen Bereich von dem übrigen Teil des Raums ab. Die Theke selbst hatte Jule offenbar zu ihrem Revier erklärt. Eine Barbiepuppe, Filzstifte und Legosteine breiteten sich darauf aus. »In dem Wagen, den er in den letzten Wochen gefahren ist, haben wir Blut und Gewebespuren von drei seiner Opfer gefunden.«

»Ich begreife das nicht.« Natalie starrte auf ihre Hände. »Manchmal kann ich nicht einmal glauben, was er mit dieser Frau gemacht hat, dass er sie betäubt und – und – und jetzt soll er all diese Menschen getötet haben? Warum? Mir tut es so leid um diese Frau Kassnitz, Jules Erzieherin. Das war eine so nette Frau. Sie hat mir beigestanden, als ich mich von Benedikt getrennt habe, hat sich sehr liebevoll um Jule gekümmert. Die beiden hatten ein ganz besonderes Verhältnis zueinander. Wieso hat Benedikt ihr das angetan? Ich erkenne ihn nicht wieder. Das ist nicht der Mann, den ich geheiratet habe.«

Rita Schmitt räusperte sich. »Wir würden gern von Ihnen wissen, ob Ihr Mann irgendeinen Platz hat, an dem er sich verstecken könnte. Oder einen Freund, der ihm Unterschlupf gewähren würde.«

Natalie verhakte ihre Finger und schüttelte den Kopf. »Ich weiß nicht. Sein bester Freund ist eigentlich Marc. Sein Bruder. Ist er denn nicht dort?«

235

»Leider nicht. Er ist verschwunden. Marc übrigens auch.« Rita warf Halverstett einen Blick zu. Der nickte zustimmend.

»Sind die beiden zusammen untergetaucht?«

»Das wissen wir nicht«, antwortete Rita. »Gibt es sonst niemanden, bei dem er sein könnte?«

»Nicht, dass ich wüsste. Aber was weiß ich schon. Benedikt ist ein Fremder. Ich kenne ihn nicht mehr.«

»Was ist mit diesem Alexander Häckner, von dem er den Wagen geliehen hat?«

»Ist ein alter Schulfreund. Aber Benedikt mag ihn nicht einmal besonders. Alex hat immer an ihm geklebt wie eine Klette, hat ihn bewundert, ihm dauernd irgendwas geschenkt. Ich weiß auch nicht, warum. Benedikt war das eher lästig. Ich glaube nicht, dass er ihn ins Vertrauen ziehen würde.«

»Ist Marc auch mit Alex befreundet?«, wollte Halverstett wissen.

»Nein, ich glaube nicht. Marc ist ja zwei Jahre jünger. Aber ich weiß es nicht genau.«

»Ach, da fällt mir was ein«, rief Rita. »Wir haben Bilder von Marc und Benedikt, aber die sind alle ein paar Jahre alt. Haben Sie ein neueres Foto von Ihrem Mann, das sie uns geben können? Vielleicht auch eins von Marc?«

Natalie stand auf. »Ja, die muss ich nur oben holen. Dann kann ich gleich mal nach Jule sehen. Sie ist so verdächtig still.« Sie verzog den Mund, doch ihr Lächeln erreichte ihre Augen nicht.

Es dauerte wieder ziemlich lange, bis Natalie Simons zurückkam. Sie legte zwei Fotos auf den Tisch. »Die sind von Marcs vierzigstem Geburtstag im letzten Jahr. Es sind die aktuellsten, die ich habe.«

Rita studierte die beiden Bilder. »Sehen sich recht ähnlich die beiden«, stellte sie fest.

»Ja, das stimmt. Benedikt sieht nur ein wenig solider aus als Marc. Das war es, was mir so an ihm gefallen hat. Er hat so eine Zuverlässigkeit ausgestrahlt.« Sie nahm eins der Fotos und blickte es gedankenverloren an. Rita wurde blass. Hastig sah sie zu Halverstett, der rasch nach dem zweiten Foto griff. »Das ist Marc?«, fragte er.

»Ja.«

Halverstett nahm ihr das andere Foto aus der Hand und warf einen Blick darauf. Dann stieß der einen Fluch aus und griff zum Telefon.

*

Die Fledermäuse! Sie flatterten wieder durch ihren Bauch, schlugen mit ihren Flügeln gegen die Magenwände. Dabei stießen sie grässliche, schrille Laute aus, die in ihrem Inneren widerhallten. Katrin hielt sich die Ohren zu, doch es nützte nichts. Das Kreischen war in ihr, rollte ihre Kehle hoch und stürzte sich aus ihrem Mund. Jetzt hatten auch die Fledermäuse den Weg ins Freie entdeckt, heftig flatternd krochen sie durch ihren Rachen, krallten sich mit ihren winzigen Pfoten in ihre Zunge. Sie wollte schreien, doch nur das fremde, schrille Kreischen quoll ihr über die Lippen, das nicht zu ihr gehörte, sondern zu diesen furchtbaren, flügelschlagenden Geschöpfen. Ihr Mund war jetzt zum Bersten voll.

Sie würgte, schnappte gierig nach Luft. Das Kreischen wurde immer lauter. Unerträglich.

Katrin riss die Augen auf. Keine Fledermäuse. Aber ein schriller Ton. Ein Telefon. Sie versuchte, sich zu orientieren, doch es war dämmrig, und sie konnte kaum etwas sehen. Der Ton erstarb. Katrin setzte sich auf. Ihr war plötzlich kalt. Sie fuhr mit den Händen über ihre Arme. Sie waren nackt. Hastig blickte sie an sich herunter. Sie trug ihre Hose. Sogar die Stiefel hatte sie noch an. Doch ihr Oberkörper war unbekleidet. Sie blickte sich panisch in dem Zimmer um, versuchte, sich zu erinnern. Die fremde Wohnung. Benedikt. Was war passiert?

Ihr Pullover lag über der Sofalehne. Während sie ihn anzog, überlegte sie fieberhaft, doch es gelang ihr nicht, die verschwommenen Bilder in ihrem Kopf zu einem sinnvollen Ganzen zusammenzusetzen. Ihr Blick fiel auf den Tisch. Ein Handy lag dort. Katrin stutzte. Es sah genau aus wie ihr eigenes, das seit einer Woche verschwunden war. Zögernd griff sie nach dem Telefon. Wie lange mochte sie hier auf dem Sofa gelegen haben? Zehn Minuten? Zwei Stunden? Noch länger? Sie hatte jedes Zeitgefühl verloren. Hatte Manfred ihre Nachricht gefunden? War er überhaupt schon zu Hause?

Unter dem Handy lag ein Zettel: ›Sie haben es letzte Woche bei meinem Bruder liegen gelassen. Es hat mir gute Dienste geleistet. Danke. B.‹

Katrin starrte die Worte ungläubig an. Ihre Gedanken wollten ihr immer noch nicht gehorchen. Quälten sich unendlich langsam und ungeordnet durch ihren Kopf. Benedikt hatte ihr Handy benutzt? Wozu?

238

Benedikt. Marc. Sie musste die Polizei rufen! Oder hatte Benedikt das schon getan? Vielleicht war er deshalb verschwunden. Er war auf dem Präsidium. Sie erinnerte sich plötzlich. Er hatte ihr den Rücken massiert. Und dabei musste sie eingeschlafen sein. Erleichtert atmete sie auf. Alles war in Ordnung. Kein Grund zur Panik. Sie griff nach ihrer Jacke, stand auf und lief in die Diele. Die Wohnungstür war abgeschlossen. Sie rüttelte. Nichts zu machen. Mist! Wieso hatte er sie eingeschlossen? Das ergab keinen Sinn. Langsam ging sie zurück ins Wohnzimmer. Am besten, sie würde Manfred anrufen. Der konnte sie sicherlich hier rausholen.

Katrin betrachtete das Mobiltelefon, das sie immer noch in der Hand hielt. Sie erinnerte sich jetzt, dass ihre Mutter angerufen hatte, als sie am vergangenen Montag bei Marc gewesen war und mit ihm über dem Konzept für das Buch gebrütet hatte. Danach musste sie das Handy auf dem Tisch liegen gelassen haben. Bei dem Gedanken, wie sie dort mit Marc gesessen hatte, ohne zu ahnen, dass er ein mehrfacher Mörder war, wurde ihr wieder übel. Sie hatte sogar mit ihm über den Henker gesprochen, ihm erzählt, dass sie den Toten am Schillerplatz entdeckt hatte. Kein Wunder, dass er so einsilbig reagiert hatte. Wieso war ihr das nicht gleich aufgefallen?

Er war ihr von Anfang an unsympathisch gewesen. Schon in der Kneipe, als sie sich zum ersten Mal getroffen hatten. Ihr Instinkt hatte sie also nicht getrogen. Sie sollte sich demnächst noch mehr auf ihn verlassen.

Plötzlich stockten ihre Gedanken. Ihre Hände wurden eiskalt, ihr Herz hämmerte. In der Kneipe. Verdammt! Sie war so eine Idiotin! Dumm. Blind. Gemeinsam mit Manfred hatte sie die Notizen durchgesehen, die er sich bei den Pressekonferenzen im Polizeipräsidium gemacht hatte. Details zum Tatablauf, natürlich nicht alle. Ein paar Kleinigkeiten blieben immer unter Verschluss, damit das Geständnis des Täters, wenn es denn irgendwann eins geben sollte, anhand ebendieser Kleinigkeiten auf seine Glaubwürdigkeit hin überprüft werden konnte.

Die Obduktionsergebnisse. Der Todeszeitpunkt. Verdammt! Wie hatte sie das nur vergessen können! Elisabeth und Bertram Kassnitz waren am Sonntagabend gegen halb zehn aus ihrem Haus entführt worden. Der Tod trat bei beiden zwischen zehn Uhr und zehn Uhr zwanzig ein, bei Bertram Kassnitz ungefähr fünf Minuten früher als bei seiner Frau. Katrin hatte sich um neun Uhr mit Marc in der Kneipe verabredet, er kam etwas später, also gegen zehn nach neun. Als sie sich vor der Kneipe voneinander verabschiedeten, war es kurz nach halb elf gewesen, Katrin erinnerte sich, dass sie auf die Uhr gesehen hatte. Marc konnte die Tat nicht begangen haben, denn er war die ganze Zeit mit ihr zusammen gewesen, sie selbst war sein Alibi.

Katrin stöhnte. Benedikt hatte sie reingelegt. Sie hatte sich an der Nase herumführen lassen wie ein kleines Mädchen. Fassungslos setzte sie sich zurück auf das Sofa. Nach und nach wurde ihr bewusst, in welcher Gefahr sie geschwebt hatte. Sie hatte sich von einem Mörder den Rücken massieren lassen, sich vollkommen in seine Gewalt begeben.

Der Weinbrand. Als er ihr das Glas reichte, hätte sie es doch ahnen müssen! Genau wie bei Carina. Der hatte er auch etwas ins Glas getan. Deshalb war sie so benommen gewesen. Sie legte das Handy neben sich und fuhr sich mit den eiskalten, schweißnassen Händen über die Oberschenkel, um das Zittern in den Griff zu kriegen. Sie musste die Polizei anrufen. Halverstett würde ihr den Kopf abreißen. Ihretwegen war Benedikt entkommen. Das hatte sie davon, dass sie auf eigene Faust losgezogen war. Sekundenlang starrte sie auf das Telefon, das stumm auf dem Sofa lag, wartete darauf, dass ihre Finger sich so weit beruhigten, dass sie die Tasten betätigen konnte.

Plötzlich hörte sie ein Geräusch. Erschrocken lauschte sie. Alles war still. Womöglich hatte sie sich getäuscht. Da wieder! Ein dumpfes Poltern. Katrin starrte auf die Tür, hinter der das Schlafzimmer liegen musste. Benedikt? War er doch noch in der Wohnung?

Vorsichtig schlich sie näher. Da war es wieder. Sie drückte die Klinke hinunter, die Tür war nicht verschlossen. Vor der Heizung, eingequetscht zwischen Bett und Schrank, lag Marc, Füße und Hände gefesselt, einen schwarzen Schal vor dem Gesicht. Katrin stürzte zu ihm und riss ihm den Knebel vom Mund.

»Die Polizei! Schnell! Katrin, du musst die Polizei rufen! Benedikt – ich wollte es einfach nicht wahrhaben. Er ist – er hat –«

»Ich weiß.« Katrin begann, an dem Knoten zu zerren.

»Lass das, ruf erst die Polizei«, rief Marc.

Katrin setzte sich neben ihn. »Die suchen doch schon nach ihm.«

»Er ist noch nicht fertig, er wird weiter morden. Er hat etwas von den Hexen erzählt, die als Nächstes dran sind.«

»Scheiße.« Sie griff nach ihrem Handy. In der Hosentasche fand sie den Zettel mit Halverstetts privater Nummer. Dem brauchte sie nicht lange alles zu erklären, er würde sofort verstehen.

Nachdem sie telefoniert hatte, holte sie eine Schere aus der Küche und schnitt die Fesseln durch. Gemeinsam saßen sie auf dem großen Ehebett mit der geblümten Tagesdecke. Marc rieb sich die Handgelenke. »Er hat mir irgendwas über den Schädel gezogen, ich hatte keine Chance.«

»Seit wann liegst du hier?«

»Gestern Nachmittag. Er war ein paar Mal hier, hat mich sogar zur Toilette gebracht und mir danach schön säuberlich die Beine wieder verschnürt. Hin und wieder hat er mir was zu trinken eingeflößt. Ich fürchte, da war was drin, um mich ruhig zu halten, aber ich hatte solchen Durst. Wie hast du mich eigentlich gefunden?«

Katrin senkte verlegen den Kopf. Dann erzählte sie ihm, was passiert war. Sie war noch nicht ganz fertig, als es an die Tür klopfte. »Aufmachen! Polizei!«

Katrin lief in die Diele. »Wir sind hier eingesperrt!«

»Weg von der Tür!«

Eine Minute später wimmelte es von Polizisten in der kleinen Wohnung. Halverstett tauchte auf und setzte sich zu Katrin und Marc auf das Bett. Erneut berichtete

242

Katrin, was passiert war. »Eins verstehe ich immer noch nicht«, sagte sie schließlich. »Marc hat Schuhgröße zweiundvierzig, Benedikt dreiundvierzig. Und die Abdrücke am Tatort waren Größe zweiundvierzig. Wie passt das zusammen?«

»Wir haben die Schuhe zu den Abdrücken heute Vormittag in Ihrer Wohnung gefunden.« Halverstett sah Marc an. »Schwarze Turnschuhe. Sind das Ihre?«

Marc nickte. »Die habe ich seit einer Ewigkeit nicht mehr angehabt.«

»Ich vermute, Ihr Bruder hat sie getragen, wenn er die Morde begangen hat. Man kann sich durchaus in einen Schuh quetschen, der eine Nummer zu klein ist.«

»Er wollte den Verdacht auf mich lenken?« Marc sah entsetzt aus.

»Nein, das glaube ich nicht. Er wollte einfach nur, dass wir ihn aufgrund der Schuhgröße als Täter ausschließen. Deshalb hat er sich auch keine Mühe gegeben, seine Spuren zu verwischen.« Alle drei schwiegen kurz.

»Ich wollte es einfach nicht glauben«, sagte Marc dann. »Ich hatte Benedikt im Verdacht, seit ich das mit dem Mord an dem Polizisten erfahren hatte. Karl Binder. Den Namen kannte ich noch. Ich wusste genau, wie sehr Benedikt diesen Mann verabscheute. Nachdem Binder und seine Leute den Massagesalon auf den Kopf gestellt hatten, blieb die Kundschaft aus. Obwohl sie keine Beweise gefunden hatten. Als die Nachricht von dem Mord im Radio kam und Benedikt gar nicht reagierte, wurde mir mit einem Mal ganz anders. Ich habe Benedikt nicht darauf angesprochen, aber ich habe angefangen, Nachforschungen anzustellen. Ich war sogar im Stadtarchiv wegen der Richtplätze.«

»Ach, dann warst du der Journalist, von dem mir die Frau erzählt hat«, rief Katrin.

Marc nickte. »Alles deutete auf Benedikt als Täter hin, aber ich wollte es nicht wahrhaben. Genauso wenig, wie ich auch nur eine Sekunde geglaubt habe, dass er dieser Frau etwas angetan hat. Das glaube ich nach wie vor nicht. Aber was die Morde angeht …« Er verstummte.

Halverstett sprach in die Stille. »So, ich möchte mich noch kurz allein mit der jungen Dame unterhalten. Würden Sie uns bitte entschuldigen?«

Marc humpelte zur Tür und verschwand.

»Ich weiß«, Katrin starrte auf ihre Stiefelspitzen, während sie sprach. »Ich hätte nicht hierher fahren dürfen. Das war total idiotisch.«

»Lebensmüde.«

»Ich war so sicher, dass Marc der Henker ist.«

»Nichts ist sicher. Außerdem ist das Sache der Polizei.«

»Ja.«

»Geben Sie mir Ihre Hand.«

Katrin sah überrascht auf.

»Ihre Hand. Machen Sie schon.«

Zögernd streckte sie die Hand aus.

»Keine Alleingänge mehr, versprechen Sie es.«

»Ich verspreche es.«

»Was versprechen Sie?«

»Ich verspreche, dass ich keine Alleingänge mehr mache.«

244

Halverstett sah sie streng an. »Ich gehe davon aus, dass Ihr Wort etwas wert ist.«

Katrin nickte. Ein dicker Kloß saß ihr im Hals. Sie kam sich dämlich vor, und dabei hatte sie sich eingebildet, besonders clever zu sein.

»Wir haben uns auch von ihm reinlegen lassen«, sagte Halverstett. »Gestern Abend hätten wir ihn verhaften können. Er hat sich als sein Bruder ausgegeben, und wir haben es nicht gemerkt.«

»Die beiden sehen sich ziemlich ähnlich.«

»Trotzdem hätte das nicht passieren dürfen. Wir hätten uns von diesem angeblichen Marc Simons den Personalausweis zeigen lassen sollen und nicht einen jahrzehntealten Führerschein. Das war absolut dilettantisch.« Halverstett seufzte.

In dem Moment betrat Rita Schmitt das Zimmer. »Kann ich kurz stören? Ich habe hier die Liste aller Leute, die heute das Haus betreten oder verlassen haben.«

»Ich nehme an, Benedikt Simons ist nicht dabei.«

»Niemand, der ihm auch nur annähernd ähnlich sieht.«

Halverstett seufzte. »Lass trotzdem mal hören.«

Rita warf einen kurzen Blick auf Katrin, doch Halverstett nickte.

»Gut. Es haben das Haus betreten: neun Uhr siebzehn, der Briefträger, kommt nach vierzig Sekunden wieder heraus, zehn Uhr siebenundfünfzig, zwei Personen, ein Mann und eine Frau –«

»Ja ja, das waren wir. Lass den Vormittag weg. Katrin, wann sind Sie gekommen?«

Katrin öffnete den Mund, doch Rita war schneller. »Zwölf Uhr dreiundzwanzig, junge Frau, braune Haare, beigefarbene Steppjacke.«

»Okay«, sagte Halverstett. »Alle, die danach das Haus verlassen haben.«

Rita studierte den Zettel. »Also, da war eine Frau, die ging, als Katrin kam.«

»Die können wir vergessen. Das ist zu früh.«

»Bleiben noch drei Personen. Vierzehn Uhr drei, Ehepaar mit Kinderwagen, Frau blond, roter Mantel, Mann schwarze Haare, graue Jacke, Kinderwagen türkis. Und vierzehn Uhr siebenundfünfzig: Frau, dunkelblauer Mantel, Hut, große Plastiktüte.«

Halverstett stand auf und blickte aus dem Fenster. »Und hinten raus? Über die Höfe?«

»Nichts.« Rita Schmitt zuckte mit den Schultern. »Das Ehepaar ist eben wieder zurückgekommen. Die habe ich gesehen.«

Katrin sprang auf und öffnete den Kleiderschrank. Sorgfältig musterte sie die gefaltete Wäsche. »Sehen Sie«, rief sie. »Hier liegen Bügel mit Röcken auf dem Boden. Keine Frau verreist und lässt ihre Röcke wochenlang auf dem Schrankboden zerknittern. Da hat jemand was gesucht.«

Halverstett fuhr herum und begutachtete den Schrankinhalt. Dann wandte er sich an Rita. »Frag nach, in welche Richtung die Frau mit dem Hut gegangen ist!«

Während Rita telefonierte, sahen Halverstett und Katrin sich schweigend an. Katrin hoffte, dass ihre Eingebung richtig war, vielleicht konnte sie so ihren Patzer

246

von vorhin ein bisschen wiedergutmachen. Hätte sie Halverstett angerufen, statt selbst in die Wohnung zu fahren, wäre Benedikt längst verhaftet. Wenn er weitere Morde beging, war sie dafür verantwortlich. Sie biss sich auf die Lippe.

Rita beendete das Gespräch. »Sie ist mit einem weißen Mercedes weggefahren. Dem Kollegen ist übrigens aufgefallen, dass sie sehr merkwürdig gelaufen ist, so als hätte sie Probleme mit den Beinen.«

»Oder als trüge sie zum ersten Mal in ihrem Leben hochhackige Schuhe.« Halverstett ballte die Hand zur Faust. »Ruf die Kollegen an, die vor dem Haus in Benrath stehen. Sie sollten auf eine Frau mit einem weißen Mercedes achten.«

In dem Augenblick wurde Marc am Schlafzimmer vorbei zur Tür geführt.

»Halt!«, rief Halverstett. »Herr Simons, Ihre Nachbarn, haben die ein Auto?«

»Die Schuberts?« Marc runzelte die Stirn. »Ja, einen weißen Mercedes, glaube ich. Warum?«

»Danke, das war's schon. Wir sehen uns auf dem Präsidium.« Halverstett warf Rita Schmitt, die gerade ihr Handy zusammenklappte, einen Blick zu. Ihr Gesicht war blass. Katrin durchzuckte eine schreckliche Ahnung. Angstvoll sah sie die Polizistin an.

»Wir sind zu spät«, erklärte Rita. »Die Frau im weißen Mercedes ist vor einer halben Stunde vor dem Haus in Benrath aufgetaucht. Sie hatte offenbar einen Schlüssel. Die Kollegen haben sie für eine Verwandte gehalten. Vor ein paar Minuten ist der Mercedes aus der Einfahrt gerollt und in Richtung Koblenzer Straße verschwunden. Es saß nur die Frau drin. Aber man konnte natürlich nicht sehen, ob was im Kofferraum war.«

»Haben die Kollegen das Haus durchsucht?«

Rita nickte. »Gerade eben. Keine Spur von Natalie und Jule Simons.«

Halverstetts Körper spannte sich an. »Leite die Fahndung nach dem Wagen ein. Hast du das Kennzeichen?«

Rita nickte erneut.

»Und ich will, dass alle bekannten Richtplätze observiert werden. Okay?«

Katrin suchte Halverstetts Blick, aber der hatte sich bereits abgewandt. »Es tut mir so leid«, sagte sie, doch niemand schien sie zu hören.

Als sie vor die Haustür trat, bog gerade Manfreds Geländewagen um die Ecke. Sie rannte ihm entgegen. Er bremste ab, stieg aus und nahm sie in die Arme. »Ich hab alles verbockt«, murmelte sie unter Tränen. »Wenn sie sterben, ist es meine Schuld.«

18

Der Nebel war zurückgekommen. Gierig streckte er seine bleichen, dürren Finger nach der Stadt aus, glitt durch die Straßen, schlängelte sich zwischen den Häusern hindurch, bis er den letzten Winkel erobert hatte.

Die Hundeführer, die mit ihren Tieren den Gallberg im Nordosten von Düsseldorf absuchten, stolperten blind durchs Gestrüpp. Der Schein ihrer Taschenlampen irrte ziellos durch den weißen Dunst. Experten hatten erklärt, der Name Gallberg habe sich mit großer Wahrscheinlichkeit aus dem älteren Wort Galgenberg entwickelt. Auch hier musste es also früher einmal einen Richtplatz gegeben haben. Alle anderen Orte in der Stadt, die irgendwie mit Rechtsprechung zu tun hatten, wurden ebenfalls unter die Lupe genommen und von der Polizei überwacht. Selbst das Amtsgericht in der Altstadt und das Oberlandesgericht in der Cecilienallee wurden von oben bis unten durchforscht. Letzteres befand sich direkt am Rheinpark, in Sichtweite des Ortes, an dem einst Düsseldorfs erster Galgen gestanden hatte und wo eine Woche zuvor das Ehepaar Kassnitz aufgeknüpft worden war.

Doch obwohl Hunderte von Polizeibeamten nach ihnen suchten, Benedikt, Natalie und Jule Simons blieben spurlos verschwunden, so als hätte der Nebel sie verschluckt. Auch der weiße Mercedes wurde nicht gesichtet.

Kriminalhauptkommissar Klaus Halverstett schob die Unterlagen auf seinem Schreibtisch hin und her. »Irgendwas übersehen wir, aber ich weiß einfach nicht, was es sein könnte.«

Rita Schmitt, die gerade Marc Simons' Aussage abtippte, sah ihn an. »Ich weiß, was du meinst. Ich habe auch das Gefühl, dass die Lösung zum Greifen nah ist, doch ich kriege sie einfach nicht zu fassen.«

»Haben wir wirklich an alle Richtplätze gedacht? Auch die, die nicht so offensichtlich sind?«

»Ich denke ja. Aber es gibt so viele Orte, die in Frage kommen. Außerdem wäre es möglich, dass er in eine Nachbargemeinde ausweicht. Was, wenn er sich einen Richtplatz in Neuss oder Ratingen sucht? Oder noch weiter weg? Wenn Simons es wirklich darauf anlegt, seine Frau und seine Tochter an einem Richtplatz umzubringen, dann schafft er das auch. Da haben wir gar keine Chance, das zu verhindern. Wir können nicht überall sein.«

Halverstett stand auf und starrte in den Nebel, der sich immer dichter über den Parkplatz vor dem Präsidium legte. Inzwischen war es fast fünf, und die Dämmerung hatte eingesetzt. Die Wahrscheinlichkeit, die drei rechtzeitig zu finden, wurde immer geringer. »Ich versuche die ganze Zeit, mich in ihn hineinzuversetzen. Was würde ich tun? Wie würde ich meine Frau und meine Tochter umbringen wollen, von denen ich glaube, dass sie mich verraten haben?«

Sein Handy klingelte. Maren Lahnstein.

»Wie sieht es aus?«

»Nicht gut.« Halverstett drückte seine Stirn an die kühle Fensterscheibe, froh, ihre Stimme zu hören, verunsichert, da Rita jedes Wort mithörte, das er sagte, und gereizt, weil es der falsche Augenblick war.

»Ich habe gehört, dass er seine Frau und seine Tochter entführt hat. Glauben Sie, er würde ihnen wirklich etwas antun?«

»Davon müssen wir ausgehen, ja.«

»Dann will ich nicht länger stören. Ich wollte Ihnen nur sagen, dass ich an Sie denke.«

Halverstett schloss die Augen. Sekundenlang verschwanden der Parkplatz, sein Büro, sogar der Henker und seine Opfer aus seinem Leben. Leere hüllte ihn ein wie eine warme Decke. Vergessen.

Als er zu einer Antwort ansetzte, hatte sie die Verbindung bereits unterbrochen.

*

Das heiße Wasser tat gut. Es strömte ihren Rücken hinunter und wärmte sie, doch es spülte nicht die Schuldgefühle weg, die sie auffraßen wie ein ausgehungertes Monster, das sie von innen her verschlang. Katrin drehte den Wasserhahn zu und stieg aus der Dusche. Sie wickelte sich in das große rosa Badetuch und tappte barfuß in die Küche, wo Manfred den Tisch gedeckt hatte.

»Ich dachte schon, du wärst unter der Dusche eingeschlafen. Hat es gutgetan?«

»Sehr.« Katrin ließ sich auf einen Stuhl fallen.

»Willst du dir nichts anziehen? Nicht, dass du dich erkältest.« Er sah Katrins Blick und zuckte mit den Schultern. »Ganz wie du meinst.« Schwungvoll knallte er ein Holzbrett auf den Tisch und platzierte darauf eine große Pfanne mit Bratkartoffeln. »Hunger?«

»Ich glaube schon.«

»Das hat nichts mit Glauben zu tun.« Manfred füllte die Teller. »Bitte versuch, nicht an diese Henkergeschichte zu denken. Wenigstens für eine halbe Stunde. Mach dich nicht verrückt.«

Katrin griff nach der Gabel. »Du hast gut reden.«

»Ich weiß, dass du dir Vorwürfe machst.« Manfred schob sich eine Ladung Bratkartoffeln in den Mund und verzog das Gesicht, als er sich die Zunge verbrannte. »Du hast dich ja auch ziemlich blöd benommen. Aber passiert ist passiert. Du kannst es nicht ungeschehen machen. Noch gibt es keine neuen Horrormeldungen. Vielleicht findet die Polizei sie ja rechtzeitig. Okay? Und jetzt wechseln wir das Thema.«

»Ganz wie du meinst.«

»Vorhin hat übrigens deine Mutter angerufen. Ob wir am Samstag zum Essen kommen.«

»Ach ja.« Katrin schlug sich mit der Hand vor die Stirn. »Sie hat letzte Woche schon mal angerufen. Als ich bei – na ja, jedenfalls hat sie angerufen. Ich hatte versprochen zurückzurufen. Aber ich bin nicht dazu gekommen.«

»Ich habe zugesagt.« Manfred kaute. »Ist dir doch recht?«

Katrin nickte abwesend.

Den Rest der Mahlzeit bemühten sie sich, über belanglose Dinge zu sprechen. Sie machten sogar Urlaubspläne. Katrin wollte nach Irland, Manfred lieber irgendwohin, wo es wärmer und sonniger war. Am Ende warfen sie eine Münze, und Manfred tröstete sich damit, dass es in Irland wenigstens gemütliche Pubs und gutes Bier gab, egal, wie heftig es draußen regnete.

Katrin schlüpfte in Jeans und Pullover, während Manfred die Küche in Ordnung brachte. Danach machten sie es sich im Wohnzimmer bequem. Manfred setzte sich auf die Couch, Katrin legte den Kopf auf seinen Schoß und streckte die Beine aus. Sie schloss die Augen.

»Geht es dir besser?«, fragte Manfred.

Sie nickte stumm.

»Soll ich dir was vorlesen?« Er angelte ein Buch aus dem Regal, das hinter der Couch stand. »Was haben wir denn hier? Grimms Märchen. Wie wär's damit?«

»Keine Horrorgeschichten bitte«, murmelte Katrin. »Hast du nichts Netteres im Angebot?«

»Doch sicher. Allerdings hast du hier bei jeder Geschichte ein garantiertes Happy End. Ein unschlagbarer Vorzug. Also, überleg es dir.«

»Ja, neben Teufeln, Rabeneltern und Menschenfressern. Wunderbar.«

»Hexen, nicht zu vergessen. Aber die werden ja verbrannt.«

Katrins Kopf schoss hoch. »Sag das noch mal!«

»Schon gut, schon gut. Ich suche was anderes raus. Wo hast du denn die Liebesromane stehen?«

»Ich meine es ernst. Sag es noch mal.«

»Hexen? Hexen werden verbrannt. Was ist los?«

Katrin sprang auf. »Ich muss Halverstett anrufen. Hexen! Benedikt hat von Hexen gesprochen. Marc hat es mir erzählt. Die Hexen seien als Nächstes dran.« Sie rannte in die Küche, wo ihr Handy lag. Halverstett meldete sich nicht. Katrin sprach auf die Mailbox. Unruhig lief sie hin und her. »Verdammt! Warum geht der nicht dran?«

Manfred war ebenfalls in die Küche gekommen. »Ich verstehe nicht ganz. Was ist los?«

»Benedikt hat gesagt, die Hexen sind als Nächstes dran. Er hat es wörtlich gemeint. Es gibt einen berühmten Fall von Hexenverbrennung in Düsseldorf. In Gerresheim, um genau zu sein. Damals war das ja noch eine eigenständige Stadt. Dort hat die letzte Hexenverbrennung im Rheinland stattgefunden. Zwei Frauen, eine junge und eine ältere. Es gibt einen Gedenkstein an der Stelle, an der es angeblich passiert ist.«

»Ach du Scheiße. Komm!«

»Was hast du vor?«

»Hinfahren! Wir können die Polizei von unterwegs anrufen, aber bis wir alles erklärt haben, ist es vielleicht zu spät, mach schon, zieh deine Schuhe an!«

»Ich habe Halverstett mein Wort gegeben.«

»Was hast du versprochen?«

»Keine Alleingänge mehr.«

»Du bist doch nicht allein.«

Katrin stöhnte, dann schlüpfte sie in ihre Stiefel. Während Manfred über die Kruppstraße heizte, versuchte Katrin, dem Polizisten in der Leitstelle die Sache zu er-

254

klären. Der versprach, die Information weiterzuleiten, doch er machte deutlich, dass in den letzten Stunden unzählige derartige Hinweise eingegangen waren, die offenbar alle zu nichts geführt hatten. Wieder versuchte sie, Halverstett auf seinem Handy zu erreichen, doch ohne Erfolg.

Manfred bog mit quietschenden Reifen in den Hellweg. »Woher weißt du das eigentlich alles? Das mit den Hexen, meine ich. Hast du dieses Geschichtsreferat damals in der Schule auswendig gelernt?«

»Quatsch. Ich habe in der letzten Woche jede Menge Texte über Düsseldorf gelesen. Schließlich wollte ich mit Marc Simons zusammen einen Bildband herausgeben, schon vergessen? Ein paar Dinge bleiben einem im Gedächtnis haften.«

»Wann war denn diese Hexenverbrennung?«

»Irgendwann im achtzehnten Jahrhundert. Ein junges Mädchen, das vermutlich geistig verwirrt war, hat sich selbst und seine Nachbarin der Hexerei bezichtigt. Diese Nachbarin hat natürlich versucht, das Mädchen zu bewegen, die Behauptung zurückzunehmen. Aber das hat sie nicht getan. Unter der Folter hat dann auch sie schließlich gestanden.«

»Wie furchtbar. Erinnerst du dich auch noch, wo genau dieser Gedenkstein steht?«

»Dreherstraße Ecke Schönaustraße, du brauchst einfach nur geradeaus zu fahren, dann stoßen wir direkt darauf. Hoffentlich ist es noch nicht zu spät!«

Vier Minuten später bremste Manfred vor dem kleinen Rasenplatz, auf dem die steinerne Skulptur stand, die an die Verbrennung der beiden Frauen erinnern sollte. Katrin sprang aus dem Wagen. Der Platz war leer, die kahlen Bäume reckten sich stumm in den Himmel.

Manfred schritt unruhig die Wiese ab. Sein Blick schweifte hin und her, doch mittlerweile war es vollkommen dunkel, und die Straßenbeleuchtung war dem Nebel nicht gewachsen. »Dort drüben ist ein Park.« Er deutete auf die andere Straßenseite. »Vielleicht sind sie da.«

Katrin hörte nicht zu, reglos stand sie vor dem Stein und entzifferte die Inschrift.

›Die Würde des Menschen ist unantastbar. Für Helene Mechthildis Curtes und Agnes Olmanns, in Gerresheim verbrannt am 19. August 1738 nach dem letzten Hexenprozess am Niederrhein, und für alle Gequälten und Ausgestoßenen.‹

»Katrin? Der Park!« Manfred zog sie am Ärmel.

Langsam hob sie den Kopf. »Riechst du was?«

Manfred ließ den Arm sinken. »Rauch. Er riecht verbrannt. Scheiße, wo kommt das her?«

Katrin blickte sich um. »Nicht aus dem Park jedenfalls, das Feuer müsste man sehen, auch durch den Nebel.«

»Eins der Häuser?«

Sie rannten los. Der kleine Platz, der den Beginn der Schönaustraße markierte, war von Mietshäusern gesäumt. Die meisten waren einförmig rotbraun verklinkert. Ein Stück die Schönaustraße hinunter blitze etwas Farbe an den Fronten, grün, rosa und orange. Hektisch liefen sie die Straße entlang, ließen ihren Blick über die Fassaden gleiten.

256

Dann sahen sie es. Qualm schlängelte sich aus einem Kellerfenster.

»Dieser Scheißkerl!« Manfred stürzte zur Haustür und presste die Hand auf alle Klingeln gleichzeitig. Katrin zog ihr Handy aus der Tasche und informierte hastig die Feuerwehr. Die Tür öffnete sich. Qualm waberte die Kellertreppe hoch.

Manfred sah Katrin an. »Lauf durchs Haus und sag den Leuten Bescheid! Ich sehe im Keller nach.« Er stürmte los.

»Pass auf dich auf!«, rief Katrin ihm hinterher, dann schlug sie mit der Faust gegen die erste Wohnungstür. Eine alte Frau öffnete. »Ich kaufe nichts.«

»Es brennt. Im Keller. Bitte verlassen Sie sofort das Haus.«

Die alte Frau riss entsetzt die Augen auf, doch Katrin hatte keine Zeit für lange Erklärungen. Immer zwei Stufen auf einmal nehmend rannte sie die Treppe hoch. In der ersten Etage öffnete niemand. In der zweiten traf sie eine Frau mit zwei kleinen Kindern an, die kaum Deutsch verstand. Erst als die junge Mutter den Qualm roch, begriff sie, brüllte ihren Kindern etwas zu und hastete die Treppe hinunter. Ganz oben wohnte ein älteres Ehepaar. Es brauchte unendlich lange, um zu begreifen, und noch viel länger, um die Treppe hinunter aus dem Haus zu laufen. Katrin rannte voraus. Als sie an der Haustür ankam, hörte sie von ferne das Martinshorn. Die Feuerwehr war unterwegs.

In dem Augenblick tauchte Manfred an der Kellertür auf. Er trug eine bewusstlose Frau über der Schulter. Natalie Simons. Kaum hatte er sie auf der Stufe im Hauseingang abgesetzt, sprang er wieder auf. »Kümmere dich um sie. Ich muss das Kind suchen.«

Aber er kam nicht weit. Auf der zweiten Stufe knickte er um und schrie laut auf. Katrin stürzte zu ihm. »Alles in Ordnung?«

»Mein Fuß!« Manfred versuchte aufzutreten, stöhnte leise und lehnte sich kraftlos gegen die Wand.

Katrin stand am Treppenabsatz und krallte sich an Manfreds Arm. Hinter ihr kam Natalie Simons zu Bewusstsein und wimmerte leise. »Hilfe! Hilfe, wo bin ich? Jule? Wo ist Jule?«

Manfred versuchte erneut, einen Schritt zu gehen, doch sein Bein rutschte unter ihm weg. Erschöpft ließ er sich auf der Treppe nieder und rieb sich den Knöchel. »Verflucht! Ich schaffe es nicht. Mein Bein. Ich kann nicht auftreten.«

Katrin hört ihn kaum, sie starrte auf die Kellertür, die sie hämisch angrinste. Ihr Herz hämmerte. Ihre Hände waren schweißnass und zitterten. Die Stufen fingen an zu tanzen, lockten aufreizend, verhöhnten sie.

»Jule!«, schluchzte Natalie hinter ihr. »Wo ist Jule?«

Katrin fasste nach dem Geländer und schloss die Augen. Vielleicht schaffte sie es, wenn sie nicht hinsah. Langsam, unendlich langsam tastete sie sich hinunter. Ihre Beine waren bleischwer, sträubten sich gegen jede Bewegung. In ihrem Kopf rauschte es, ihr ganzer Körper zitterte, Schweiß lief ihr den Rücken hinunter, und sie krallte sich an das Geländer, als hinge ihr Leben davon ab. Bei jedem Schritt glaubte sie, ins Unendliche zu stürzen, von der geifernden Treppe verschlungen zu werden. Doch nichts passierte.

Endlich spürte sie keine Stufe mehr. Sie war unten. Sie hatte es geschafft. Die Luft war unerträglich stickig, sie konnte kaum atmen. Zögernd ließ sie das sichere Geländer los und zog sich den Schal vors Gesicht. Sie musste die Augen öffnen, doch sie wagte es nicht. Noch einen Schritt. Angsterfüllt tastete sie nach der Tür und schob sich hindurch. Hitze schlug ihr entgegen, lähmte sie, brannte in ihrer Lunge. Schnell öffnete sie die Augen. Es war dämmrig, von links kam flackerndes Licht. Hastig streifte sie die Jacke ab und lief den Gang entlang.

»Jule! Jule!« Ihre Stimme klang gedämpft durch den Schal, heiser und fremd. Während sie rannte, stieß sie Türen auf, warf einen Blick in die Räume. Von dem Mädchen keine Spur. Die Luft wurde immer schlechter, sie merkte, wie ihr Kopf schwer, ihre Bewegungen immer unbeholfener wurden.

Weiter und weiter taumelte sie den Gang entlang, stolperte über eine Kiste mit alten Zeitungen und schlug gegen die Wand, die überraschend kühl war. Schließlich erreichte sie einen großen Raum, der in lauter kleine Parzellen unterteilt war. Schlichte Wände aus Holzlatten trennten die einzelnen Bereiche. Der hintere Teil stand in Flammen, die hölzernen Trennwände brannten lichterloh. Das Feuer fraß sich durch das Holz, das jämmerlich ächzte, und näherte sich mit atemberaubender Geschwindigkeit der Tür.

Ganz vorn zeichneten sich die Konturen einer schmalen, kleinen Gestalt vor dem flackernden Licht der Flammen ab. Jule. Ihre Hände waren zusammengebunden und über ihrem Kopf an die Latten des ersten Verschlags gefesselt. Das Mädchen hing schlaff davor, es war bewusstlos. Katrin stürzte zu ihm. Sie versuchte, den Knoten zu finden, doch der Qualm war zu dicht, um etwas zu erkennen. Kurzentschlossen trat sie mit dem Fuß kräftig gegen die Latten. Holz splitterte. Noch einmal trat sie zu. Jetzt brach die Latte. Katrin zog Jule zu sich und hob sie hoch. Sie war viel schwerer, als sie gedacht hatte. Nur mit Mühe schaffte sie es, den schlaffen Körper zurück durch den Gang zu tragen. Sie konnte sich kaum noch auf den Beinen halten, in ihrem Schädel pochte es, die Kellerwände drehten sich, ihre Beine knickten ein. Der Boden war hart, ein stechender Schmerz brannte sich in ihre Stirn, als sie mit dem Gesicht aufschlug. Dann spürte sie nichts mehr.

19

Etwas drückte auf ihr Gesicht. Katrin schnappte nach Luft und versuchte, das Ding von ihrem Mund wegzuschieben, doch es ließ sich nicht bewegen. Sie wachte auf. Ein Paar braune Augen sahen sie an.

»Da sind Sie ja wieder.«

Der Fremde nahm das Ding von ihrem Gesicht. Er trug einen weißen Kittel. Jetzt erkannte sie das Innere eines Rettungswagens. Sie versuchte, sich aufzurichten. »Was ist denn –?«, setzte sie an, doch ihre Stimme war zu schwach.

»Es ist alles in Ordnung.« Der Mann drückte sie sanft zurück auf die Liege. »Sie haben eine leichte Rauchvergiftung. Halb so wild. Das Mädchen und seine Mutter hat es schlimmer erwischt, aber es besteht keine Lebensgefahr. Sie sind auf dem Weg ins Krankenhaus.«

Katrin atmete tief durch. Langsam kam sie zu sich, spürte ein Ziehen im linken Bein, einen stechenden Schmerz an der Stirn, als der Sanitäter ihr ein Pflaster auf die Platzwunde klebte. Von draußen drangen Geräusche zu ihr. Ein Scheppern. Laute Rufe. Eine Stimme, die ihr bekannt vorkam.

»Natürlich kann ich da rein. Versuchen Sie mal, mich daran zu hindern!« Manfred tauchte an der Tür auf. Als er Katrin sah, lächelte er erleichtert. »Du machst vielleicht Sachen!« Er versuchte, in den Wagen zu klettern, doch sein verstauchter Knöchel machte ihm einen Strich durch die Rechnung.

»Warte«, rief Katrin, »ich komme raus.« Ihre Stimme klang annähernd wieder nach ihr selbst. Sie sah den Sanitäter an, der nickte und ihr aufhalf.

»Aber seien Sie vorsichtig.«

Mit seiner Hilfe krabbelte sie aus dem Wagen. Manfred schloss sie in die Arme. Sekundenlang blieben sie einfach so stehen, Feuerwehrmänner rannten an ihnen vorbei, ein Polizist brüllte Befehle, doch sie nahmen nichts davon wahr. Katrin hätte Manfred am liebsten nie wieder losgelassen, doch in dem Augenblick hielt ein Wagen dicht neben ihnen. Klaus Halverstett und Rita Schmitt sprangen heraus. Sie wechselten ein paar Worte mit einem Streifenbeamten, der aufgeregt auf sie einredete, dann ging Rita auf einen der Feuerwehrmänner zu, um mit ihm zu sprechen. Halverstett rief ihr noch etwas zu und näherte sich dann Katrin und Manfred.

Katrins Knie wurden weich.

Halverstett blieb wortlos vor ihnen stehen und musterte sie. »Setzen wir uns in meinen Wagen«, sagte er schließlich und marschierte voraus.

»Die Sache geht auf meine Kappe«, sagte Manfred, als sie beide auf der Rückbank saßen. »Ich habe Katrin überredet. Schließlich ging es darum, das Leben dieses Mädchens und seiner Mutter zu retten.«

»Habe ich irgendwas gesagt?« Halverstett starrte aus dem Fenster. Dann drehte er sich um. »Ich hatte gerade ein anderes Gespräch, als sie versucht haben, mich zu er-

262

reichen, Katrin. Ich bin froh, dass sie sich auf eigene Faust auf den Weg gemacht haben. *Diesmal!*« Er schwieg.

»Irgendeine Spur von Benedikt Simons?«, fragte Manfred in die Stille.

Halverstett schüttelte den Kopf.

Rita Schmitt öffnete die hintere Wagentür. »Ihre?« Sie hielt eine beigefarbene Steppjacke ins Auto, Katrin griff mechanisch danach. »Sie haben der Kleinen das Leben gerettet.« Einen Moment lang sah Rita Katrin an, als wolle sie noch mehr sagen, dann wandte sie sich an ihren Kollegen. »Da will dich jemand sprechen, Klaus.«

Halverstett nickte und stieß die Wagentür auf. »Lassen Sie sich von einem Streifenwagen nach Hause bringen. Und Sie, Kabritzky, sollten den Fuß versorgen lassen.« Er stieg aus und beugte sich noch einmal in den Wagen. »Morgen früh auf dem Präsidium. Alle beide. Sie wissen ja, wo Sie mich finden.« Er knallte die Tür zu und stapfte davon.

Katrin blickte auf Manfreds Fuß. »Vielleicht solltest du den wirklich nachsehen lassen. Womöglich ist er gebrochen.«

»Quatsch, der ist nicht gebrochen. Aber wenn es dich beruhigt, humpel ich mal da rüber.« Er deutete auf den Rettungswagen.

»Warte, ich helfe dir.« Katrin machte Anstalten, die Wagentür zu öffnen.

»Nein, bleib sitzen und ruh dich aus. Ich schaffe das schon.«

Manfred wand sich aus dem Auto und verschwand, Katrin blieb allein zurück und starrte auf das Durcheinander vor der Windschutzscheibe. Das Feuer war offenbar gelöscht, die Feuerwehrmänner rollten die Schläuche ein. Ein paar Gestalten in weißen Anzügen verschwanden im Haus, die Spurensicherung machte sich an die Arbeit. Neugierig beobachteten die Menschen das Geschehen, drängten sich an die Absperrung oder starrten aus den geöffneten Fenstern der Nachbarhäuser.

Katrins Handy klingelte. Es dauerte einen Augenblick, bis sie es aus der Jackentasche gefischt hatte.

»Ja? Hallo?«

»Ich hätte dir den Hals umdrehen sollen, als ich die Gelegenheit dazu hatte.«

*

Sekundenlang war Katrin wie gelähmt. Sie presste das Telefon ans Ohr, unfähig, etwas zu sagen oder zu tun.

»Hat es dir die Sprache verschlagen, du kleines Miststück?«

Allmählich setzte ihr Verstand ein, auch wenn ihr die Worte unbeholfen über die Lippen kamen. »Benedikt! Wo stecken Sie?« Während sie sprach, blickte sie aus dem Wagen, suchte fieberhaft ein bekanntes Gesicht. Rita Schmitt stand etwa zehn Meter von ihr entfernt und sprach mit einem Mann von der Feuerwehr. Doch sie sah nicht in ihre Richtung.

Benedikt lachte höhnisch. »Das wüsstest du wohl gern. Aber du bist doch so clever, vielleicht findest du es ja heraus.«

»Wie kommen Sie darauf, dass ich es herausfinden könnte?«

Wieder lachte er. Katrin hielt das Gerät von ihrem Kopf weg. Sein Lachen war furchtbarer als seine Worte. Es hatte etwas unbeschreiblich Grausames, Unmenschliches. Sie sah Jule vor sich, wie sie ohnmächtig an dem Holzverschlag gehangen hatte, hilflos den Flammen ausgeliefert. Er war ihr Vater. Wie hatte er das tun können?

»Du hast doch auch die Hexen gefunden.«

Katrin schluckte. Beinahe hätte sie das Handy fallen lassen. »Was?«, flüsterte sie ungläubig.

»Du hast die Hexen gefunden, Miststück, und jetzt, jetzt musst du mich finden. Sonst ist es nie vorbei.«

»Woher wissen Sie …?« Die Worte kamen automatisch, obwohl sie die Antwort kannte. Er war hier gewesen. Er hatte beobachtet, wie sie und Manfred das Haus gefunden hatten. Vielleicht war er immer noch in der Nähe. Angstvoll sah sie sich um, so als könne er jeden Moment neben dem Wagen auftauchen. Doch in dem Wirrwarr von Polizisten, Feuerwehrleuten und Schaulustigen konnte sie nichts Verdächtiges erkennen. Wieder blickte sie zu Rita Schmitt, winkte ihr zu, doch die Frau sah auf einen Zettel, den der Feuerwehrmann ihr gereicht hatte.

»Also, beweis mir, was du drauf hast, Engelchen. Du hast genau eine Stunde.« Die Verbindung wurde unterbrochen.

Katrin nahm benommen das Handy vom Ohr, starrte fassungslos nach draußen, ohne wirklich etwas zu sehen. Warum tat er das? Was wollte er von ihr? Aus der Menschenmenge löste sich eine Gestalt, ein Feuerwehrmann, der noch Schutzkleidung und Helm trug. Sein Gesicht war hinter der Schutzbrille nicht zu erkennen.

Zielstrebig marschierte er auf den Wagen zu, in dem Katrin saß. Panik flutete durch ihren Körper. Das musste er sein! Sie wollte schreien, aber kein Laut drang aus ihrem Mund. Sie wollte die Tür aufstoßen, wegrennen, doch sie saß starr auf der Rückbank des Wagens, als hätte sie jemand dort festgeklebt. Schon hundert Mal hatte sie solche Szenen im Film gesehen, sich geärgert, weil sie es unglaubwürdig fand, wenn die Opfer sich nicht wehrten, sondern alles hilflos mit sich geschehen ließen. Und jetzt sah auch sie ihrem eigenen Untergang entgegen, als wäre er ohnehin nicht mehr zu verhindern.

Kurz vor dem Wagen blieb der Mann stehen und zog den Helm vom Kopf. Jetzt endlich schrie Katrin und hämmerte gegen das Wagenfenster, weil sie in ihrer Angst den Türgriff nicht fand, und sie hörte auch nicht auf, als sich ein schokoladenbraunes Gesicht und lange dunkle Locken aus dem Kopfschutz herauspellten.

Zusammen mit Rita Schmitt, die den Schrei ebenfalls gehört hatte, stürzte der Feuerwehrmann auf den Wagen zu. Es dauerte fünf volle Minuten, bis Katrin halbwegs verständlich erzählen konnte, was soeben geschehen war.

»Er hat gesagt, Sie müssten ihn finden?« Rita sah Katrin ungläubig an. »Haben Sie denn eine Idee, wo er stecken könnte?«

»Keine Ahnung.« Katrin blickte dem Feuerwehrmann hinterher, der Katrin der Polizistin überlassen hatte, nachdem klar war, dass keine akute Notsituation vorlag. Noch immer saß ihr der Schock tief in den Knochen, auch wenn sie sich im Nachhinein ein wenig albern vorkam.

»Hat er gesagt, dass er wieder anruft?«

»Nein. Nur, dass ich eine Stunde habe, um ihn zu finden.«

»Na wunderbar.«

»Was ist mit weiteren Opfern? Silke Scheidt. Geht es ihr gut?«

Rita Schmitt nickte. »Die steht unter Polizeischutz. Ich habe gerade noch mit der Kollegin gesprochen, die bei ihr ist. Alles in Ordnung.«

»Das ist total irre.« Katrin lehnte sich zurück. »Ich habe keine Ahnung, was er vorhat. Wie kommt er nur darauf, dass ich es wissen könnte?«

»Es ist ein Machtspiel, nehme ich an.« Rita winkte Halverstett, der in ihrem Blickfeld aufgetaucht war. »Sie haben ihm die Tour vermasselt, jetzt muss er Ihnen und sich selbst beweisen, dass er trotzdem der Bessere ist.«

Nachdenklich starrte Katrin auf das Telefon in ihren Händen. »Ich verstehe, dass jemand ausrastet, wenn durch eine falsche Anschuldigung sein ganzes Leben aus den Fugen gerät. Aber so viel Hass …?«

*

Benedikt Simons starrte die Straße entlang. Eine kurze Sackgasse, rechts einförmige, schmale Reihenhäuser, links zwei Wohnblocks. Am Ende der Straße führten ein paar Stufen hinunter zu einer kleinen Kolonie mit Schrebergärten. Links dahinter, jenseits des Brückerbachs, schimmerte die hell erleuchtete Glaskuppel des botanischen Gartens der Universität durch den Nebel wie ein Fremdkörper aus einer anderen Welt. Von ferne hörte er das gleichförmige Rauschen der Schnellstraße. Unmittelbar über seinem Kopf stieß eine Krähe einen empörten Schrei aus und flatterte davon.

Er musterte das größere der beiden Mietshäuser. Bedächtig glitt sein Blick von Fenster zu Fenster. Manche warfen behagliches Licht auf die finstere Straße, manche starrten schwarz und ausdruckslos ins Leere wie blicklose Augenhöhlen. Hier irgendwo musste es passiert sein. Bei dem Gedanken an die beiden jungen Männer, die ein ähnliches Schicksal wie er selbst erlitten hatten, rollte eine warme Woge der Solidarität durch seinen Körper. Natürlich lag der Fall ganz anders, denn für die zwei war es am Ende glimpflich ausgegangen. Sie waren noch einmal davongekommen. Für ihn dagegen gab es kein Zurück mehr.

Ob Katrin ihn fand? Sicherlich. Schließlich hatte sie ihn verstanden, in gewisser Weise jedenfalls. Sie wusste, was er durchgemacht hatte wegen dieser ...

Sein Atem ging schneller. Unbändige Wut kochte in ihm hoch, wie jedes Mal, wenn er an sie dachte. Rasch fasste er in seine Jackentasche. Das kühle, harte Metall der Pistole strahlte etwas Beruhigendes aus. Er hatte die Macht. Er allein.

Allmählich atmete er ruhiger. Er würde Katrin noch einmal anrufen. Ihr einen kleinen Hinweis geben, damit sie ihn auch wirklich fand. Sie musste ihn finden. Und sie musste die Erste sein.

20

Sie saßen wieder im Wagen, Halverstett, Rita, Manfred und Katrin.

»Hast du versucht, ihn zurückzurufen?«, wollte Manfred wissen.

»Keine Chance, Nummer unterdrückt.« Katrin hielt das Telefon immer noch in der Hand.

»Ich halte es für möglich, dass er noch einmal anruft. Offenbar möchte er, dass Sie ihn finden.« Halverstett betrachtete nachdenklich das Lenkrad. »Oder zumindest, dass Sie ihn suchen. Falls er anruft, versuchen Sie, so lange wie möglich mit ihm zu sprechen. Bringen Sie ihn zum Reden. Jedes Detail könnte wichtig sein. Und achten Sie auf Hintergrundgeräusche. Haben Sie irgendwas gehört, als Sie mit ihm gesprochen haben? Andere Menschen? Verkehrslärm?«

»Nein. Nichts. Es war ganz still.«

»Also war er in einem Gebäude?« Rita Schmitt legte die Stirn in Falten.

Katrin überlegte. »Nein«, antwortete sie schließlich. »Da war ein Rauschen, eine Art Windgeräusch. Ich glaube, dass er irgendwo im Freien war. Aber an einem Ort, wo nicht viele Menschen sind. Im Augenblick zumindest nicht.«

»Alle Richtplätze in Düsseldorf und Umgebung werden observiert«, sagte Halverstett. »Alle zumindest, von denen wir wissen. Wir haben die umliegenden Gemeinden inzwischen einbezogen. Ratingen, Mettmann, Neuss. Dort fahren wenigstens verstärkt Streifen. Aber ich bin mir nicht sicher, ob wir ihn überhaupt an einem Richtplatz suchen müssen. Katrin, hat er nichts gesagt, das irgendwie doppeldeutig war? Ein versteckter Hinweis gewesen sein könnte? Irgendwas, das Ihnen aufgefallen ist?«

»Ich weiß es nicht. Wenn er tatsächlich einen Hinweis in seinen Worten versteckt hatte, dann habe ich ihn nicht verstanden.«

»Vielleicht ist es ja irgendwas, über das ihr vorher gesprochen habt«, meinte Manfred. »Hat er mal einen besonderen Ort erwähnt, an den er sich zurückziehen würde, wenn es hart auf hart kommt? Einen Lieblingsplatz? Ein Versteck?«

»Nein, über so was haben wir nicht gesprochen. Nur darüber, wie schlecht es ihm geht und dass er nicht mehr weiterweiß.«

Einen Augenblick lang sprach niemand. Als Katrins Handy klingelte, fuhren alle vier zusammen. Mit zitternder Stimme meldete sie sich.

»Katrin! Schön, dass ich dich endlich erreiche! Könnt ihr mir am Samstag vielleicht was mitbringen?«

Katrin stöhnte innerlich. Sie gab den anderen ein Zeichen, während sie hastig das Gespräch beendete. »Mama? Es ist gerade sehr ungünstig. Ich erwarte einen wichtigen Anruf. Ich melde mich später, okay?« Noch bevor ihre Mutter etwas erwidern konnte, unterbrach sie die Verbindung.

Es dauerte nur wenige Sekunden, bis es erneut klingelte. Manfred zog die Augenbrauen hoch und grinste. »Mal sehen, wer es diesmal ist.«

Katrin hielt das Telefon ans Ohr.

»Na, Engelchen, wo steckst du denn?«

Obwohl sie sicher im Polizeiwagen saß, umgeben von drei Menschen, die auf sie aufpassten, durchfuhr Katrin erneut ein heißkalter Schrecken, als sie seine Stimme erkannte. Sie hob die Hand, die anderen hielten den Atem an. »Benedikt. Ich habe leider keine Ahnung, wo Sie stecken.«

»Das ist bedauerlich. Niemanden scheint es zu interessieren, was mit Männern wie uns passiert.«

»Natürlich interessiert es mich. Ich finde schrecklich, was Sie durchmachen mussten.« Katrin blickte unsicher in Halverstetts Richtung, der aufmunternd nickte.

»Ich weiß, Engelchen. Gleich, als ich dich zum ersten Mal sah, wusste ich, dass du anders bist.«

Katrin wusste nicht, ob er es ernst meinte oder sich über sie lustig machte. »Kann ich Ihnen irgendwie helfen?«

»Finde mich.«

»Helfen Sie mir, Sie zu finden.«

»Ich bin nicht der einzige Mann, dem so eine miese Schlampe das Leben zerstört hat. *Wir* sind die Opfer, verstehst du, Katrin? Es wird Zeit, dass die Gesellschaft das begreift. Eine Frau muss nur hergehen und sagen, dass ein Mann ihr was angetan hat, irgendwas, und schon steht der arme Kerl mit einem Bein im Knast.«

Katrin schluckte. Nur mit Mühe bezwang sie den Drang, ihm zu widersprechen. »Ich – ich würde Ihnen gern helfen. Doch dazu muss ich wissen, wo Sie sind. Bitte, Benedikt, sagen Sie mir, wo ich Sie finden kann!«

Er lachte bitter. »Genug geredet, Engelchen. Jetzt bist du dran.«

Katrin presste das Telefon ans Ohr, doch er hatte die Verbindung unterbrochen. So gut es ging, wiederholte sie, was er gesagt hatte, Wort für Wort.

»Und das war's?«, fragte Halverstett ungeduldig. »Was für ein Spiel treibt der da? Ich glaube, der will uns zum Narren halten!« Wütend schlug er mit der flachen Hand auf das Armaturenbrett. Der Scheibenwischer sprang an. Halverstett fuchtelte ungeduldig an einigen Schaltern herum, bis er den richtigen gefunden und das hektische Hin und Her des Wischers beendet hatte.

»Vielleicht hat er einfach den Verstand verloren«, Rita fuhr nachdenklich mit den Fingern über die Mütze, die auf ihrem Schoß lag.

»Da war etwas«, meinte Katrin. »Etwas, das er gesagt hat, das anders war.«

»Was meinen Sie?« Halverstett drehte sich nicht zu ihr um, sondern beobachtete seine Kollegin, die immer noch ihre Mütze glatt strich.

»Er hat das Wort ›wir‹ benutzt. Oder besser gesagt ›uns‹: ›Niemanden scheint es zu interessieren, was mit Männern wie uns passiert‹.«

»Und was schließen Sie daraus?«

»Ich weiß nicht. Aber er hat es so merkwürdig betont. Als wolle er damit etwas sagen.«

272

Halverstett schüttelte den Kopf. »Ich kann mir keinen Reim darauf machen.«

»Moment!«, rief Manfred plötzlich. »Mir fällt da was ein. Es gab vor ein paar Jahren einen Fall. Ich erinnere mich jetzt. Zwei junge Männer wurden wegen Vergewaltigung zweier Frauen zu mehrjähriger Haft verurteilt. Einige Zeit später stellte sich dann heraus, dass sie unschuldig waren. Die Frauen hatten sie freiwillig mit in ihre Wohnung genommen und sich eine Nacht lang mit den Männern vergnügt. Am nächsten Tag kam ihnen wohl dann die Idee, die beiden anzuzeigen. Ein Jahr saßen die beiden Männer im Gefängnis, bis das Urteil aufgehoben wurde.«

Halverstett fuhr herum. »Und das war hier in Düsseldorf?«

Manfred nickte.

Der Kommissar startete den Wagen. »Einen Versuch ist es wert. Wissen Sie, wo genau sich das abgespielt hat?«

Manfred zückte sein Handy. »Ich erinnere mich, dass in den Meldungen immer von Wersten die Rede war. Dort ist die Wohnung, in der es passiert sein soll. Ich rufe eben einen Kollegen wegen der Adresse an.« Er tippte eine Nummer ins Telefon, während Halverstett Gas gab. Rita gab die Information per Funk weiter. Drei Minuten später rasten sie mit Blaulicht die Vennhauser Allee entlang.

Manfred stopfte das Handy in die Tasche. »Fahrenheitweg«, rief er. Rita hatte bereits den Stadtplan in der Hand. Kurz vor dem Ziel stellten sie Blaulicht und Si-

273

rene wieder ab und rollten fast lautlos durch die Wohnsiedlung am südlichen Rand von Düsseldorf. Katrins
Handy klingelte.

»Ja?« Ihre Stimme zitterte.

»Das war's, Engelchen. Die Stunde ist um.«

»Moment! Ich bin gleich bei Ihnen. Bitte warten
Sie!«

Er lachte wieder, doch diesmal klang es eher wie ein
hysterisches Heulen. »Sie hat es so gewollt, verstehst
du?«, rief er. »Sie hat mich angemacht, jedes Mal, wenn
sie da war. Das hättest du sehen sollen, wie sie ihre großen
blauen Augen aufgerissen und mich mit diesem Hunde-
blick angesehen hat. Sie wollte es so.«

»Wie bitte?«, flüsterte Katrin. Eine dumpfe Angst biss
sich in ihren Magenwänden fest.

»Mensch, tu nicht dümmer, als du bist, du kleines
Miststück! Carina meine ich. Carina Lennard. Sie hat
mich angebaggert. War scharf auf mich. Also hab ich's
ihr besorgt. So einfach ist das. Alles klar? Konnte ja nicht
ahnen, dass die Drecksschlampe nachher die Unschuld
vom Lande spielt.«

»Aber ...?«

»Aber was?«, brüllte er.

»Aber Sie haben sie doch betäubt!« Seine Worte waren
wie eine Lawine über sie hereingebrochen. Bis vor zwei
Minuten hätte sie ihre rechte Hand dafür verwettet, dass
er Carina Lennard nie angerührt hatte.

»Ha! Natürlich hab ich ihr vorher was gegeben! Ich
wollte doch keinen Ärger, wenn sie die Sache nachher
rumerzählt. Ich weiß doch, wie diese Schlampen drauf

sind! Erst machen sie dich an, und nachher haben sie's angeblich nicht gewollt.« Er schnaubte wütend. »Ich sehe schon, du kapierst es auch nicht. Am Ende seid ihr Fotzen doch alle gleich blöd.«

Katrins Hand zitterte so sehr, dass sie das Handy kaum noch halten konnte. Manfred legte den Arm um sie. »Wir sind gleich da«, flüsterte er ihr zu.

Sie brachte es nicht einmal fertig zu nicken. Fassungslos fixierte sie die Rücklehne des Wagens. Als es direkt neben ihrem Ohr knallte, begriff sie gar nicht, was passierte.

Manfred riss ihr das Telefon aus der Hand. »Hallo? Hallo?«, schrie er in das Gerät, doch niemand antwortete.

Rita Schmitt und Klaus Halverstett hatten den Schuss ebenfalls gehört. Der Kommissar gab Gas. Vierzig Sekunden später waren sie am Ziel. Anwohner rannten bereits aus ihren Häusern, als Halverstett und Schmitt die Wagentüren aufstießen. Manfred und Katrin folgten ihnen so schnell wie möglich. Katrin konnte kaum laufen, unsicher krallte sie sich an Manfreds Arm, der mit schmerzverzerrtem Gesicht neben ihr herhumpelte. Die ersten Streifenwagen, die Rita von unterwegs benachrichtigt hatte, bogen gerade um die Ecke.

Benedikt Simons saß mit gespreizten Beinen vor der Hauswand. Die Waffe lag vor ihm im Gras, direkt neben einem kleinen schwarzen Mobiltelefon. Obwohl es fast stockdunkel war, konnte man gut erkennen, dass er sich den Lauf in den Mund gehalten haben musste. Der hintere Teil seines Schädels war vollkommen zerfetzt.

275

Katrin starrte jedoch nicht auf den Toten, sondern auf die Wand über ihm. Auf dem hellen Untergrund stand ein einziges Wort in großen, ungelenken Buchstaben. Er musste es dort hingeschrieben haben, bevor er sie zum letzten Mal angerufen hatte.

Unschuldig.

Die Übelkeit kam unvermittelt. Katrin schaffte es gerade noch, sich abzuwenden. Manfred hielt sie fest, während sie gleichzeitig schluchzte und würgte.

*

»Eigentlich wären wir jetzt auf dem Weg zu meinen Eltern. Gediegenes Abendessen im Kreis der Familie.« Katrin streckte ihre nackten Zehen ins Wasser, und eine Welle kräuselte sich um ihren Fuß.

»Und? Wäre dir das lieber?«

»Meer, Strand, sechsundzwanzig Grad im Schatten, und das im Februar. Im Augenblick möchte ich an keinem anderen Ort der Welt sein.«

Manfred schlang die Arme um sie. »Freut mich zu hören. Schließlich war ein wenig Überzeugungsarbeit nötig, dich hierherzukriegen.«

»Okay, ich gebe zu, ich bin manchmal etwas eigensinnig.«

»Bockig wie ein altes Maultier, trifft es wohl besser.«

»Meinetwegen.« Katrin nahm seine Hand, und sie schlenderten durchs seichte Wasser. »Ich begreife immer noch nicht, wie ich mich so täuschen konnte, wie ein Mensch sich so verstellen kann.«

»Er hat sich nicht verstellt. Er hat jedes Wort geglaubt, das er gesagt hat.«

»Aber er hat zugegeben, Carina Lennard betäubt und vergewaltigt zu haben. Ganz zu schweigen von all den Morden. Und trotzdem hat er vor seinem Tod das Wort ›unschuldig‹ an die Wand geschrieben. Das ist doch irre.« Katrin blieb stehen und fixierte einen Punkt am Horizont, wo ein silbriger Schatten über dem Wasser die Konturen eines Schiffs erahnen ließ. Darüber stand die Sonne, deren Farbe allmählich von Orangegelb zu Tiefrot wechselte.

»Für *uns* ist es irre. Für ihn war das, was er Carina angetan hat, kein Verbrechen. Sie hat ihn gereizt. Provoziert. Also hat er ihr gegeben, was sie wollte. In seinen Augen war er das Opfer, nicht sie.«

»Und als dann sein ganzes Leben aus den Fugen geriet, hat er sich an allen gerächt, die bei seinem Niedergang die Finger im Spiel hatten.«

»Nicht gerächt. Er hat sie gerichtet.«

Katrin schüttelte den Kopf. »Das ist so schwer zu begreifen.« Sie wandte ihren Blick von der blutroten Sonne ab, die langsam ins Meer eintauchte, und ging weiter. »Ich möchte eigentlich gar nicht mehr darüber nachdenken. Aber es gibt auch Lichtblicke. Silke Scheidt hat mich angerufen. Annika Lennard hat sich bei ihr gemeldet. Sie will sich jetzt doch um die Beerdigung ihrer Schwester kümmern.«

Manfred drückte Katrins Hand. »Und jetzt habe ich Hunger.«

Katrin lachte. »Dagegen kann man glücklicherweise etwas tun.«

277

»Laufen wir am Strand entlang bis zum Hafen?«

»Schaffst du das denn mit deinem verstauchten Fuß?«

»Wenn du dem alten, humpelnden Mann nicht davonläufst, wird es wohl gehen. Als Entschädigung für mein Leid entern wir dann das gemütliche kleine Restaurant, wo es diese köstlichen Krustentierchen gibt und diesen sensationellen Weißwein. Was meinst du?«

»Du steckst voller genialer Ideen in letzter Zeit.«

»Dann lass sie uns in die Tat umsetzen, solange die kreative Phase anhält.«

Sie rannten los, salziges Wasser spritzte ihre Beine hoch, und ein alter Mann, der im Schatten seines Bootes ein Netz flickte, blickte ihnen kopfschüttelnd hinterher. »Noch zu jung, um Sorgen zu haben«, dachte er, und ein wehmütiges Lächeln stahl sich auf sein Gesicht.

ENDE

Danksagung

Wieder danke ich allen, die mit ihrem Wissen, ihren Ideen und ihrer Geduld zur Entstehung dieses Buchs beigetragen haben.

Für die vielen spannenden Informationen zur Stadtgeschichte danke ich vor allem dem Team im Düsseldorfer Stadtarchiv sowie Dieter Jaeger von der Geschichtswerkstatt Düsseldorf und ganz besonders der ›Stadtstreicherin‹ Antje Kahnt, die mir mit vielen kleinen Geschichten und Anekdoten die Vergangenheit der Stadt plastisch gemacht hat.

Franziska Kelly danke ich für die zahlreichen spannenden und schockierenden Hintergrundinformationen darüber, wie Gewalttäter ›ticken‹.

Polizeihauptkommissar Klaus Dönecke danke ich wie immer, dass er mir die Gepflogenheiten der polizeilichen Ermittlungsarbeit wieder ein Stückchen nähergebracht hat.

Und last but not least ein ganz lieber Dank an meine unendlich wichtigen Testleser Annelie Kreuzer, Christine Klewe, Frank Klewe, Nina Hawranke und Martin Conrath, ohne die dieses Buch nicht so geworden wäre, wie es ist.

*Weitere Krimis finden Sie auf den
folgenden Seiten und im Internet:
www.gmeiner-verlag.de*

Sabine Klewe
Wintermärchen
978-3-89977-713-0

»Ein spannender, kurzweiliger Kriminalroman mit einem Schuss Romantik.«
Radio Neandertal

Ein plötzlicher Wintereinbruch stürzt das Rheinland ins Chaos. Ausgerechnet an diesem Nachmittag gelingt Mario Brindi die Flucht aus der Klinik für Psychiatrie und Psychotherapie in Viersen-Süchteln. Er hat acht Frauen entführt und brutal gequält. Am gleichen Abend verschwindet die Fotografin Katrin Sandmann spurlos. Sie wurde zuletzt in einem Parkhaus in der Düsseldorfer Altstadt gesehen. Was ist geschehen? Hat Brindi sich bereits sein neuntes Opfer gesucht? Ist Katrin in seiner Gewalt? Die Polizei glaubt nicht an einen Zusammenhang zwischen den beiden Ereignissen. Doch dann entdeckt ein Spaziergänger im Wald die grauenvoll zugerichtete Leiche einer jungen Frau.

Wir machen's spannend

SABINE KLEWE
Kinderspiel
Kriminalroman

Sabine Klewe
Kinderspiel
978-3-89977-653-9

»Sabine Klewe schreibt mit leichter Hand, in flüssigen Worten ...« *Rheinische Post*

Fast zeitgleich werden in Düsseldorf zwei Leichen gefunden. Anwaltsgattin Claudia Heinrich beging offensichtlich Selbstmord und Bierbrauer Andreas Schäfer hatte einen tragischen Arbeitsunfall. Nichts deutet darauf hin, dass es zwischen den beiden Vorfällen einen Zusammenhang geben könnte. Dann aber stirbt noch jemand. Und diesmal ist es eindeutig Mord. Haben die drei Todesfälle womöglich doch etwas miteinander zu tun? Ist es bloß ein Zufall, dass alle drei Opfer erstickt sind oder treibt in Düsseldorf ein wahnsinniger Serienmörder sein Unwesen? Amateurdetektivin Katrin Sandmann begibt sich wieder auf Spurensuche, und ihre Ermittlungen führen sie zurück in das Jahr 1977 und zu einem grauenvollen Verbrechen, das nie gesühnt wurde ...

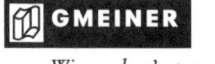

Wir machen's spannend